Lord of Freedom

프리튼의 영주

현시창 판타지 장편 소설

FANTASY FRONTIER SPIRIT

프리든의 영주 1

현시창 판타지 장편 소설

초판 1쇄 찍은 날 § 2011년 7월 14일
초판 1쇄 펴낸 날 § 2011년 7월 21일

지은이 § 현시창
펴낸이 § 서경석

편집부장 § 권태완
편집책임 § 박우진

펴낸곳 § 도서출판 청어람
등록번호 § 제1081-1-89호
등록일자 § 1999. 5. 31
어람번호 § 제1-1257호

주소 § 경기도 부천시 원미구 심곡2동 163-2 서경B/D 3F (우) 420-822
전화 § 032-656-4452 팩스 § 032-656-4453
http://www.chungeoram.com
E-mail § chungeoram@chungeoram.com

ISBN 978-89-251-2569-5 04810
ISBN 978-89-251-2568-8 (세트)

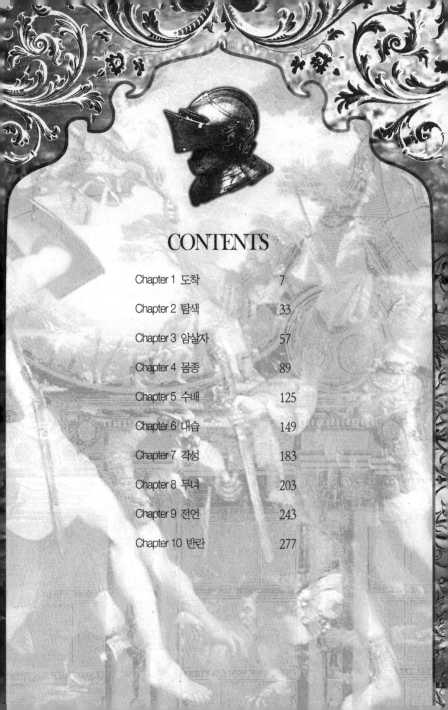

CONTENTS

Chapter 01

도착

CHAIN MAIL - ARMOR made from linked iron or steel
was the main type of armor worn from the Celtic p
in the 6th century B.C. (pp. 1C-11) until the 3th centur
then knights found mail armor not only uncomfortab
wear but also inadequate protection against weapo
such as war hammers and two-handed swords. At
first, plate armor, which was gradually introduced
in the 13th century, was simply added to mail
armor. But from the 1400s until the coming of
firearms in the 1600s, knights went to war entirely
encased in suits of plate armor.

INCENDIARY (FLAMING) ARROWS
Incendiary arrows and bolts were
used in warfare until the 1600s. A wad of
hemp or flax was soaked in a flammable
substance, fixed beneath the
arrowhead, and then
lit just before the
arrow was shot

Lord of Freedom
프라든의 영주

마설(魔舌)의 그룬터는 사기꾼으로 이름이 높다. 하지만 넓게 퍼진 것은 아닌지라, 이웃들은 그를 착한 청년으로 기억하곤 했다. 그에게 당한 자들은 그것이야말로 사기꾼의 모습이라 말하곤 하지만.

그런 그가 '차라'에 도착하여 검은 기사를 본 것은 이른 아침이었다. 그는 검은색의 갑옷과 투구로 자신을 감추고 있었다. 그 광경은 눈에 띄는 것이긴 했으나, 여행에 지친 그룬터는 금방 그를 잊었다.

다음날 '프리든'으로 출발한 그룬터는 다시 그를 만났다.

외딴 숲, 그 안에서도 으슥한 곳에서 검은 기사는 죽어 있었다.

그 광경이 불길하여 그룬터는 섣불리 다가가지 못했다. 멀리서 작은 목소리로 불러보았지만 미동은커녕 숨소리도 들리지 않았다. 그제야 그룬터는 다가가 투구를 벗기고 상태를 살폈다.

"독살 당했군."

그의 얼굴과 눈의 흰자위, 잇몸과 손톱이 시커멓게 변해 있었다. 단 하루 만에 피부가 이렇게 부패할 리 없다.

"한데 갑옷을 벗겨가지 않은 걸 보니 강도는 아닌 듯하고……."

강도라면 그의 갑옷을 가져가지 않았을 리가 없다. 그룬터는 그의 발자국을 되짚어 차분히 흔적을 쫓았다.

그룬터는 멀지 않은 곳에서 다른 시체를 발견했다. 그의 가슴에 꽂힌 칼은 칼날조차 검은색이라 검은 기사의 것임을 알 수 있었다.

"범인인가?"

그룬터는 그 시체에서 칼을 빼어 들고 다시 주변을 둘러보았다. 그는 곧 야영지였음 직한 곳을 발견했다. 불을 피운 흔적과 잠자리는 물론이고 그가 탔던 말이 나무에 묶여 있었다. 그룬터는 불 주변에 사람이 앉은 흔적이 둘인 것을 보고 고개를 끄덕였다.

"그렇군. 칼 맞아 죽은 놈이 기사를 중독시켰고, 기사는 그 사실을 깨닫고 그놈을 죽였지만 해독할 방법을 찾지 못한 거야."

그는 말에게 다가가 검은 기사의 짐을 뒤지기 시작했다. 짐 중엔 낯익은 도장이 찍힌 양피지가 한 장 들어 있었다.

그룬터는 다른 짐은 내버려 둔 채 그 양피지를 읽어 내려갔다.

임명장이었다. '클라우츠 베이른'이라는 이름을 가진 검은 기사를 프리든의 새 영주로 임명하겠다는 왕의 도장이 찍힌 증명서.

"이자가 바로 수행하는 침묵의 기사 클라우츠 베이른이었단 말인가?"

그 이름은 평민 출신으로 참전하는 전투마다 혁혁한 성과를 올린, 병사와 귀부인의 우상을 가리킨다.

그가 병사의 우상이 되는 것은 당연하지만, 귀부인의 사랑까지 받게 된 것엔 다른 이유가 있었다. 그는 언제나 검은 투구를 쓰고 다니며 기사로서의 단련에만 몰두하였다. 이것은 흔한 바람둥이와는 구별되는 개성이었으며, 귀부인들은 누가 그를 차지할지 내기하곤 했다.

그룬터는 프리든의 영주가 바뀌는 시점이라는 것은 알고 있었다. 단지, 그 대상이 검은 기사라는 사실을 몰랐을 뿐.

"이럴 줄 알았으면 처음 본 날 뛰어가서 말이라도 걸어볼걸 그랬나."

그룬터는 검은 기사의 시체로 돌아가 부릅뜬 그의 눈을 감겼다. 그리고 투구를 집어 들었다.

검은 기사에게는 미안한 일이지만, 그의 투구는 이용 가치가 있다. 그의 목적을 더욱 완벽하게 이루어 줄 테니까.

*   *   *

영지 '프리든'.

남쪽으론 괴물들이 득실대는 불모지가, 북으로는 수호자가 보호하는 숲이, 서쪽으론 암각룡 크라시우스가 자리 잡은 바로 그 땅의 한가운데에 위치한, 약 일만 명의 주민이 거주하는 외딴 영지.

영지라는 이름을 가지고 있지만, 영주 자리는 일 년째 비워져 있었다. 영주는 일 년 전 병으로 급사했으나 내정된 후계자가 없었기 때문이다. 그 까닭에 영지는 시간이 흘러 국왕의 소유가 되었다.

그리고 한 달 전, 영주가 없는 이 땅에 새 주인이 임명되었는데, 그가 바로 검은 기사라고 불리는 클라우츠 베이른 경이었다. 평민임에도 불구하고 나서는 전투마다 승승장구한 그는 마침내 영지를 하사받는 위치에까지 오른 것이었다.

사실 그가 영주가 되기까지 왕비의 입김이 매우 컸다는 말이 있었다. 왕비는 사교계에서 자신의 지위를 공고히 하고자 검은 기사의 맨얼굴에 영지 하나를 걸었다는 소문도 있었다.

하지만 검은 기사를 지지하는 이들은 풍문이라 일축한다. 그가 이룬 전과는 영지를 하사받기에 충분하니까.

어쨌든 검은 기사가 영주 자리에 오르는 것은 문제가 없는 것으로 보였다. 하지만 그가 영주로 정해진 바로 그 다음날, 프리든에서 문제가 생겼다. 망나니짓을 하고 다녀 부모의 명예에 먹칠을 하다 쫓겨난 전 영주의 아들이 돌아온 것이다.

"검은 기사인지 뭔지가 오면 당장 떠나라 말할 테니 그리 알아!"

지금 영주의 집무실이 떠나가라 외치는 사내가 바로 그다.

상속권을 박탈당한 영주 계승자 플렉스 오렐리.

사실 그가 이런 말을 할 권리는 없었다. 쫓겨난 시점에서 계승 자격은 사라진 것이나 마찬가지니까. 하지만 호적엔 플렉스 오렐리라는 이름이 장자로 올라가 있다는 것이 문제였다.

영주가 사망한 직후 플렉스가 돌아왔다면 그가 새 영주가 되는 것은 심지어 국왕이라도 막을 수 없었을 터이다. 그러나 그는 애매한 시기에 돌아와 자신의 상속권을 주장했고, 프리든의 가신들은 난감한 상황에 처했다.

그를 모실지, 아니면 검은 기사를 받아들일지 선택해야 하는 것이다.

"입조심 하십시오. 당신이라도 영주님에게 험한 말을 할 자격은 없습니다."

청지기 가문의 장녀 세이린은 담담히, 그러나 더 이상 제멋대로 지껄이면 가만두지 않겠다는 의지를 표했다.

그녀의 가문은 대대로 프리튼의 영주를 모셔 왔다. 그녀 역시 그런 가업에선 벗어날 수 없어 나이가 들자 홀로 수도에서 학교를 다니며 교육을 받았다. 영주라는 자들은 자격은 있을지언정 소양이 없는 경우가 있다. 그녀의 가문은 대대로 그런 영주를 보좌하는 일을 하고 있었다.

전 영주가 죽자 그녀는 수도에서 돌아왔다. 그녀의 아버지는 영주 자리가 비어 있는 동안 딸에게 이것저것 가르쳐 준 다음 평소 원하던 대로 방랑 여행을 떠났다. 일견 무책임해 보이지만 그녀를 믿었기 때문이기도 했다.

"대체 당신이 무슨 낯짝으로 이렇게 거짓 권리를 주장하는지 모르겠군요. 당신은 영주가 가지는 의무에 관심이 없는 사람 아니었나요?"

수도에서 돌아온 세이린은 전 영주의 망나니 아들에 대한 소문을 들었다. 하지만 알면 알수록 커지는 것은 실망감뿐이었다.

이 남자는 영주가 죽고 1년 뒤에야 어슬렁어슬렁 나타났다. 거짓으로라도 슬픔을 표하며 뛰어오는 가식조차 하지 않는 이런 한량이 영주 자리에 어울릴 리가 없었다.

그녀는 시종일관 적의를 드러냈다. 아직 그것을 감출 만큼 노련하진 못했으니까. 이것은 상대인 플렉스 오렐리도 마찬가지다.

"내가 영주 자리에 오른 뒤엔 어떻게 내 얼굴을 보려고 그러나? 지금이라도 아양 떨며 꼬리 치는 것이 네가 할 일이 아닌가?"

"그런 일이 일어날 리가 있나요? 꿈에서 깨는 것이 어떻겠습니까? 도와드릴까요?"

"하! 똑똑히 알아둬라, 이년! 널 제외한 모든 가신은 날 도련님이라고 부르며 떠받들던 녀석들이야! 모두 내 편이란 말이다! 내가 수도에 재판만 신청해도 당장 이 땅은 내 차지야! 뭘 알고 지껄여야지!"

그는 발을 탁자 위에 올리며 소리쳤다. 그의 말은 그럴싸해 보이지만 세이린은 조금도 겁먹지 않았다. 권리는 이미 국왕에게 이전되었다. 재판하러 가 본들 얻을 것이라곤 조롱과 비웃음뿐일 터이다. 그러니 그의 말은 허풍과 허세일 뿐이다.

하지만 소문은 무섭다. 아랫것들에게 바람을 집어넣으면 갓 부임한 영주는 힘든 시기를 보낼 수밖에 없다. 어쨌든 플렉스 오렐리는 전 영주의 아들이니까.

'새 영주님이 도착하면 이자가 그분을 협박하여 돈을 뜯으려 할 텐데, 그걸 어떻게 막아야 할까?'

세이린이 하는 걱정은 이것이었다.

반면, 플렉스도 그녀의 생각을 읽고 있었다.

'네년이 날 어떻게 보고 있을지는 뻔하지. 내가 어디 양아

치마냥 돈이나 뜯어 갈 거라 생각하고 있겠지.'

플렉스 자신의 소문은 들어 알고 있었다. 하지만 그는 세이린과 다른 생각을 가지고 있었다.

'나 말고 누가 감히 프리든의 영주가 될 수 있다는 거지?'

그는 전 영주의 아들로서 권리를 주장할 생각인 것이다. 그러니 영주라는 검은 기사를 적대할 수밖에 없다.

"그런데 어제 도착하기로 한 검은 기사라는 놈은 소식이 없군."

"신의를 지키기로 유명하신 검은 기사님이십니다. 헛된 기대는 그만하시고 이제 객실로 돌아가 주심이 어떻겠습니까?"

"하! 그가 신의를, 약속을 지킨다고? 정신 차려, 이 어리석은 여자야! 원래 어제 도착했어야 할 놈이라고! 다른 일도 아니고 자신의 영지에 도착하는 첫 단추조차 못 꿰는 놈인데 그리 감싸고 싶나? 벌써부터 알랑방귀를 뀌느냔 말이다!"

세이린은 대답하지 않았다. 그러나 플렉스는 슬쩍 웃었다.

'뭐, 살해당하지 않았다면 이미 도착했겠지.'

그는 검은 기사가 독살당했음을 알고 있었다. 그 일은 그의 주도하에 일어난 일이었기 때문이다.

그는 세이린을 바라보았다. 벌레 보는 듯한 눈을 한 채, 검은 기사가 도착하길 기다리는 그녀를 말이다.

'네년이 곧 들려올 소식을 듣고 어떤 표정을 지을지 기대하마.'

플렉스는 괜히 콧노래까지 흥얼거렸다. 자신이 승리하리라는 결과를 아는 게임. 기다림이 지루할 리가 없다.

그러나 그의 즐거움은 오래가지 않았다. 하인이 들어와 영주의 소식을 전했기 때문이다.

"청지기장님! 영주님이 오셨습니다!"

세이린과 플렉스 둘 다 자리에서 벌떡 일어났다. 세이린은 하인에게 물었다.

"지금 어디에 계시지?"

"성문을 통과할 때 연락이 왔으니 지금쯤이면 내성으로 오고 계실 겁니다!"

"그럴 리가 없다!"

플렉스는 영주가 죽었으니 도착할 리가 없단 뜻으로 한 말이었다. 그러나 세이린은 다르게 해석했다.

"현실을 받아들이는 것이 어떻겠습니까?"

그녀에게 그 모습은 조롱거리밖엔 되지 않았다. 그녀는 플렉스에게 승리의 미소를 지어준 다음 집무실을 나왔다. 플렉스도 멍청히 서 있다가 허둥지둥 그녀의 뒤를 따랐다.

일하는 사람이라곤 고작 삼십여 명뿐이라 수도라면 부호의 저택에 불과한 규모지만 어쨌든 영주의 성은 영주의 성이다. 검은 기사가 도착했다는 이야기가 퍼지자 하던 일을 멈추고 나온 사람들이 성문에서 현관까지 나란히 서서 그를 환영했다.

검은 기사는 무뚝뚝하다는 소문과 달리 손을 들어 환대에 응했다. 플렉스는 그를 보며 이를 갈았다.

'이럴 수가! 암살자가 돌아오지 않았다는 말은 들었지만… 실패했단 말인가?'

하지만 속으로만 생각하는 말이다. 그는 곧 태연한 척 연기했고, 세이린은 그에겐 눈길도 주지 않고 한발 나서며 인사했다.

"환영합니다, 영주님. 저는 청지기장인 세이린이라고 합니다. 앞으로 영주님 곁에서 목숨을 다해……."

"인사는 조금 있다 한 번에 하도록 하지. 아랫것들은 모두 물리고 가신들만 데려오도록. 모일 수 있는 자들은 몇이지?"

"상주해 있는 사람들이라면… 하인장, 경비대장, 그리고 저, 이렇게 셋입니다."

"관직에 있는 자는?"

"급여를 받지 못해 모두 떠났습니다."

"그렇군. 조금 큰 시골 마을이라 생각하는 것이 편하겠군. 세금을 매기고 관계시설을 보수하는 등의 업무는 누가 하고 있나?"

"모자라지만 제가 하고 있습니다."

"좋아. 알겠네. 그들과 함께 자리를 마련해 주게. 내 짐은 어디에 풀면 되겠나?"

하인들은 물러가고 기사는 자신의 방에 짐을 풀었다. 그 뒤

방 밖에서 기다리던 세이린을 따라 집무실로 향했다.

　그곳엔 이미 세 명이 자릴 잡고 있었다. 경비대장 라이든 스트로, 하인장 다르막 델피언은 의자 뒤에 서 있었고, 플렉스는 예의 건방진 태도로 앉아 있었다.

　검은 기사는 그가 손님임을 알아챘다.

　"귀하는 누구요?"

　"이 성의 주인이올시다."

　"주인?"

　"영주님, 잠시만 기다리십시오. 당장 쫓아내겠습니다."

　검은 기사의 음성이 조금 올라가는 순간 세이린이 둘 사이를 막아서며 허릴 숙였다.

　"라이든! 뭐하는 거야! 당장 이자를 쫓아내지 않고!"

　라이든이라 불린 경비대장은 소꿉친구인 세이린의 말에 따르기는커녕 오히려 대꾸했다.

　"뭐하는 짓이냐고? 대화의 자릴 마련해 주겠다고 한 것은 너였잖아?"

　"나중에 자리를 잡아서 이야기하겠단 거였지 이런 곳에서 소란을 피우는 걸 그저 보겠단 말은 아니었어! 그리고 저자를 도련님이라고 부르지 말랬잖아!"

　그들의 말다툼이 유쾌할 리가 없다. 검은 기사는 두고 보지 않고 중재에 나섰다.

　"수하가 서로 다투는 모습은 보고 싶지 않군. 오늘 저녁 식사를 함께하는 것이 어떤가?"

"네?"

"거기 경비대장, 하인장, 그리고 저 도련님이라는 손님까지, 자기소개는 그때 다시 하고 말이야."

검은 기사는 그리 말하곤 뒤돌아 가 버렸다.

검은 기사가 나가자마자 가장 먼저 입을 연 사람은 세이린이었다. 본래대로라면 그녀는 재빨리 검은 기사의 뒤를 따라와 지금 상황을 설명해야 할 것이다. 하지만 세이린은 그보다 경비대장의 이름을 외쳤다.

"라이든! 대체 무슨 짓이야! 영주님이 오신 첫날에!"

"무슨 짓이냐고? 틀린 말 했냐? 도련님도 권리가 있어! 그걸 부정하는 건 이 성안에서 오로지 너뿐이야!"

"뭐? 폐하가 임명하신 분이야! 저자에게 권리 따윈 없어! 정신 차려!"

"정신 차려? 정신 차릴 건 너다, 세이린! 완전히 수도 놈들처럼 생각하고 있어, 넌! 전 영주님의 독남인 도련님이 영주 자리를 물려받는 것은 당연해!"

"저 작자는 전 영주님으로부터 버림받은 자인데 그건 어떻게 설명할 거야?"

"전 영주님은 노환으로 심란하셔서 잠시 도련님을 내친 거지 진심으로 그러려고 했던 것이 아니야! 아직 호적은 도련님이 그분의 아들임을 증명하고 있어!"

"워, 워, 라이든. 너무 그러지 말게. 난 자네들이 다투는 것을 원치 않는다네."

플렉스는 검은 기사를 흉내 내어 중재에 나섰다. 라이든은 입을 다물었고, 세이린은 회의실 문을 쾅 소리 나게 닫고 나갔다.

플렉스는 아쉬운 듯 말했다.

"화났군."

"죄송합니다. 유학 가기 전엔 그런 애가 아니었는데……."

"알아. 수도 물을 먹으면 이곳의 전통이 우습게 보이겠지. 하나 그런 그녀도 이곳에 필요한 것은 사실이지. 난 그리 믿네."

플렉스는 문으로 시선을 돌렸다.

세이린. 청지기장 가문의 장녀.

언뜻 보기에 그런 집안이기에 오렐리 가문에 충성을 다할 것 같지만 실상은 그렇지 않다. 프리든은 그 위치 때문에 영주 가문이 자주 교체되었고, 세이린의 가문은 몇 번이나 영주의 교체를 경험했다. 그러니 세이린이 충성하는 곳은 영주가 아니라 영지였다.

'내가 영주에 오르면 충성할 수밖에 없는 년이 아닌가? 형세가 역전되었을 때 어떤 얼굴을 할지 궁금하군.'

플렉스는 그녀의 가풍에 애도를 표하며 소리없이 웃었다.

세이린이 집무실에서 나온 직후였다.

채광이 충분하지 않아 어두운 복도에서 갑자기 목소리가 들렸다.

"자네도 필요하다는군. 생각보다 그릇이 큰 모양이야."

"히익!"

세이린은 비명을 지르다 스스로 입을 막았다. 목소리의 주인은 검은 기사였던 것이다. 그녀는 짧은 순간 몇 번이나 그의 모습을 확인하며 말했다.

"여, 엿듣고 계셨던 겁니까?"

"의도하진 않았네."

말은 그렇게 하지만 그는 다시 벽에 귀를 가져다 댔다. 남의 말을 엿듣는 것은 기사가 할 행동이 아니니 다른 사람이 보았다면 그 검은 기사가 이런 행동을 한단 사실에 크게 놀랐을 것이다.

하지만 검은 기사는 그런 불명예를 얻을 이유가 없다. 지금 벽에 귀를 갖다 댄 자는 그의 시신을 발견하고 투구를 집어든 그룬터니까.

플렉스의 목소리는 잦아들고 곧 집무실을 나올 낌새였다. 검은 기사, 그룬터는 일어나 세이린에게 안내를 부탁했다.

"도련님이라는 자는 어떤 자인가?"

"전 영주님의 아들인 플렉스 오렐리입니다. 하지만 그는 1년 전에 쫓겨나 계승자로서 자격은 없습니다. 지금 돌아와 억지를 부리는 것은 아마 영주님을 협박하여 돈을 타낼 생각이기 때문일 것입니다."

"하지만 자네는 나와 그를 만나게 하려 하지 않았나?"

"약속을 하지 않았다면 그는 난동을 피웠을 겁니다. 경비대장이 그의 추종자라 쫓아낼 수도 없었습니다."

"보통은 청지기장이 경비대장보다 높은 자리에 있지 않나?"

"실은 전 꽤 오랫동안 수도에서 유학을 하다 온지라 외지인이나 다름없습니다."

그룬터는 고개를 끄덕였다.

"나와 비슷한 처지라는 것이로군."

"그럴 리가 있겠습니까? 영주님은 폐하의 명을 받으신 분입니다."

그녀의 말대로다. 하지만 그룬터의 생각은 달랐다. 맨몸으로 이곳에 도착한 이상 빠르게 기반을 만들지 못하면 세이린과 같은 꼴이 될 것이다.

'그렇게 보면 경비대장을 제 편으로 만든 플렉스 오렐리라는 놈은 생각보다 뛰어날지도 모르겠군.'

청지기장이야 결국 영주의 비서 같은 위치이니 실질적인 힘, 무력을 생각한다면 경비대장을 자기편으로 만드는 것이 정답일 것이다. 그룬터는 질문을 바꾸었다.

"경비대장은 어떤가?"

"네? 그는 상인 가문 출신의 소꿉친구입니다. 아! 이름은 라이든 스트로라고 합니다."

그룬터는 고개를 끄덕였다. 라이든의 행동이 이해가 가지 않는 것은 아니다. 이십대인 그가 경비대장 자리에 오르기 위해 겪었을 일을 생각하면 소꿉친구이자 외지인이며 여자인 세이린에게 고개를 숙이긴 쉽지 않을 것이다.

"그러면 청지기장의 생각은 어떤가? 나와 그 플렉스 오렐리, 어느 쪽이 영주 자리에 어울리느냔 말이야."

면전에서 이런 질문을 받을 거라곤 생각하지 못한 세이린은 조금 당황했다.

'당연히 플렉스 따위보다야 나으시겠지. 전공도 있고 폐하에게 인정받으셨고.'

하지만 세이린은 주저했다. 아첨하는 것으로 보일지도 모른단 생각이 들었기 때문이다. 그룬터는 그런 그녀를 보더니 짐짓 실망한 음색으로 말했다.

"자네도 경비대장처럼 전 영주의 혈통이 그 자리를 차지해야 한다고 생각하는 모양이군."

"아닙니다! 그자는 살인을 제외한 모든 범죄는 다 저지른 몸입니다. 오죽하면 전 영주님이 그자를 영지에서 쫓아내기까지 했겠습니까? 심지어 길을 가다 본 여자가 마음에 든다고 그 자리에서 강간했다는 소문까지 있습니다. 사실 여부를 떠나, 그런 소문이 도는 자가 어떻게 영주 자리에 어울리겠습니까?'

플렉스와 대립각을 세우고 있는 그녀의 마음이 어디에 있는지는 확인할 필요도 없다. 그러나 그룬터가 일부러 말한 것은, 그녀가 플렉스 오렐리를 어떻게 생각하는지 개인적인 의견을 듣고 싶었기 때문이다.

'단순히 권리가 없어 반대하는 것이 아니라, 인간적으로 싫어하는 거로군.'

그렇다면 세이린이 저쪽 편에 붙을 일은 없을 것이다.

"이 방이었지?"

화려한 문 앞에서 그룬터는 걸음을 멈추었다. 그는 그녀에게 저녁에 보자고 말한 다음 방안으로 들어갔다.

방에 들어온 그룬터는 가방에서 옷을 꺼내 갈아입고 투구와 영주의 평상복을 가방에 넣었다. 세이린은 침실 근처의 끈을 가리키며 사람이 필요하면 부르라 하고 떠났지만, 그룬터는 사람을 부를 생각이 없었다. 지금 그가 하려는 일은 사람의 눈에 띄어서 좋을 것이 없는 일이니까.

그는 저녁 식사 준비로 분주한 성을 몰래 빠져나왔다. 한적한 곳에 옷과 투구를 담은 가방을 숨긴 그는 거리로 나섰다.

그가 향한 곳은 스트로 가문의 저택이다. 이 가문은 대대로 프리든에서 장사를 한 곳으로, 지금의 가주는 상인 길드의 길드장을 맡고 있다. 지역 유지라 불리기에 손색이 없는 사람이다.

그룬터는 정문에서 하인의 안내를 받아 응접실에 도착했다. 소식을 들은 제이미는 응접실에 나타났고, 둘은 서로 인사를 나누었다.

제이미 스트로. 나이는 마흔이 넘었으나 자기 관리가 철저하여 서른 초반으로 보인다. 그는 따라 들어온 하인과 집사를 밖으로 내보냈다.

잠시 뒤, 단둘이 되자 제이미는 본론을 꺼냈다.

"자네가 이곳에 왔다 함은 서면으로 의뢰한 내용을 허락하겠단 것이겠지?"

"물론입니다. 암살자 길드 다크문이라 했던가요?"

"그래. 그들을 이 땅에서 몰아내 주게."

"제이미님의 정의를 수호하겠단 의지는 분명 존경받을 일입니다만… 제이미님이 그들을 이리 미워하는 이유는 모르겠군요."

"돈을 받고 사람을 죽이는 짓을 하는 놈들인데 무슨 말을 하는 겐가? 그리고 홀몸으로 그 많은 불량배 무리를 무너뜨린 자네의 방식을 내가 굳이 묻지 않는데, 자네는 왜 쓸데없는 것을 알려 하지?"

"그렇습니까? 제이미님은 제가 어떻게 일을 하던 상관이 없으시다 그 말씀이시군요?"

"물론이네. 내게 피해가 오지 않도록 한다면 어떻게 일을 처리하든 신경 쓰지 않겠네."

의뢰인이 원하지 않는다면 의도는 묻지 않는 것이 좋을 것이다. 그룬터는 화제를 옮겼다.

"알겠습니다. 그런데 이 문서를 슬쩍 읽어 보니 이해가 가지 않는 부분이 있군요. 제이미님은 이 은밀한 암살자 길드의 길드장을 알고 계신 것 아닙니까?"

"퀘이사 델피언이라는 노인이네. 내가 이곳의 유지인 만큼 당연히 그와는 안면이 있지. 그러나 오해는 하지 말게. 내가 그와 친분이 있다는 것은 아니야."

제이미는 자신을 변호했지만 그룬터는 속으로 코웃음을 쳤다. 그렇다면 왜 공권력으로 그를 상대하지 않는단 말인가? 켕기는 것이 있으니 몰래 처리할 사람을 고용한 것 아닌가?

하지만 그룬터는 면전에서 의뢰인을 비난할 생각은 없었다. 자신도 재미로 이런 일을 맡으며 양심의 가책을 덜기 위해 덜 더러운 쪽에 붙는 자 아니었던가?

"알겠습니다. 그런데 궁금한 것이 하나 더 생기는군요. 퀘이사 델피언이라는 자는 이곳에 머문 지 꽤 오래되었는데 전 영주는 암살자 길드의 존재를 전혀 몰랐던 겁니까?"

"사실 그 노인은 전 영주의 의형제였네. 아니, 그의 아들이 성의 하인장인 것만 봐도 특별한 관계라는 것을 알 수 있지."

"암살자 길드원을 하인장으로 두고 있었단 말입니까?"

"사실 나는 다크문에 대해 많이 알고 있진 못하네. 퀘이사 델피언이 다크문의 길드장이라는 것 정도밖에 말이야. 설마 자네는 내가 그와 같은 자리에 앉아 차를 마시며 잡담을 나누기라도 할 것 같나?"

"그러실… 것 같지는 않군요."

"그 표정은 뭔가? 다시 말하지만 난 다크문 길드장만 알 뿐이네."

"그의 자식이라는 하인장의 정체도 모른단 말입니까?"

"이런 일은 대물림되는 것이 보통이지만, 철저하게 가족에게 숨기는 경우도 있지. 그러니 내가 그의 정체를 어찌 확신하겠나?"

궁금하면 하인장의 뒤를 캐보면 될 것이다. 하지만 이 경우 목숨을 보장할 수는 없다. 그룬터는 고개를 끄덕였다.

평소 같으면 자리에 앉아 이것저것 물어봤겠지만 이번 의뢰는 다르다. 검은 기사의 투구를 쓰고 영주 노릇을 하기로 결심했을 때 그의 머릿속엔 이번 의뢰를 깔끔히 해결할 계획이 세워져 있었다. 그룬터는 자리에서 일어났다.

만나볼 상대가 있다. 저택에서 나온 그룬터는 걸음을 재촉하여 외곽, 목적지인 골동품 가게에 도착했다.

가게는 문이 열려 있었다. 비록 간판은 없었지만 가게 밖에 골동품들을 내놓아 찾는 데 어려움은 없었다. 그룬터는 입구의 발을 걷고 들어갔다.

가게 안도 골동품이 가득했지만 관리는 잘 되어 있었다. 그룬터는 골동품을 하나씩 눈여겨보다 안쪽 작은 탁자에 앉아 있는 노인을 발견했다.

'굉장하군.'

그룬터는 달인의 경지에 도달한 검사는 아니었다. 그러나 눈앞의 노인은 분명 한때 그 같은 경지에 이르렀을 것이다. 겉은 왜소하나 범접 못 할 기운이 느껴지니 말이다.

어쨌든 서로 눈이 마주쳤으니 인사라도 나누어야 할 것이다. 그룬터는 살짝 고개를 숙였고, 손님에게 인사를 받은 노인은 자리에서 일어났다.

"무슨 일인가?"

"지나가다 밖에 내놓은 물건이 궁금하여 들렀습니다."

"오, 어쩐지 처음 보는 얼굴이더라니. 외지인인가? 괜찮은 물건이 있나 한번 둘러보게."

그룬터는 가게 안을 서성이다 책갈피로 쓸 만한 핀을 하나 골랐다.

"그건 동전 하나만 주게."

그룬터는 값을 지불한 다음 핀을 품 안에 넣었다. 그리고 서성이다 노인에게 말을 걸었다.

"손님이 많은 모양입니다?"

"그렇지는 않네. 물건을 맡기는 놈들이 더 많이 오가지. 자네도 남쪽으로 더 갈 생각이면 물건을 여기 맡기게. 잘 팔아주겠네."

"이 남쪽은 황무지 아닙니까? 뭐 하러 그곳엘 가겠습니까?"

"세상의 끝을 보겠다며 가는 이들이 간간이 있다네. 일주일 만에 돌아오곤 하지만."

"손님이 그런 사람들밖에 없습니까? 적적하시겠습니다."

"자네처럼 말 많은 손님이 오기도 하니 꼭 그렇지만은 않지."

어서 나가라는 속마음이 보이는 듯하다. 그래도 그룬터는 나갈 수 없었다. 어쨌든 이런 일상적인 대화는 상대의 경계심을 무너뜨리는 데 효과적이니까. 그러니 이렇게 툭 던지면 본심이 나올 수밖에 없을 터.

"사람을 죽이고 싶다고 찾아오는 사람은 없습니까?"

노인의 얼굴이 굳어졌다. 그룬터는 그가 바로 암살자 길드 다크문의 길드장 퀘이사 델피언임을 확신했다. 그룬터는 그를 주시했고, 퀘이사 델피언은 눈을 가늘게 뜨며 그룬터를 관찰했다.

"무슨 말도 안 되는 이야기를 하는 겐가? 그런 사람이 이곳에 왜 오겠나?"

그룬터는 노인의 표정을 살폈다. 적어도 겉으로 드러나는 살기는 없었다. 자신의 본모습을 숨기길 고집하는 자의 껍데기를 벗기는 것은 쉬운 일이 아니다. 그룬터는 농담이었다는 듯 웃으며 답했다.

"남쪽으로 가는 놈들은 자살하려는 거 아닙니까? 자기를 죽이고 싶어 하는 놈들인데, 다른 사람들을 죽이고 싶어할 수도 있지 않겠습니까?"

"상상력이 풍부한 청년이군. 허튼소리 그만하게."

그는 싱거운 소릴 다 한다는 듯 다시 본래의 표정으로 돌아와 하품했다. 그룬터는 그의 눈치를 살피다 더 이상 볼 게 없다는 듯 가게를 나왔다. 그리고 일정한 속도로 걸었다.

'이 정도면 사람 하나 붙을 만한데……?'

과연 골동품 가게를 나온 지 얼마 지나지 않아 농노 차림의 사내 한 명이 그룬터를 쫓기 시작했다. 그룬터는 그의 인상착의를 기억한 뒤 돌아보지 않고 상점가로 향했다.

'여행자 차림도 아니고 농노 차림이라……. 정말 이 지역에 뿌리를 깊게 둔 모양이군.'

그룬터는 여관 안으로 들어가 방을 잡았다. 그리고 방안에 들어갔다가 재빨리 나왔다. 골동품 가게에서부터 자신을 따라온 농노가 카운터 앞에 서 있었다. 무슨 수작인지 빤히 보였다.

"이봐요, 주인장! 나 잠깐 나갔다 올 테니 방 빼지 마쇼!"

그룬터는 옆의 농노가 들을 수 있게 큰 소리로 말한 뒤 여관 밖으로 나왔다. 그리고 맞은편 골목으로 뛰어 들어가 어둠 속에 숨었다.

미행자는 바로 나오지 않았다. 그럴 수가 없을 것이다. 그런 어설픈 미행을 하는 놈이 암살자 길드에 속해 있진 않을 테니까. 그룬터는 벽에 몸을 기대고 여관 문을 주시했다. 잠시 뒤 여관에서 나온 농노는 왔던 길로 돌아갔다.

'내가 묵는 방을 알았으니 미행을 끝내는 것이로군.'

그룬터는 그가 멀리 가길 기다린 다음 성으로 향했다. 숨겨 둔 영주 복장을 꺼내 옷을 갈아입은 그는 천천히 성안에 숨어 들었다. 향긋한 냄새가 저녁 식사 시간을 알리고 있었다.

Chapter 02

탐색

CHAIN MAIL · ARMOR made from linked iron or steel
was the main type of armor worn from the Celtic p
in the 6th century B.C. (pp. 1C-11) until the 18th century
then knights found mail armor not only uncomfortab
wear but also inadequate protection against weapo
such as war hammers and two-handed swords. At
first, plate armor, which was gradually introduced
in the 15th century, was simply added to mail
armor. But from the 1400s until the coming of
firearms in the 1600s, knights went to war entirely
encased in suits of plate armor.

INCENDIARY FLAMING ARROWS
Incendiary arrows and bolts were
used in warfare until the 1600s. A wad of
hemp or flax was soaked in a flammable
substance, fixed beneath the
arrowhead, and then
lit just before the
arrow was shot

Lord of Freedon
프라든의 영주

저녁 식사는 화려했다. 일 년 만의 만찬이었기 때문이다. 식사에 초대된 사람들은 이런 자리가 어색해 긴장했으나 그룬터는 달랐다. 그는 사람들을 초대한 주인답게 여유있게 음식을 권하곤 했다.

세이린은 평민 출신인 영주가 세련된 식사 예절을 보이는 것을 보며 감탄했다. 반면에 맞은편의 플렉스는 형편없는 테이블 매너로 그녀의 인상을 찌푸리게 만들었다. 세이린은 결국 그의 행동을 지적했다.

"정말 품위가 없으시네요."

"품위? 허이구! 밥 먹는 중인데도 투구를 안 벗는 녀석도 있는데?"

지적당한 그룬터는 자신이 나서서 대화를 주도해야 함을 깨달았다. 하지만 플렉스 오렐리의 장단에 맞출 생각은 없었다. 그는 하인장을 바라보며 말했다.

"하인장부터 자기소개를 해보게."

하인장 다르막 델피언은 이제 흰머리가 하나둘 나기 시작하는 초로에 접어드는 나이다. 그는 자리가 불편한 것을 내색하지 않으며 이야기를 시작했다.

"저는 다르막 델피언이라 합니다. 이 성의 하인장으로 일한 것은 올해로 십이 년째입니다. 오랜 시간 공석이었던 영주님의 자리에 클라우츠 베이른님을 모시게 되어 마음이 참 편합니다. 앞으로 잘 부탁드립니다."

너무 무난한 자기소개가 혹시 영주를 자극하진 않을까 다르막은 조심스레 그의 눈치를 살폈다. 하지만 그룬터는 만족한 듯 고개를 끄덕일 뿐이었다. 예상했던 범위 내의 대답이었으니까.

'다크문의 길드장을 아버지로 두고 있습니다, 라고 설명하진 않을 테니까.'

그 뒤 라이든에게 자기소개를 시켰다. 라이든은 슬쩍 플렉스의 눈치를 본 다음 다르막 델피언과 비슷하게 자신을 설명했다.

"저는 라이든 스트로라고 합니다. 올해 스물다섯이고 가족

은… 여동생이 한 명 있습니다. 새 영주님을 뵙게 되어
서…….."

"나도 반갑네, 라이든. 하지만 말 몇 마디로 자넬 어찌 알
수 있겠나? 그런 것은 서로 차차 알아가도록 하고, 경비대에
대해 말해주게. 업무 보고를 겸해 줬으면 하는군."

"네? 하지만 하인장에게는……."

"내 출신을 잊었나? 나는 안살림은 신경 쓰고 싶지 않네."

자신은 전장을 헤쳐 나온 군인이라는 것이다. 그러나 라이
든에겐 당황스러운 요구였다. 경비대에 대한 이야기야 자면
서도 읊을 만큼 익숙하지만 막상 말하려 하니 말문이 막힌다.
평소라면 아무 거리낌 없이 생각나는 대로 말해도 훌륭한 보
고가 될 테지만, 그룬터의 태도 때문에 입이 떨어지질 않았
다.

'왜 시비를 거는 거지?'

라이든에겐 그룬터의 행동이 적의로 가득 찬 것처럼 보였
다. 이대로 가만히 앉아 무능함을 증명할 수는 없었다. 라이
든은 마음을 차분히 하고 말했다.

"경비대의 총 인원은 백 명이 조금 넘습니다. 백여 명의 보
병과 스무 명의 궁병으로 구성되어 있는데……."

"백여 명?"

"네. 백여 명의 보병과……."

"내가 귀가 멀었다 생각하나 보군. 반복할 필요가 없네. 정

확한 수가 아니라 뭉뚱그려 말하는 것이 놀라워 그랬을 뿐이네."

"네?"

"말 그대로야. 줄을 세워 번호를 부르라 하면 일 분도 채 되지 않아 끝까지 번호가 닿을 텐데, 그 수를 정확히 말하지도 못한단 건가?"

"아, 아닙니다. 정확히 백아홉 명이며 궁병은……."

"몇 조로 조직되어 있나?"

"열 명이 한 조를 이루어 십인장, 백인장으로 구분하고 있습니다. 물론 제가 백인장 겸 경비대장을……."

"그럼 5조에 속한 사람들의 이름을 읊어 보게."

"네?"

식은땀을 흘리며 대답하던 라이든의 얼굴이 붉으락푸르락 변한다. 확신을 얻은 것이다. 새로 온 영주는 자기소개를 원한 것이 아니다.

'내가 도련님 편이라는 것을 세이린이 일러바쳤구나. 무슨 말을 해도 꼬투리를 잡을 텐데 어떻게 해야 하지?'

라이든은 고민하느라 미처 대답을 하지 못했고, 그룬터는 한숨을 내쉬었다. 저런 놈이 경비대장이라니 한심하다는 그런 한숨을.

"사람 다루는 솜씨가 영 형편없습니다그려, 영주 나리."

그런 라이든을 구해준 것은 전 영주의 아들 플렉스 오렐리.

그는 자기 앞에 나온 음식을 포크로 찍어 올려 빙글빙글 돌리고 있었다.

세이린은 그 태도가 못마땅했으나 사람들 앞이라 함부로 나서지 못했다.

하지만 그룬터는 그런 눈치를 볼 필요가 없었다. 그는 막 무대에 올라선 새 등장인물을 공격하기 시작했다.

"그러고 보니 그쪽은 이름이 뭐라고 했지요?"

"플렉스 오렐리."

"전 영주님의 성함이 스퀼 오렐리셨으니… 전 영주님과는 어떤 관계가……?"

"장자요."

"아!"

검은 기사는 이제야 알았다는 듯 탄성과 함께 고개를 끄덕였다. 세이린은 속으로 의아함을 느꼈다. 영주의 방으로 안내하며 저들에 대해 기본적인 설명을 마쳤기 때문이다.

세이린이 그런 생각을 하는 동안 그룬터의 말은 이어졌다.

"그러고 보니 이상하군요. 당신이 계승자인데 왜 폐하는 나더러 이곳의 영주가 되라고 보내신 걸까요?"

"나더러 폐하가 실수했단 말을 하란 건가? 당신이 임명될 때 내가 자리에 없었을 뿐이야. 폐하라도 어쩔 수 없으셨겠지. 하지만 난 이렇게 돌아와 성의 식당에, 의자에 앉아 있다. 내가 후계자가 아니라면 대체 누가 후계자란 말인가?"

"허, 그렇군요. 그런데 한 가지 궁금한 것이 있는데… 전 영주이신 스퀄 오렐리 경이 임종하셨을 때 그대는 어디에 있었던 겁니까?"

플렉스는 그룬터의 의도를 눈치챘다. 저자는 몰라서 궁금증을 해결하고자 물어보는 것이 아니다. 교묘하게 자신이 쫓겨나 방황했다고 말하도록 유도하고 있는 것이다.

"내가 그 이유를 설명해야 할 의무는 없다!"

입맛이 뚝 떨어져 자리에 앉아 있을 기분이 나질 않았다. 플렉스는 천으로 입을 닦은 후 자리에서 일어났다.

그룬터는 화를 가라앉히라는 몸짓을 취하며 자리에 앉길 권했다. 물론 플렉스가 곱게 그의 권유를 받아들일 리가 없었다. 그는 상대에게 독설을 한번 퍼부으려 입을 열었는데 때마침 그룬터가 마치 보라는 듯 손을 들어 올렸다. 사람들의 시야에 그룬터의 손톱이 들어왔다.

보라색. 독에 중독된 것처럼 물들어 있는 손톱.

플렉스는 호기심이 일어 다시 자리에 앉았고, 세이린은 깜짝 놀라 물었다.

"영주님 손톱이……?"

"이곳으로 오던 중에 습격을 당했네. 내가 독에 무적이라는 것을 모르는 멍청이가 독살을 시도하더군."

"독살? 습격? 대체 어느 놈입니까!"

"흥분하지 말게. 놈은 내가 처치했으니까. 조금씩 독을 먹어 저항력을 기른 것이 이리 도움 될 줄은 몰랐네."

그룬터는 그리 말하며 잔을 자신의 입으로 기울였다. 깜짝 놀랐던 세이린은 안도의 숨을 내쉬며 그를 따라 건배했다. 다만 한 명, 플렉스 오렐리는 얼굴이 새파랗게 변한 채 남모르게 떨고 있었다.

'이놈, 그렇군. 내가 암살을 시도했다고 생각하고 있는 거야. 그래서 내게 시비를 걸고 있는 거라고. 내 편인 라이든에게 시비를 건 걸 보면 틀림없어.'

자신이 한 무례한 행동을 생각하면 암살 시도가 없었더라도 시비를 걸 테지만, 그는 거기까진 생각하지 못했다.

'여기 더 있다간 무슨 꼴을 당할지 모르겠군.'

그는 도망치듯 자리를 떠났다. 자신이 세이린에게 했던 것처럼, 상대가 모든 것을 알고 즐기는 모습을 보이고 있으니 말이다.

"도, 도련님?"

놀란 라이든은 재빨리 일어나 그룬터의 눈치를 살폈다. 그는 그룬터에게 초대된 몸. 아무리 마음속 영주는 플렉스라고 정해 두었다지만 현 영주를 무시하진 못한다. 하지만 그룬터는 부드럽게 손을 움직여 허락했다.

"걱정된다면 그를 쫓아가게. 날 신경 쓸 필욘 없네. 영주가 습격 받았으니 자신도 위험하진 않을까 겁먹은 것이겠지. 이해하네."

그룬터의 말은 결정적이었다. 플렉스에게도 위험이 닥칠지도 모른다는 그 말. 충직한 라이든은 그룬터에게 감사하단 인사를 한 후 플렉스의 뒤를 따랐다.

세이린은 이해할 수 없단 표정으로 그의 이름을 불렀다.

"라이든, 뭐하는 짓이야? 돌아와!"

"됐네, 세이린. 델피언, 자네는 괜찮나?"

"네, 맛있습니다."

식사가 끝나지 않았음에도 나가는 것은 영주를 무시하는 행위다. 그럼에도 한가하기까지 한 영주의 반응과 다르막의 대답에 세이린은 기가 찰 뿐이었다.

"나도 식사는 이만하고 방에 돌아가겠네. 내가 먼저 일어났다 해서 따라올 생각은 말고 식사를 모두 마친 후… 그래, 청지기장은 내 방에 들르게."

애초에 목적이 식사가 아니라 플렉스와 이야기를 나누기 위함이었다는 듯 그룬터는 자리에서 일어났다. 그리고 건틀릿을 집고 무대에서 퇴장하듯 식당을 나갔다.

쿵!

식당 문이 닫히며 큰 소리가 났다.

세이린은 식사를 빨리 끝내자는 생각으로 음식을 입안에 집어넣었다. 그룬터의 명령이 아니었다면 당장 일어났을 것이다. 그러나 맞은편에 앉아 있는 하인장 다르막이 이 순간을 즐기는 모습이라 일어날 수 없었다.

그 모습이 얄미웠지만 세이린은 그와 눈도 마주치지 않고 식사를 빨리 끝낼 생각만 했다.

"세이린, 어떻게 생각하나?"

"네?"

불현듯 다르막이 그녀에게 물었다.

지위상으로는 청지기장인 세이린이 다르막보다 위다. 하지만 다르막은 그녀의 아버지와 함께 일을 한 사이였다. 다르막은 그녀를 조카처럼 대했고, 세이린도 그에 대해 불만을 표하지는 않았다.

"자넨 유학 중이었으니 모르겠지만 도련님은 앞날이 유망한 청년이었네. 자네가 알고 있는 모습이 도련님의 모든 것은 아니란 말이야."

"…아저씨도 그놈 편이에요?"

"안 되나?"

"다스리는 사람이 법률을 어기면 아랫것들에게 어떤 명령도 내릴 수 없어요. 플렉스가 배알이 꼴리고 라이든이 안타까워하는 것도 이해가 되지 않는 것은 아니에요. 하지만 그렇다고 폐하가 정한 일을 어겨선 안 돼요. 법을 무시하는 일이 생겨선 안 된다고요. 만약 그리되면 영주라는 자리를 그 누가 인정한단 말이에요?"

그녀는 수도에서 배운 그대로 또박또박 말했다. 그녀가 외지인인 검은 기사를 강력하게 지지하는 이유였다. 하지만 다르막의 의견은 다르다.

"주민이 영주를 거부할 권리도 있네. 더군다나 지금은 입맛에 따라 해석하기 나름이야. 수도의 귀족에게 편지 한 통만 띄워도 어떻게 될지 모르네."

"그건 불법이에요!"

"계승권은 본래 혈육이 가지는 권리이지 않은가? 늦게 도착했다는 이유만으로 자격을 박탈하면 불만을 가지지 않을 사람이 있을까?"

"그럼 아저씨는 플렉스의 편이에요?"

그는 싱긋 웃을 뿐 확실한 대답은 하지 않았다. 세이린이 재촉하려 했지만, 그는 그녀가 입을 열기도 전에 잔을 비우고 식당을 나갔다.

남겨진 세이린은 입맛이 없어 나이프를 놓았다가 영주의 명령을 떠올렸다. 그녀는 나이프를 다시 집어 들었다.

방으로 돌아온 그룬터는 세이린을 기다렸다.

전통적으로 환하게 불을 밝히는 성은 아닌지 침실엔 촛대 하나가 달랑 놓여 있을 뿐이었다. 그래도 영주의 첫날밤이랍시고 촛불은 새로 만든 것이었지만, 어쨌든 그것 하나로 방안을 모두 밝히는 것은 힘들어 보였다.

"영주님, 청지기장입니다."

식사를 마친 세이린이 문 앞에서 인사했다. 그룬터는 그녀를 안으로 들인 다음 책상 하나를 가운데에 두고 마주 앉았다.

"저녁은 괜찮았나?"

"아, 네, 좋았습니다."

가볍게 긴장을 풀어주려 꺼낸 말이었다. 그러나 그녀의 손끝은 살짝 떨리고 있어 긴장했음을 알 수 있었다.

그룬터는 잠깐 고민했다. 혹시나 싶은 마음에 그는 자신의 생각을 확인해 보기로 했다.

"밖에 사람이 있나?"

"없, 없습니다."

낮엔 보지 못한 떨림이다. 그룬터는 왜 저런 행동을 하는 걸까 하고 생각하다 답을 얻곤 피식 웃었다.

'내가 이상한 짓을 하리라고 생각하는 건가?'

방은 어둡고 조명이라 할 만한 것은 책상 위의 촛불 하나뿐이다. 그룬터는 명령했다.

"그럼 벗게."

"네?"

"못 들었나? 잠을 잘 시간이라 하니 우리도 자야지. 그 옷을 입고 잘 셈인가?"

이해하지 못한 듯 세이린은 눈을 껌뻑이다 이내 올 것이 왔구나 하는 표정을 지었다. 주홍빛인 촛불 아래에서도 환히 보일 만큼 얼굴을 붉힌 세이린은 계속 눈으로 그룬터에게 신호를 보내고 있었다. 정말 행동으로 옮겨야 하는 명령이냐는 듯이. 그런 눈빛을 보자 그룬터는 오기가 생겼다.

"두 번 말하게 할 모양이군."

그룬터는 숨을 거칠게 내쉬며 노한 목소리로 말했다.

투구 때문에 그런 모습이 제대로 드러나진 않았지만 온 신경을 그룬터의 시선에, 얼굴에 집중하고 있었던 세이린이 그것을 놓칠 리가 없다.

"영주님, 저는……."

"내 명령을 어길 셈인가?"

"저는 약혼자가 있는 몸입니다."

"약혼자가 있으면 내 명령을 어길 수 있다는 건가?"

세이린은 어쩔 줄 몰라 하며 눈물을 글썽이고 있었다. 하지만 그녀를 멈추게 할 그룬터의 손은 움직이지 않았다. 아랫입술을 질끈 깨문 그녀는 그룬터를 노려보더니 망설임없이 앞섶을 풀기 시작했다.

이런 상황에서도 그저 놀라고만 있으면 돌이킬 수 없는 일이 될지도 모른다. 그룬터는 그녀의 손목을 붙잡아 행동을 멈추게 했다.

자신의 손목을 붙잡은 그룬터의 마음을 이해하지 못한 세이린은 빤히 그룬터를 바라보았다. 그녀의 눈동자에 갈등은 없었다. 아무런 저항도 하지 않는 듯한 그녀의 행동은 일견 체념한 듯 보이지만, 눈동자엔 굳은 결의가 보였다. 그룬터는 물었다.

"무슨 속셈이지?"

"명령에 따를 뿐입니다."

"눈동자의 떨림이 사라지고 얼굴엔 결심한 빛이 보이는군. 순순히 안길 생각은 아닌 것 같은데… 속셈을 말하게."

"일을 끝내고 증거를 확보한 뒤 수도에 고발하려 했을 뿐입니다."

그럴 생각이었다면 순순히 속셈을 말해선 안 될 것이다. 그러나 세이린은 당당하게 자신의 의사를 표현했고, 그룬터는 자신이 그녀를 잘못 보았음을 인정했다.

그녀가 비록 남녀 관계엔 서투를지 몰라도 어리석은 여자는 아닌 것이다. 그룬터는 그녀에게 옷을 입으라고 명령했다.

"확인해 보고 싶었네. 자네가 어떤 사람인지 말이야."

"…네?"

"말하지 않았나? 오는 길에 습격을 당했다고. 이 성의 누가 내 편이고 누가 내 적인지 그것부터 파악하는 것이 내가 온 첫날 해야 할 일이지. 그렇지 않나?"

"아… 네, 그렇습니다."

"그리고 난 자네를 믿기로 했네. 문제있나?"

"저는 영주님을 고발하려 마음먹었었는데……."

"자네가 만약 내 말대로 옷을 벗고 침대에 누웠다면 난 오히려 의심했을 거야. 무슨 일이 있어도 내 마음에 들어야 한다는 지령을 받은 것일 테니까. 자넨 그릇된 내 명령에 저항할 줄 알고 현명한 판단을 위해 잠깐의 치욕도 감수할 줄 아는 인물이네. 자존하는 자라면 믿을 수 있지. 이 손 보이나?"

그룬터는 손을 들어 보였다. 보라색으로 물들여진 손톱이다. 그 광경 때문에 세이린은 자신이 당한 성추행은 잠시 잊기로 했다. 영주가 습격 당했다는 것은 그만큼 엄청난 일이다.

"누군가 날 죽이려 했네. 노상강도를 만났다면 그러려니 했겠지만 독살이야. 번거롭고 시체 확인도 쉽지 않은 그런 일이지. 자넨 어떻게 생각하나?"

"무슨 뜻으로 하는 말씀이신지……?"

"독을 쓰는 것은 겁쟁이들이 하는 짓이야. 자기 모습이 드러나는 것을 겁내는 놈, 제 손에 피를 묻히는 것을 겁내는 놈. 그렇지 않나?"

"네, 그런 것 같습니다만……."

"그래, 하지만 나는 암살자로부터 아무 말도 듣지 못했네. 중독되었다는 것을 깨달은 순간 여유가 없어 그를 죽여 버렸거든. 결국 나는 그의 몸을 뒤져 정체를 알아내야 했는데… 그의 몸에서 나온 것은 자결용 독니뿐이었네. 이런 자들에 대해 아는 것이 있는가?"

"아니요. 그런 사람의 이야기는 처음 듣습니다."

"그렇군. 어쨌든 간에 그는 재산을 노리고 날 공격한 것이 아니야. 그는 전문가였거든. 누군가의 사주를 받은 것이지."

"영주님은 사주한 자가 누구인지 생각해 둔 사람이 있으십니까?"

"내가 죽으면 가장 이득을 볼 자일 게 뻔하지 않나?"

누구인지 직접 말하는 것보다 세이린의 입에서 나오는 말을 기다리는 것이 좋다. 그룬터는 그녀의 대답을 기다렸다.

"설마 플렉스 오렐리… 그 인간일까요?"

그룬터는 속으로 웃었다. 세이린이 보는 플렉스 오렐리라는 인간에 대해 확신을 가졌기 때문이다. 하지만 그는 다른 생각을 하고 있었다.

"그는 아닐 거야. 그는 참을성이 부족한데다 날 무서워하고 있지도 않아. 날 죽일 생각이라면 정면에서 칼을 뽑을 놈이란 말이네."

"그를 제외한다면… 저는 누가 영주님의 목숨을 노릴지 상상이 가지 않습니다."

"자네가 그렇다면 다른 누구라도 마찬가지일 테지. 청지기장으로서 성안의 상황은 누구보다도 훤할 테니까. 그렇다면 상황을 바꿔야겠군."

"상황을 바꾼다고요?"

"그래. 난 취임식을 하기 전에 그를 잡고 싶네."

"빠른 시일 내로 그자를 찾아야 하는 것은 동감입니다만… 상황을 바꾼다는 말씀은……?"

"그자를 쫓아내도록 하지. 플렉스 오렐리 말이야."

"그를 영지에서 추방하실 생각이십니까? 안 됩니다. 가신들 중엔 그를 지지하는 자도 있는지라 그렇게 극단적인 방법을 취하시면……."

차마 반란이 일어날지도 모른다는 말은 할 수 없었다. 그것은 정말 최악의 상황이니까. 하지만 반발은 발생할 것이며, 이것은 일종의 힘 싸움이 되어 분열을 낳을 수 있었다. 그룬터도 그런 상황까지 가고픈 마음은 없었다.

"영지에서 쫓아낼 생각은 없네. 성 밖으로만 몰아내도 충분히 그의 자존심에 상처를 줄 수 있을 테니까. 내가 원하는 것은 그가 어떤 행동을 하느냐 하는 것이야. 무엇이든."

"그 정도라면… 알겠습니다."

세이린은 고개를 끄덕였다. 어차피 성에서는 쫓아내려 했으니까.

방금 전 옷을 벗으라는 명령은 잠시 잊고 세이린은 물러나려 했다. 그런 그녀를 그룬터가 붙잡았다.

"보아하니 자네는 다른 가신들과는 사이가 좋지 않은 것 같던데……."

그 말에 세이린의 얼굴이 붉어졌다. 그러고 보니 그는 벽에 귀를 갖다 대고 사람의 말을 엿듣지 않았던가. 라이튼과 한 말싸움을 들었을 터이다.

"나는 방금 전의 그대의 태도에 큰 감명을 받았네. 수도에서 유학을 했다던가? 지지기반이 없어 힘들었던 것이라면 내가 도와줄 수 있을 것 같군."

영특한 세이린이 이 말뜻을 알아채지 못할 리가 없다. 심복으로 삼겠다는 영주의 제안을 거절할 이유가 없기에 세이린은 감사를 표했다.

그녀가 물러가자 그룬터는 촛불을 끄고 침대에 누웠다.

사실 암살자에 대해 전혀 짚이는 바가 없는 것은 아니다. 독니를 쓰는 자에 대한 설명은 제이미 스트로에게서 전달받은 문서에 있었기 때문이다.

"다크문……."

그룬터는 독을 가지고 장난친 인물이 그쪽 소속이라고 생각은 하고 있었지만, 그들이 범인이라고 몰아갈 수는 없었다. 범인이 다크문이라 확신할 단계는 아니기 때문이다.

'상관없어. 어차피 내일 플렉스라는 놈을 자극하면 어떻게든 일이 벌어질 테니까.'

플렉스와 다크문이 관계가 있다면, 내일 있을 일로 변화가 일어날 것이다. 하지만 그걸로 만족할 수는 없다. 그룬터는 침대에서 일어났다.

그룬터는 짐을 싸들고 몰래 방을 빠져나갔다. 중간에 병사나 하인을 만났지만 그들은 영주가 산책하는 것을 보고 감히 성을 나간다고 생각하진 못했다. 의심한다 한들 그들이 할 수 있는 일도 없겠지만.

그룬터는 몰래 성을 빠져나온 후 전처럼 옷을 숨기고 주점에 들러 술을 한 병 샀다. 술을 입안에 부어 냄새가 나도록 행군 그는 여관으로 들어가 카운터의 주인에게 말했다.

"이보쇼, 내 방이 어디였소?"

술 냄새를 풍기며 말하니 주인은 인상을 찌푸렸지만, 어쨌든 물음에 답하기 위해 방문을 가리켰다. 그룬터는 벽을 짚으며 걸어가 문을 열었다.

문을 열자마자 공격이 있을 수도 있어 그룬터는 조심했는데, 다행히도 방안엔 아무도 없었다.

'내가 너무 일찍 온 모양이군.'

그룬터는 문을 닫고, 문 바로 앞에 술병을 내려놓은 뒤 침대에 누웠다.

잠을 참는 것은 쉬운 일이 아니다. 더군다나 오늘 그는 오래간만에 말을 타 피곤하기까지 했다.

그래도 버텨야 했다.

암살자가 창문으로 들어오기는 힘들 것이다. 창은 굳게 닫혀 있는데다 안을 들여다보기 힘들게 덧창문까지 있으니 말이다. 그러니 들어온다면 당당히, 그러나 은밀하게 문으로 들어올 것이다. 그룬터는 누운 채로 혹시 천장에서 거미처럼 암살자가 내려오진 않을까 하는 상상을 하며 기다렸다.

그러나 그룬터가 예상치 못한 것이 있었다. 그것은 본인의 체력 문제. 단순한 육체노동도 평소보다 심했지만, 심력의 소모는 그보다 훨씬 컸다. 다른 사람도 아니고 영주 행세를 하는 것이다. 그룬터라 해도 말 하나, 행동 하나에 긴장할 수밖에 없었다.

시간이 흐르자 그의 눈은 순간순간 감겼다. 어두운데다 고요하며, 누운 자리는 다른 곳도 아니고 침대다. 그룬터는 몇 번 자신의 피로를 의식해 눈을 뜨려 했지만 얼마 지나지 않아 기절하듯 잠에 빠져들고야 말았다.

문이 슬그머니 열리더니 술병이 넘어져 큰 소리가 울렸다. 그룬터는 깜짝 놀라 눈을 떴다. 그러나 비몽사몽, 몸이 뜻대로 움직이질 않았다.

'아차!'

식은땀이 절로 났다. 위기를 느낀 몸이 그제야 움직여지기 시작했지만 안으로 들어온 사내는 이미 그룬터의 지척. 상대가 빠른 속도로 칼을 뽑아 찌르면 반응도 못하고 죽을 수 있는 상황이었다.

그룬터는 눈을 부릅뜨고 상대를 노려보았다. 그러자 상대는 피식 웃었다.

"이 양반 이거 정신을 못 차리는구먼. 이보쇼!"

암살자가 말을 걸 리가 없다. 그룬터는 정신을 추스르고 일어나 상대를 바라보았다. 여관 주인이었다.

"음. 무슨 일로 들어온 거요?"

"혹시 토하진 않았나 해서 들어와 본 거요. 술은 좀 깼소?"

그러면서 들고 온 주전자와 물 컵을 침대 옆 탁자에 내려놓았다. 그룬터는 괜히 김이 빠져 나가보라고 한 다음 침대로 돌아와 누웠다.

잠깐 졸았다 깨서 그런지 생각보다 피로가 많이 풀렸다. 덕분에 그룬터는 빠릿빠릿한 정신으로 암살자를 기다릴 수 있었다.

하지만 첫닭이 울 때까지도 문은 열리지 않았다.

그룬터는 연이은 울음소리에 암살자가 쳐들어온 것보다 더 놀라며 자리에서 몸을 일으켰다.

혹시 깜빡 존 그사이에 들어와 독침 같은 것을 장치하고 나간 것은 아닐까. 그룬터는 한 발자국 움직일 때마다 주의를 기울였는데, 여관을 나올 때까지 그런 것은 구경도 할 수 없었다. 그룬터는 간밤에 암살자는 얼굴도 내밀지 않았음을 깨달았다.

'나만 미친놈이 된 건가?'

영주 옷을 숨겨둔 곳에 도착한 그룬터는 이슬을 맞은 투구를 닦으며 의아함을 느꼈다. 암살자 길드처럼 은밀한 단체가 애송이 같은 행동을 한 자신을 그냥 내버려 둘 리가 없는데 말이다.

어쩌면 그 길드가 허술한 곳인지도 모른다. 순찰 중인 경비병이 놀라며 인사하는 것을 대충 받아준 그는 침실에 도착했다.

그리고 그곳에서 암살자가 오지 않은 이유를 깨달았다.

'이불의 위치가 달라져 있군.'

방에 하인이 들어와 물건을 만지지 않았음은 분명하다. 만약 하인이 방에 들어왔다면 침상은 반듯이 정리되어 있었을 테니까.

그룬터는 혹 암살자가 숨어 있을지도 몰라 방안을 살폈지만 암살자는 이미 떠난 후였다.

'그렇군. 뜨내기 따위에게 보낼 암살자는 없단 거군. 그렇다고 첫날밤에 영주의 침실에 암살자를 보낸다? 그 영감, 대범하다 해야 할지……'

영주의 침실은 지면에선 조금 높은 곳에 위치해 있었다. 방문을 통해 들어온 것이 아니라면 성벽을 타 넘고 왔단 말인데, 제법 본격적인 놈들이었다.

그룬터는 창가에서 암살자의 흔적을 찾다 포기하고 침대에 누웠다.

그렇게 조금 시간을 보내자 하인이 세숫물을 가져와 식사 시간을 알렸다. 그룬터는 세수를 한 다음 빈둥거리다 식당으로 향했다.

Chapter 03

암살자

CHAIN MAIL - ARMOR made from linked iron or steel was the main type of armor worn from the Celtic p in the 6th century B.C. (pp. 4C-D) until the 4th centur then knights found mail armor not only uncomfortab wear but also inadequate protection against weap such as war hammers and two-handed swords. At first plate armor, which was gradually introduced in the 13th century, was simply added to mail armor. But from the 1400s until the coming of firearms in the 1600s, knights went to war entirely encased in suits of plate armor

INCENDIARY FLAMING ARROWS
Incendiary arrows and bolts were used in warfare until the 1600s. A wad of hemp or flax was soaked in a flammable substance, fixed beneath the arrowhead, and then lit just before the arrow was shot

Lord of Freedon
프라튼의 영주

그룬터가 식당에 들어가자 어제 그 사람들이 그대로 모여 있었다.

　청지기장, 경비대장, 하인장, 그리고 플렉스 오렐리.

　그룬터는 조찬이라 금방 식사가 끝날 것 같다 생각하며 사람들의 얼굴을 살폈다.

　다들 얼굴 표정이 제각각이었다. 하인장과 플렉스는 놀란 얼굴을 하고 있으며, 경비대장은 물어볼 것이 있는지 입가를 씰룩거리며 그룬터를 훔쳐보고 있었다.

　하지만 그룬터가 가장 걱정한 것은 청지기장 세이린이었는데, 그녀는 경비대장 이상으로 안절부절못하고 어쩔 줄 몰라 하고 있었다.

어제 일을 마음에 두고 있나 하고 그룬터가 생각하는 동안 플렉스가 이빨을 드러냈다.

"영주 나리, 어제는 편히 주무셨나 봅니다? 마치 자기 성이라도 된 것처럼 말입니다."

선제공격이었다. 어제라면 적당히 말장난을 치며 상대해 줬겠지만 지금은 다르다. 지난밤 그룬터는 세이린과 계획한 것이 있었다.

"잘 잤지. 그보다 당신은 왜 여기에 있는 건가?"

말투가 바뀌었다. 전날은 분명 존대하는 것이었는데 말이다. 그것은, 간밤에 어떤 결심을 했다는 뜻이었다. 플렉스는 살짝 미간을 찌푸렸다.

"왜 여기에 있냐니? 댁이 날 초대했으니 온 거지."

"아, 그랬지. 수고가 많은 가신들을 불렀지. 가신을 불렀는데 댁이 왔다……. 그렇군. 당신도 내 밑에서 일할 셈인가 보군. 하긴 전 영주의 큰아들이 나를 도와준다면 그만큼 든든한 일도 없겠지. 손님방에서 묵고 계시다던데, 곧 다른 장소를 마련해 드려야겠군."

"뭐라고?"

이렇게 받아치리라곤 플렉스도 생각지도 못했다. 하지만 그는 어리석은 자가 아니었다. 그는 이 자리에 앉아 있다간 망신을 당할 것임을 깨달았다.

"나는 손님 자격으로 손님방에 있는 게 아니야. 이 성의 주인이지만 저 청지기장 년이 영주 방을 내놓질 않았기 때문에……."

"손님이 아니라고? 아니, 그럼 왜 손님방에 있는 건가?"

"이……!"

플렉스는 이를 악물었다. 그는 벌떡 일어나 영주에게 삿대질했다.

"난 전 영주의 아들이다. 상속권을 가지고 있단 말이다! 예의를 갖추어라, 이놈!"

"선대의 자식에게 예의를 갖추어야 한다……. 맞는 말이지. 그런데 자넨 왜 현 영주인 내게는 예를 갖추지 않나?"

옳은 말이다. 아니, 예전에 나왔어야 할 말이다. 하지만 자신이 더 우월하다고 생각하는 플렉스로서는 참을 수 없는 대답이기도 하다. 그는 자리에서 벌떡 일어났다.

"이놈! 결투다! 네가 얼마나 잘났기에 날 이리 핍박하는지, 뭘 그리 믿고 있는지 한번 해보잔 말이다!"

영지란 그 시작이 농노의 보호에 있다. 그러므로 검술은 영주를 평가할 때 빠지지 않는 항목이다. 전 영주의 아들인 플렉스도 당연히 검술을 배웠지만, 문제는 상대가 검은 기사라는 것이다.

어느 수도의 귀족 나부랭이가 영지를 사서 들어온 것도 아니고, 전공을 인정받아 영주가 된 남자에게 결투를 신청하다니, 플렉스의 편인 라이든조차 그 치기에 깜짝 놀랄 정도였다.

'아무리 흥분하셨어도 이건 좀⋯⋯.'

한편 세이린은 전날 밤 그룬터가 한 말을 이해했다. 플렉스는 열 받으면 직접 칼을 찌르는 그런 놈이란 의미를 말이다. 그것은 그가 용감하다는 것이 아니라 어리석어 앞뒤 가리지 않을 것이란 뜻이었다.

'단 몇 번의 대화로 이런 상황을 예측하셨단 말인가?'

한눈에 사람을 파악한다는 사람들이 있긴 하지만, 세이린은 그것을 믿지 않는 편이었다. 하지만 이렇게 되고 보니 새삼 그룬터의 안목에 감탄할 수밖에 없었다.

"좋아, 잠깐 시간 내는 것도 나쁘진 않지."

그룬터는 놀라지 않고 고개를 끄덕였다. 아니, 애초에 그가 놀랄 이유가 없었다. 이 상황은, 그가 플렉스를 몰아넣어 만든 것이니까.

그룬터는 하인을 시켜 검을 가져오도록 했다. 그사이 청지기장과 경비대장은 각자 이 상황을 막기 위해 나섰다.

"영주님, 무의미합니다! 경비대장, 뭘 하고 있는 거야!"

"도련님, 굳이 이런 방법은 쓰지 않으셔도⋯⋯."

하지만 플렉스가 현명하게 판단하여 자존심을 굽힐 위인은 아니었고, 그룬터도 자신의 말을 철회할 이유는 없었다. 그룬터는 자리에 앉은 채 플렉스에게 말했다.

"입회인은 가신 셋으로 충분하겠나? 전 영주의 아들이신 플렉스 오렐리?"

"오냐! 가신들이 보는 앞에서 죽는다면 폐하도 어쩔 수 없으시겠지!"

그룬터는 속으로 씁쓸하게 웃었다. 저 젊은 귀족은 세상을 너무 쉽게 보고 있다. 그는 전장 한가운데에서 적장과 일대일로 맞붙는 그런 상황이라 생각하고 있는 것이다.

물론 그룬터는 그렇게 생각하지 않는다. 지금 플렉스가 하는 말이 먹힌다면 지나가던 거지도 영주에게 결투를 벌여 영주 자리를 차지할 수 있다는 말이다. 상식이 결여된 망상이다.

'하지만 재미있는 생각이라는 것은 틀림없지.'

식당은 식탁이 놓인 곳을 제외해도 제법 공간이 있어 결투를 벌이기엔 충분했다. 하인들이 가져온 결투용 검과 갑옷을 입는 동안 그룬터는 가신 셋에게 말했다.

"좀 꼴이 우스꽝스럽지만 내가 선물하는 유흥이라 생각해도 좋네. 격식 차릴 필요 없이 그 자리에서 식사를 하며 지켜보도록."

영주의 결투를 높은 지위의 사람처럼 감상하라는 말이다. 파격적인 행동이다. 평범한 귀족이 그리 말했다면 그 말의 의미를 파악하느라 진땀을 빼야겠지만, 검은 기사가 평민 출신이라는 것을 알고 있는 가신들은 그의 작은 기행이라 생각하기로 했다. 별일도 없는데 아침 식사에 초대한 것만 봐도 그가 특이한 영주임을 알 수 있지 않은가?

"흥."

플렉스는 가죽 장갑을 낀 손으로 주먹을 소리 나게 쥐더니 먼저 검을 뽑아 들고 자세를 취했다.

그룬터는 그의 앞에 서서 여유있게 예를 차리고 검을 들었다.

이 싸움에 임하는 둘의 자세가 드러난다. 한쪽은 싸움이라 여기나 다른쪽은 유흥이라고 생각한다는 것이 말이다.

세이린은 그룬터를 걱정했다.

'싸움에 임하는 자세가 다른데 영주님은 괜찮으실까?'

같은 상황에서 싸운다면 실전을 겪으며 단련한 영주가 질리가 없을 것이다. 하지만 저렇게 가볍게 상대를 대하고 있다가 일격을 맞으면 아무리 검은 기사라도 수세에 몰리다 질 수밖에 없다.

흥분하여 결투하자고 나선 플렉스조차도 그것은 알고 있었다.

'오냐. 그렇게 네놈이 날 얕보고 있다면 그에 어울리는 선물을 해주지.'

아직 그룬터의 인사가 끝나지 않았지만 플렉스는 기합도 없이 칼을 내질렀다. 편하게 지켜보라는 명을 받은 가신들조차 놀라 벌떡 일어날 만큼 갑작스럽고 치명적인 공격이었다.

하지만 그룬터는 인사하는 중에도 플렉스의 발끝을 유심히 지켜보고 있었다. 그는 주인의 심성과는 달리 정직하게 목젖을 찌르는 칼을 쳐낸 다음 플렉스를 스치고 지나갔다. 그리곤 돌아보지도 못하고 있는 플렉스의 엉덩이를 칼등으로 세차게 내려쳤다.

짝!

가죽 채찍으로 때린 듯 찰진 소리가 퍼졌다. 맞은 부위도 부위거니와 소리도 자극적이라 플렉스는 시뻘겋게 된 얼굴로 외쳤다.

"이놈! 대체 무슨 생각이냐!"

"무슨 말이지?"

"왜 그런 곳을 때리느냔 말이다!"

그룬터는 투구 속에서 묘한 표정을 지었다. 뻔하지 않은가. 가신들에게 유흥거리로 보라고 말해놓고 시뻘건 피가 솟구치는 광경을 만들 리가 없지 않은가.

하지만 당사자인 플렉스는 자신을 놀린다는 것만 깨달았을 뿐, 그룬터의 생각은 읽지 못했다.

"네놈의 오만함이 어디까지 가나 보자!"

결국 플렉스는 분노의 일갈과 함께 다시 칼을 휘둘렀다.

그러나 그룬터는 생각을 바꾸지 않았다. 칼을 쳐내고 칼등으로 엉덩이를 후려친다. 그 속도가 워낙 빨라 하인장이나 경비대장은 감탄했으나 세이린은 얼굴을 붉힌 채 점점 고개를 숙였다. 비록 플렉스가 마음에 들진 않았지만 그녀가 보기에 이런 광경은 좀 민망했기 때문이다.

'그렇다고 웃을 수도 없고.'

그러나 가신들이 어떤 생각을 하고 있는지 모르는 플렉스는 꼬리에 불붙은 망아지 같은 꼴로 길길이 날뛰었다.

"진지하게 하란 말이다!"

세이린 이상으로 벌겋게 된 얼굴을 한 플렉스는 분노에 가득 찬 고함 소릴 냈지만 결과는 매번 같았다. 그저 찰싹찰싹하는 소리가 나는 간격이 짧아졌을 뿐이었다.

마침내 엉덩이가 쓰라려 더 이상 걸음을 옮기는 것도 쉽지 않은 플렉스가 항복했다.

"내가… 졌다."

울면서 말하는 거라 해도 믿을 정도였다. 그는 떠듬거리며 칼을 놓았다.

비록 상대가 자신에게 반감을 가지고 행동하고 있다지만, 그룬터는 목숨을 빼앗을 만큼 화가 난 것은 아니었다. 플렉스의 패배 선언에 따라 그는 검을 집어넣었다.

결투가 끝나자 청지기장, 경비대장은 안도의 숨을 내쉬었다. 아무 일 없이 끝난 지금의 상황에 그저 감사할 뿐이었다.

그러나 하인장은 다른 생각을 하고 있었다.

'굉장하군. 하지만 영주의 저 검술은 평민이 스스로 깨우친 그런 것이 아니야.'

유파는 알 수 없었다. 하지만 전투로 갈고닦은 것이 아님은 분명하다. 검을 한 바퀴 돌린 뒤에야 목표물을 공격하는 화려한 검술이 실전 검술일 리가 없으니까.

한편 수치와 분노로 이성을 잃은 플렉스는 결투용 갑옷을 벗어 땅바닥에 던지고 밖으로 나가 버렸다.

'아······.'

세이린은 그를 쫓아낼 때 잡음이 생길 거라고 생각은 했으나 이런 식으로 모욕을 주며 쫓아낼 생각은 아니었다. 세이린은 깨달았다. 이 촌극은 영주가 의도한 것이라는 사실을 말이다.

'여기 있는 사람들에게 경고를 할 생각이셨구나······.'

영주는 지금부터 권력을 휘두르기로 결심했고, 그 앞을 막는 자는 누구든 간에 용납하지 않겠다고 말하는 듯하다. 영주의 성을 관리하는 세 사람에게 말이다.

그러나 경비대장 라이든은 그런 선언을 깨닫지 못했는지 개인적인 질문을 입에 담았다. 그가 어제처럼 플렉스를 따라가지 않고, 끝까지 기다린 이유이기도 했다.

"영주님."

"무슨 일인가, 경비대장?"

"지난밤 청지기장을 침소로 들였단 소문이 사실입니까? 그녀가 영주님의 밤 시중을 들었단 말이 사실이냔 말입니다."

놀란 세이린이 라이든의 이름을 불렀지만 그는 그녀에겐

시선도 주지 않은 채 그룬터를 노려보고 있었다. 그룬터는 그제야 세이린의 안색이 좋지 않았던 이유를 깨달았다.

어떻게 된 것일까? 어제 납득하고 돌아간 것이 아니었나? 경비대장에게 이야기할 만큼 용서할 수 없었던 일인가? 그룬터는 세이린의 얼굴 표정을 살폈다. 그녀는 경비대장과 동조하여 그룬터를 탓하는 그런 얼굴이 아니었다. 오히려 당황하며 경비대장에게 헛소리 그만하라고 말하고 있었다.

그룬터는 사태를 이해했다.

'어제 그녀가 내 방에 들어온 것을 본 하인이 엉뚱한 소문을 흘렸나 보군.'

영주의 첫날밤이다. 하인들의 이목이 집중되어 있을 것은 뻔한 일 아닌가. 그렇게 상황을 이해하고 경비대장의 얼굴을 다시 보자 느끼는 것이 있었다.

'저놈, 청지기장에게 마음이 있었나?'

그의 얼굴은 정의감에 불타는 경비대장의 것이 아니었다. 질투에 가득 찬 이십대 청년의 분노가 있을 뿐이었다. 그룬터는 어떻게 말할까 고민하다 툭 내뱉었다.

"그렇다네."

세이린과 입을 맞추지 않았으니 일단은 사실대로 말하는 것이 좋을 것이다. 하지만 그것은 어디까지나 영주인 그룬터의 입장만 생각한 일이다. 세이린은 당황하며 자리에서 일어났다.

"영주님? 잠깐! 라이든! 오해가…….'

"알겠습니다, 영주님."

라이든은 이를 악물고 최대한 예를 갖추어 인사한 뒤 그대로 나갔다. 어제와 똑같은 상황이었다. 세이린은 입술을 잘근잘근 씹다 그룬터에게 말했다.

"영주님, 지금 성안에 이상한 소문이 돌고 있습니다."

"무엇인가, 청지기장?"

"영주님과 제가 동침을 했단 소문인데…….'

예상한 일이다. 그룬터는 피식 웃곤 하인장을 불렀다.

"하인장은 어찌 생각하나? 내가 청지기장과 잤을 것 같나?"

"그럴 리가요. 영주님을 만난 지 고작 하루밖엔 지나지 않았지만 느낌이라는 것은 있습니다. 만약 영주님이 어느 아낙과 함께 침소에 드셨다면 그분과 함께 식당에 오셨겠지요. 그렇지 않습니까?"

그룬터는 아무 말 하지 않고 식사를 계속했다. 그리고 어제처럼 먼저 일어나 식당 밖으로 나온 뒤 슬쩍 문에 귀를 갖다 댔다. 그러자 생각대로 청지기장이 하인장에게 사정하는 목소리가 들렸다.

"아저씨, 저 진짜 영주님이랑 안 잤어요!"

"알고 있네. 영주는 자신감이 넘치는 사내야. 말했다시피 그가 누군가와 동침했다면 그 여자를 전리품마냥 남들에게 자랑할 걸세. 아침 식사 장소에 꼭 함께 데리고 나올 게야."

그룬터는 혀를 찼다. 아무래도 하인장에겐 저렇게 인상이 박힌 모양이다.

그가 그렇게 자신에 대한 평가에 불만을 가지는 동안, 세이린도 소문 때문에 다른 것에 신경 쓸 겨를이 없었다.

"그럼 아저씨, 하인들에게 말해주세요. 뜬금없는 소문이라고."

"그러도록 하지."

어쨌든 이 괴소문은 곧 가라앉을 듯하다. 그룬터는 자신이 더 이상 나설 필요가 없을 거라고 생각하고 방으로 돌아갔다.

*　　　*　　　*

한편, 성을 막 나온 라이튼의 앞에 플렉스 오렐리가 나타났다. 먼저 식당을 나갔던 그는 밖에서 라이튼을 기다리고 있었던 것이다. 그는 엉덩이를 만지고 있다가 라이튼이 나오자 엉거주춤 다가와 말했다.

"라이튼, 명령한다. 지금 식당 안으로 돌아가서 영주 놈의 목을 따버려!"

세이린과 영주가 동침했단 말 때문에 혼란에 빠진 상태였지만, 라이튼은 찬물은 맞은 것처럼 퍼뜩 정신을 차렸다.

그는 플렉스를 바라보았다. 얼굴은 붉고 눈은 그보다 시뻘

젊다. 제정신으로 보이지 않았다. 라이든은 그의 어깨를 다독이며 일단 걷자고 말했다. 신선한 공기를 쐬면 기분도 좋아질 테니까. 그러나 플렉스는 거절했다.

"네놈, 뭐하는 짓이냐! 당장 저놈의 목을 따버리래도!"

"도련님, 무슨 말도 안 되는 말씀이십니까? 저는 프리든의 경비대장입니다. 그리고 식당 안에 앉아 있는 자는 영주고요. 저는 영주와 영지를 보호할 의무가 있습니다."

"뭐라고? 이놈! 저 시커먼 놈을 벌써 영주라 인정하는구나!"

플렉스는 화를 참지 못하여 라이든의 뺨을 사정없이 때렸다. 방심한 라이든은 그냥 멍청히 얻어맞았다.

라이든은 어안이 벙벙하여 플렉스를 바라보았다. 그 모습 때문에 더 화가 난 플렉스가 외쳤다.

"결정해라! 나와 저놈 누구를 따를 것인지!"

"저야 물론 도련님을 따르겠습니다만……."

"그러면 당장 안으로 들어가 저놈의 목을 따래도!"

"그럴 수는 없습니다."

라이든이 플렉스의 손을 잡지 않았다면 방금 전의 일이 다시 일어났을 것이다.

플렉스는 따른다는 말을 기사의 맹세처럼 목숨이 다해도 당신을 따르겠다는 것으로 생각한 모양이다.

서로 생각하는 것이 다름을 깨달은 라이든이 변명하려는

사이, 손목을 비틀어 뺀 플렉스는 라이든을 노려보며 말했다.

"꺼져라! 내 말에 절대 복종할 생각이 아니면 당장 꺼져! 결국 네놈이 하겠단 것은 일단 제자리를 보존하고, 나중에 내가 영주 자리에 오르면 그 단물도 빨아먹겠단 속셈이 아니냐! 이런 박쥐 같은 놈!"

이쯤 되자 라이든이라도 사람 좋게 도련님, 도련님 할 수는 없었다. 라이든은 한숨을 길게 내쉰 다음 병영으로 가 버렸다. 당장 저렇게 말을 내뱉고 있어도 어차피 자신을 곧 찾을 거라 생각했기 때문이다.

그러나 플렉스의 실망은 그 정도가 아니었다. 그는 이를 갈며 손님방으로 가 짐을 꾸렸다. 더 이상 이런 성에서 머물고 있을 수는 없다. 몇몇 하인이 그를 거들겠다고 했지만 그 모양이 자신을 동정하는 것처럼 보여 뿌리쳤다. 그는 성을 나와 영지 외곽으로 향했다.

그가 도착한 곳은 다 떨어져 가는 간판이 하나 붙어 있는 골동품점이었다. 그 가게는 물론 다크문의 길드장 쾌이사 델피언이 기거하는 곳이다. 플렉스는 안으로 들어와 외쳤다.

"영감!"

"오오! 도련님 왔는가?"

골동품 사이에 앉아 차를 마시던 쾌이사 델피언이 그를 환영했다. 하나 플렉스는 인사는커녕 주위에 굴러다니는 골동품을 발로 차며 성에서 당한 모욕을 분노로 표현할 뿐이었다.

"무슨 일이기에 그러나, 우리 도련님?"

"내 할아비라도 된 듯한 말투는 그만두라고 했을 텐데! 어떻게 된 거야! 저 검은 기사는 충분히 제거할 수 있다고 했잖아!"

"그에게 독이 통하지 않을 거라곤 생각지도 못했네. 단 한 방울로도 마을 하나를 전멸시킬 수 있는 치명적인 독을 사용했는데도 살아남을 줄 어찌 알았겠나?"

"그럼 뭐야! 그리고 어젯밤에도 암살자를 보내겠다더니 오늘 아침엔 너무 멀쩡하게 걸어 나왔잖아! 이건 또 어떻게 된 거냐고!"

"허허, 영주의 침실에 들어간 부하 말로는 밤이 새도록 돌아오지 않았다는구먼. 그러니 어쩌겠나? 해가 뜨고 닭이 우는데도 그곳에 있을 수는 없지 않은가?"

"제기랄! 내 알 바 아니야! 난 지금 그놈에게 모욕을 당해 쫓겨난 처지야! 영감이 내 말을 들어주지 않겠다면 내가 직접 그놈을 찔러 죽이러 가는 수밖에!"

그는 씩씩대며 몸을 돌려 가게를 나가려 했다. 그러자 노인이 재빨리 그를 붙잡았다.

"도련님, 기다리게. 어차피 어제 아무 일도 없었으니 오늘 한 번 더 부하를 보내 보겠네."

"그래?"

갑자기 플렉스의 얼굴이 환해졌다. 그는 이번엔 독을 쓰지 말고 직접 칼로 찔러 죽이라고 주문한 다음 손을 내밀었다. 돈이 없어 머물 곳이 없다는 말이었다. 노인은 그에게 돈주머니를 내주고 조용히 지내라는 말과 함께 돌려보냈다.

그렇게 플렉스를 내보낸 노인은 자리에 앉아 식은 찻잔을 매만졌다.

"형님이 일 년만 더 살아 계셨더라도 저 모양까진 되지 않았을 텐데……."

본래 그는 암살자로 적이 많은 자였다. 임무 도중 의뢰인의 가족을 죽이는 실수를 하게 되어 쫓기던 그는, 프리든의 전 영주인 스퀄 오렐리의 중재로 살아날 수 있었다.

퀘이사는 그 뒤 영주에게 충성했다. 그의 마음은 스퀄 오렐리의 아들인 플렉스에게도 향했는데, 검은 기사에게 암살자를 보낸 것만 봐도 알 수 있었다.

그는 부하를 불러 오늘 밤 다시 영주의 침실에 쳐들어갈 것을 명령했다.

* * *

그날 저녁 그룬터는 일찍 자리에 누웠다. 투구를 벗고 편한 옷으로 갈아입은 다음 누워 살며시 눈을 감았다. 하지만 그대로 잠들지는 않았는데, 아침에 자신이 한 일이 생각났기 때문이다.

'슬슬 때가 되지 않았나?'

플렉스 오렐리라는 건방진 자를 쫓아낸 일 말이다. 다른 때라면 느긋하게 기다렸겠지만 취임식이 며칠 남지 않았다. 플렉스가 진정 검은 기사를 암살한 자라면 취임식이 있기 전에 행동할 것이다.

그리고 그의 생각은 틀리지 않았다.

'왔군.'

날이 저물어 고요한지라 벽을 타고 올라오는 인기척이 느껴졌다. 돌 틈을 밟고 오르는 암살자의 소리를 들으며 그 광경을 상상하던 그룬터는 마침내 슬그머니 눈을 떴다.

창문이 열리고 암살자가 조심스레 안으로 들어오고 있었다. 그룬터는 이불 끝을 붙잡아 혹시 상대가 암기를 던질 것을 대비했다. 다행히 상대는 단검을 꺼내 다가오는 고전적인 방식을 취하고 있었다.

그룬터는 속으로 숫자를 센 다음 이불을 상대에게 던졌다.

"헛!"

놀란 상대는 재빨리 얼굴을 가린 물체를 떨쳐냈지만 그룬터는 이미 낮은 자세로 암살자의 발목을 걸어차고 있었다. 암살자는 비명과 함께 넘어졌다. 그룬터는 그 틈을 놓치지 않고 침대 옆에 세워둔 칼을 들었다.

"팔을 뒤로 하고 일어나 벽에 붙어라."

이제 암살자의 운명은 정해진 것이나 다름없다. 다른 일도 아니고 영주의 침실에 쳐들어왔다. 이런 계획적인 일을 용서할 영주와 법률은 없으며, 암살자도 그 사실을 잘 알고 있었다.

암살자는 그룬터를 잠깐 노려보더니 눈을 감고 고개를 숙였다.

"일어나란 말 듣지 못했느냐!"

그룬터는 칼로 위협했다. 하지만 상대는 꿈쩍도 않는다. 그룬터는 이상하단 생각에 칼끝에 힘을 주고 암살자의 머리를 밀었다. 검은 피를 흘리는 얼굴이 드러났다.

'아차!'

그룬터는 칼을 던지듯 내려놓고 암살자의 목에 손가락을 갖다 댔다. 맥이 잦아들고 있었다.

'독이군.'

암살자는 이미 죽어 있었다.

그룬터는 침대로 돌아가 앉아 시체를 노려보았다.

'이렇게 아무것도 얻지 못해서야 플렉스라는 놈과 연관 지을 수가 없지 않은가?'

그룬터는 해가 뜨길 기다려 하인이 세숫물을 가져오자 곧바로 경비대장을 불렀다. 하인은 바닥에 쓰러져 있는 시체를 보고 비명을 지르면서도 영주의 서릿발 같은 명령에 정신을 차리고 뛰어갔다.

경비대장인 라이든은 금방 나타났다. 병사들의 기강을 세운답시고 성안에서 머물고 있었던 덕분이었다. 하지만 암살자를 놓친 것에 대한 참작이 될 수는 없었다.

경비대장은 굳은 얼굴로 시체와 그룬터를 번갈아 보았다. 입이 열 개라도 할 말이 없었다.

한편, 그룬터가 침묵한 채로 가만히 앉아 기다리는 동안 청지기장과 하인장도 차례대로 도착했다. 독 때문에 검게 변한 시체를 처음 본 세이린은 입을 가린 채 작게 비명을 질렀고, 하인장인 다르막은 딱딱하게 굳은 얼굴로 입을 다물었다.

그렇게 가신 세 명이 모이자 그룬터는 침대에서 일어났다. 그리고 경비대장에게 말했다.

"내가 도착하자마자 한 이야기 기억나나, 경비대장?"

"무슨 이야기 말씀이십니까?"

"습격 당했다는 이야기 말이야."

"그, 그랬습니다."

"그런데 내 방에 어떤 호위 병력도 배치하지 않은 것은 대체 무슨 생각이었나?"

라이든의 얼굴이 딱딱하게 굳는다. 그야 전대 영주가 자기 방 앞에 병사를 세우지 않았으니 그대로 했을 뿐이다. 그렇다고 성안에 보초가 없었느냐 하면 그것도 아니다. 성의 입구엔 항상 병사를 대기시켜 두었으니 정상적인 침입이었다면 분명 막을 수 있는 일이었던 것이다.

'누가 벽을 타고 영주의 침실까지 들어갈 거라 생각한단 말인가?

진땀을 흘리며 속으로 변명해 보지만 그가 책임을 져야 하는 상황임은 분명했다. 그룬터는 그런 라이든을 무표정하게(투구를 쓰고 있어 드러나지는 않았지만) 보고 있었다.

'어차피 암살자를 유인하기 위해서 병사는 딴 곳으로 보낼 생각이었지만.'

그룬터는 어리석지 않다. 정말 위험하다 생각했으면 자신이 병력을 배치시켰을 것이다. 결국 지금 그가 라이든에게 하는 행동은 질책이라기보다는 권위를 세우는 일에 불과하다. 그러니 그의 화살이 하인장에게 향한다 해도 이상할 것은 없었다.

"하인장은 어떻게 생각하나?"

"네?"

화들짝 놀란 얼굴로 다르막이 얼굴을 들었다. 중년의 나이라지만 시체를 보는 것은 편치 않은지 그는 굳은 얼굴로 애써 고갤 돌리고 있던 참이었다.

"그, 그게… 저도 잘 모르겠습니다. 하지만 플렉스 도련님과는 관계가 없을 것입니다. 도련님은…….."

"플렉스? 그자의 이름이 왜 나오는 것인가? 나는 몸종 하나 없어 하인이 물을 들고 들어올 때까지 가만히 침대에 앉아 있어야 하는 이런 상황에 대해 어떻게 생각하느냐 물은 것인데?"

'아차!'

다르막은 쓸데없는 말을 했다는 것 때문에 속으로 혀를 찼지만, 이미 뱉은 말을 주워 담을 수는 없었다. 지금 이 말 한마디로 영주는 자신도 플렉스의 편이라 생각할 것이기 때문이다. 다르막은 그저 머리를 조아리는 수밖에 없었다.

한편, 세이린은 속으로 계속 머리를 굴리고 있었다. 영주의 침실에 암살자가 들어온 초유의 상황이다. 자신에게도 불똥이 튀지 않을 리가 없었다.

'어떻게 하지? 이젠 내 차롄가?'

어떻게 변명해야 앞의 두 사람 같은 꼴이 되지 않을까 걱정하는 가운데, 그룬터가 세이린을 보며 입을 열었다.

"청지기장은 어떻게 생각하나?"

"그… 일단… 암살자의 신분을 확인하고 단독 범행인지 공범자가 있는지 확인해야 할 것 같습니다."

시시비비를 가리는 것보다 빨리 사건을 해결하자고 의견을 내보았다. 하지만 이렇게 말한다고 잘못을 피해갈 수는 없었다. 그녀는 그렇게 생각했다.

그러나 그녀는 이어지는 그룬터의 말에 깜짝 놀랐다.

"청지기장의 말이 옳군. 그러니 사건 조사와 관련된 권한은 청지기장에게 일임하고 싶네. 경비대장이나 하인장의 태도로 보건대 결코 이 일을 잘 해낼 수 있을 것 같지가 않단 말이야."

그제야 세이린은 그룬터의 의도를 읽었다. 전날 자신을 심복으로 삼겠다고 했던 말이 기억난 것이다. 세이린은 기쁘면서도 고개를 숙이며 거절했다.

"제가 감당하긴 힘들 듯합니다. 이런 시기일수록 경비대장과 하인장의 일손이 더욱 필요할 테니 명은 거두셨으면 합니다."

"청지기장이 그리 말한다면 어쩔 수 없지. 그 말대로 하겠네."

그룬터는 하인장을 시켜 시체를 옮기고 경비대장으로 하여금 경비병을 세우도록 명했다.

처음엔 경비를 세우지 않을 생각이었지만, 암살 시도를 받은 영주가 아무런 대비책을 세우지 않는다면 적이 의심할 것이다. 최소한의 병력을 배치하도록 명령한 그룬터는 하인들이 시체를 치우도록 자리를 비켜주었다.

그런데 그가 방을 나오고 교대하듯 들어간 하인들이 시체를 보더니 놀란 목소리로 말했다.

"이 녀석, 대장간의 블루머 아니야?"

가신 세 명은 그룬터의 눈치를 살피느라 시체를 제대로 뒤집어볼 생각을 않고 있었다. 그러니 하인들의 말을 듣고 나서야 부랴부랴 얼굴을 확인했고, 비슷한 반응을 보였다. 믿을 수 없다는 듯한 그런 반응 말이다.

그룬터는 재빨리 방으로 돌아가 가신들의 얼굴을 살폈다.

경비대장이나 청지기장의 놀람은 보통이 아니다. 그들도 아는 얼굴이란 말이다.

그룬터는 명령했다.

"청지기장, 저 시체에 대한 소문이 나지 않도록 처리하게."

"네?"

세이린은 처음엔 그룬터의 의도를 이해하지 못해 고개를 갸웃거렸다. 이런 일을 자신들이 떠벌리고 다닐 리도 없는데 구태여 명령을 하는 까닭을 이해 못했기 때문이다.

하지만 곧 이 일이 얼마나 큰 것인지 이해한 그녀는 얼굴이 파랗게 질렸다.

영주의 방에 암살자가 들어온 것은 당연히 큰일이다. 하지만 그보다 더 큰일은 그 암살자가 영지의 주민이라는 것이다. 만약 공범자가 있다면 이것은 반란인 것이다. 뿐만 아니라, 붙잡힐까 봐 독을 삼키고 죽을 만큼 전문적인 암살자가 이웃집 사람이라는 것도 결코 작은 일이 아니다.

주민들이 자신의 이웃이 사람을 죽이고 다니는 자라고 서로를 의심하게 되어선 안 된다.

다른 가신들도 사태의 심각성을 깨닫곤 당장 시체를 치우러 온 하인들에게 함구령을 내렸다. 그룬터는 그들을 보다 소리없이 방을 나왔다.

'다크문 놈들이 틀림없는데…….'

이 영지에 뿌리를 내리고 있는 놈들인 만큼 암살자의 얼굴을 가신들이 알아보는 것은 놀라운 일이 아니다. 하지만 독살을 시도하던 놈들이 갑자기 직접 방에 쳐들어와 단검을 꺼내든 이유는 무엇인가?

'내가 독에 내성이 있다고 알고 있기 때문일 텐데……'

결국 그날 저녁 식사에 참가했던 이들 중 누군가가 다크문과 관계가 있다고 의심할 수밖에 없었다.

그룬터는 플렉스 오렐리를 가장 먼저 떠올렸다. 퀘이사 델피언, 아니, 다르막 델피언과도 관계가 있을 것이다. 그들을 감시하는 인원을 붙여 뒀다면 이 움직임을 포착하여 증거를 잡을 수 있었을지도 모른다.

하지만 그것은 비약이다. 때문에 그룬터는 자책했다.

'놈들이 자결 도구를 가지고 있다는 것을 알면서도 왜 입부터 막지 않았던가?'

그 때문에 쉽게 일이 해결될 것이 어렵게 되었다. 자연스러움을 위해서 경비를 세울 수밖에 없고, 아무리 그것을 최소화한다 한들 암살자는 시도를 꺼리게 될 것이다. 그룬터는 고민하며 성의 복도를 천천히 걷기 시작했다.

사건이 일어난 지 몇 시간 뒤, 하인장 다르막 델피언은 성외곽에 도착했다. 그는 후드를 쓰고 얼굴을 가린 채 사람들의 시선을 피해 한 가게로 들어갔다. 그 가게는 주로 골동품을 판매하는 곳인데, 두말할 것도 없이 전날 플렉스 오렐리가 찾앉던 그곳이다.

다르막이 안으로 들어가자 퀘이사 델피언이 차를 들이켜고 있다가 일어나 반갑게 그를 맞이했다. 하지만 다르막은 그를 보자마자 버럭 언성부터 높였다.

"아버지! 대체 무슨 생각이십니까! 또 그 망나니를 위해서 단원을 희생하다니요!"

"허허, 부르머로부터 소식이 없더라니… 실패한 것이로구나."

퀘이사 델피언이 다크문의 길드장이듯 다르막은 하인장으로 신분을 위장한 부길드장이다.

하지만 플렉스에 대해서만큼은 둘의 의견이 달랐다.

영주는 산골짜기에 혼자 사는 나무꾼이 아니다. 그를 암살하는 일은 길드의 운명을 거는 것이다. 그런 큰일을 단장인 퀘이사가 그저 의형제의 아들이란 이유로 덜컥 받아들이니 부길드장인 다르막은 미칠 지경이었다.

그게 한 번에 성공했으면 모를까, 벌써 두 번째 실패다. 다르막이 받는 스트레스는 보통 사람이 상상할 수도 없는 것이었다. 앞의 두 암살자가 모두 자결하여 증거가 남지 않으니 망정이지 생포되었다면 어떻게 되었겠는가?

"아버지, 아버지는 전 영주에 대해 예의를 다하셨습니다. 플렉스 그놈을 위해 더 이상 허튼짓하지 마십시오. 단원들의 불만도 터지기 일보 직전입니다. 땡전 한 푼 내지 않는 놈에게 의뢰를 받다니요."

"허허."

부길드장인 다르막의 말은 일리가 있다. 암살자 길드가 하는 일은 돈을 받고 사람을 죽이는 일이다. 그런데 대가없이, 다른 사람도 아니고 영주를 죽이려 하는 퀘이사의 행동은 이해하기 쉬운 일이 아니다. 그것은 퀘이사도 알고 있었다.

"하지만 내가 청을 거절하면 도련님은 틀림없이 맨몸으로 영주에게 달려들 것이야."

"그게 무슨 상관입니까! 아버지는 할 만큼 하셨잖습니까! 젊은 단원 두 명의 목숨과 맞바꿀 만큼 플렉스 오렐리라는 놈이 소중하단 말입니까?"

성에서 남들에게 보이는 그 침착한 모습은 온데간데없었다. 다크문의 부길드장으로서 그는 진정 분노하고 있었고, 그것은 상대가 단장, 아버지라고 해서 참을 수 있는 것이 아니었다. 그런 아들의 마음을 이해 못하는 것은 아니지만 퀘이사 델피언은 혼잣말하듯 중얼거렸다.

"글쎄… 형님의 아들을 어떻게 내가 저버리겠느냐."

"아무리 그러셔도 소용없습니다. 저는 아버지를 직위 해제할 것입니다. 이미 단원들이 만장일치로 결정한 일입니다."

평상시였다면 결코 있을 수 없는 일이다. 사람을 죽이는 것을 직업으로 삼는 자들이다. 위계질서는 군대 이상으로 강하다.

그럼에도 이런 일이 일어났단 말은, 길드원 전체가 퀘이사의 행동을 이해하지 못하고 있다는 것이다.

퀘이사는 한숨을 내쉬었다.

그는 바보가 아니다. 이런 일이 있을 거란 예상은 하고 있었다. 그는 담담히 고개를 끄덕였다. 행동은 반대였지만.

"하지만 가만히 있을 수는 없지 않겠느냐."

그는 자리에서 일어나 바닥의 비밀 금고를 열었다. 그 금고엔 퀘이사가 현역 시절에 쓰던 옷과 도구가 숨겨져 있었다. 놀란 다르막이 그를 막아섰다.

"아버지, 무슨 생각이십니까?"

"네 말이 맞다. 이것은 길드와 도련님의 일이 아니라 나와 도련님의 일이지. 진즉에 내가 나서야 했다."

직접 영주를 암살하러 가겠단 말이다. 그 말에 다르막은 입을 딱 벌렸다. 생각지도 못한 일이기 때문이다. 퀘이사 델피언은 현역에서 은퇴한 지 10년이 넘은, 소위 말하는 퇴물이니 말이다.

"아, 아버지?"

"나는 형님의 도움이 아니었다면 이미 죽었을 몸이다. 그런 내가 이렇게 일가를 이루었는데 무슨 미련이 더 남아 있겠느냐."

비록 길드를 위해 퀘이사의 단장 직을 빼앗은 다르막이지만, 그를 부정하는 것은 아니었다.

'차라리 단장 자리를 돌려달라고 고집 피우시는 것이 편하겠구나.'

다르막은 선택해야 했다. 이대로 아버지를 보내든지, 그를 붙잡기 위해 노력할 것인지를 말이다.

'십 년 이상 칼을 잡지 않은 아버지가 검은 기사를 어찌 암살하겠는가?'

멋대로 하십시오, 라고 말할 수는 없다. 그는 길게 한숨을 내쉬며 퀘이사의 앞을 막았다.

"아버지, 그만두십시오. 헤스티아를 투입하겠습니다."

헤스티아라는 소녀는 일급 암살자다. 그녀는 영주의 성에서 하인으로 신분을 위장하고 있는데, 임무 때문에 다른 곳에 가 있다 오늘 새벽에 막 도착한 참이었다. 그 때문에 퀘이사 델피언도 그녀를 쓰지 못했다.

"허, 힘든 결정을 했군."

"대신 약속해 주십시오. 그녀가 성공하든 실패하든 이 일에선 손을 떼겠다고."

"…허허. 그래, 그러겠네. 네가 이렇게까지 양보하는데 나도 염치가 있지. 도련님에게 가야겠어. 이야기를 한번 잘 해봐야겠구먼."

아들의 배려가 작은 것이 아님은 퀘이사가 더 잘 알고 있었다. 속으론 만족할 때까지 포기하지 않겠다고 생각하지만 표현하진 않았다. 그렇다고 정말 길드가 망할 때까지 영주 암살을 시도하겠단 생각을 하는 것은 아니었다.

그는 플렉스 오렐리를 만나 다른 방법을 찾자고 말할 생각으로 겉옷을 걸쳤다. 그리고 다시 한 번 아들이자 부길드장인 다르막에게 고맙다고 말한 후 밖으로 나갔다.

다르막은 그의 뒷모습을 보고 씁쓸하게 웃다가 다시 후드를 뒤집어쓰고 뒷문으로 나갔다.

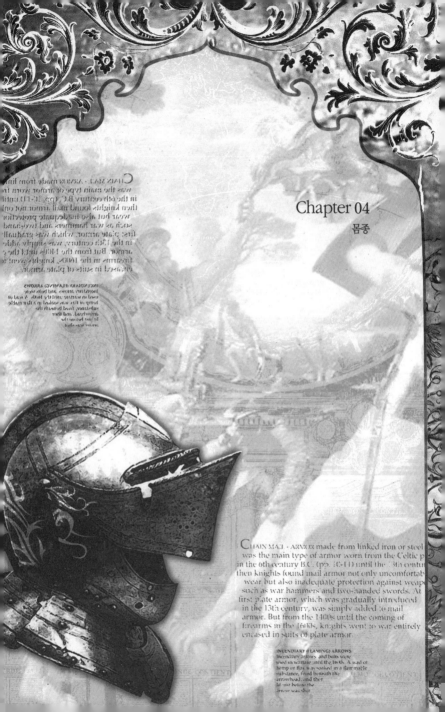

Chapter 04

묭종

CHAIN MAIL - ARMOR made from linked iron or steel was the main type of armor worn from the Celtic p in the 6th century B.C. (pp. 46-11) until the 14th centur then knights found mail armor not only uncomfortab wear but also inadequate protection against weap such as war hammers and two-handed swords. At first plate armor, which was gradually introduced in the 13th century, was simply added to mail armor. But from the 1400s until the coming of firearms in the 1600s, knights went to war entirely encased in suits of plate armor.

INCENDIARY (FLAMING) ARROWS
Incendiary arrows and bolts were used in warfare until the 16th. A wad of hemp or flax was soaked in a flammable substance, fixed beneath the arrowhead, and then lit just before the arrow was shot.

Lord of Freedom
프리든의 영주

점심 식사가 지난 후 라이튼과 세이린은 다시 영주를 찾았다. 이번엔 영주의 집무실에서 모였는데, 그룬터는 늦게 집무실 안으로 들어서다 가신을 보고 인상을 찌푸렸다. 투구를 눌러쓰고 있어 그들은 눈치채지 못했지만.

　"하인장은?"

　"잠깐 자리를 비웠습니다. 이번 일은 하인장의 일이 아니라 생각하여 말을 전하지 않았습니다만⋯⋯."

　라이튼이 나서며 대답을 하자 그룬터는 고개를 끄덕였다. 그가 앉자 라이튼은 보고를 시작했다.

　"먼저 대장간의 인물들을 모두 잡아들였습니다. 취조를 했습니다만 별다른 것은 나오지 않아서……."

"내가 직접 만나보지. 지금 어디에 있나?"

"일단 돌려보냈습니다. 영지 내 유일한 대장간이라 잠시라도 멈추면 많은 사람들이 불편한지라……."

라이든의 말에 그룬터는 어이가 없어 허, 하고 한숨을 쉬었다. 혹시나 싶어 세이린을 보았으나 별다른 표정 변화가 없었다.

'시골 영지라 그러한가? 일 처리가 어떻게 이 모양이지?'

그룬터의 태도 때문인지 라이든이나 세이린 모두 좌불안석이었다. 결국 그룬터는 다시 그들을 잡아들이라고 명령했다.

"내가 아침에 이 일이 소문나지 않도록 하라고 말하지 않았나?"

"단단히 일러두었으니 소문은 나지 않을 것입니다만……."

"그런다고 누가 자기가 당한 일을 소문내지 않는단 말인가! 당장 다시 잡아들여!"

경비대와 대장간 정도면 친분이 있을 것이다. 그들을 감옥에 가두고 감시하는 것이 달가울 리 없다. 하지만 그렇다고 용납할 수는 없는 일이다. 그룬터는 소릴 지르며 경비대장을 쫓아냈다.

홀로 남겨진 세이린은 식은땀을 흘리며 그룬터를 훔쳐보

았다. 그룬터는 그런 그녀에게도 한소리하려다가 그녀를 심복으로 삼기로 한 결심이 떠올라 그냥 한숨만 내쉬었다.

"대장장이들을 심문할 때 청지기장도 함께 있었나?"

"아니요. 대신 경비대장으로부터 보고는 들었습니다만… 그 사람들은 아는 것이 없었습니다. 그래서 경비대장은 그들을 돌려보냈고요."

그걸 말이라고 하는 건가? 그룬터는 어이가 없었지만 그 생각을 입 밖으로 꺼내진 않았다. 세이린은 젊다. 수도에서 공부를 하고 돌아왔다지만 경험이 부족할 나이였다. 그룬터는 화제를 돌렸다.

"플렉스 오렐리에 대한 것은 알아보았나?"

"네. 경비대장은 반대했지만 제가 따로 사람을 보내 알아보았습니다. 그는 마을 여관에서 방을 얻어 묵고 있다 합니다."

"사람은 한 명 붙이고 왔겠지?"

"네? 아뇨."

그룬터는 쓰게 웃었다. 그는 어쩔 수 없이 세이린에게 사람을 붙여 두란 명령을 한 다음 내보내기 전에 한 가지 더 명령을 내리려 했다.

"이 성 외곽에 골동품점이 하나 있지 않나?"

"있습니다. 손님이 없는 곳이지만 하인장이 그 집 출신입니다. 한데 골동품점은 무슨 일로……?"

'다들 알고 있는 이야기였군.'

그룬터는 잠깐 생각하다가 그냥 나가보라는 손짓을 했다. 본래 그는 골동품점 노인에게도 사람을 붙여 두라 말할 생각이었다. 하지만 하인장이 그의 아들이라는 말에 쓸데없는 짓은 하지 않기로 했다. 자신이 사람을 붙이면 틀림없이 하인장이 노인에게 일러바칠 테니까.

'재미있군. 그보다 하인장은 그의 애비가 암살자 길드의 장이라는 것을 알고 있을까?'

확률은 반반이다. 암살자들은 자신의 가족에게도 철저히 신분을 숨기는 경우가 많다.

그룬터는 생각에 잠겼다.

그러나 암살자 길드 일은 조금 뒤로 미루고 해야 할 일이 있었다. 그룬터는 침실로 돌아간 다음, '그룬터의 옷'을 챙겨 침실을 나섰다.

그러나 그는 전처럼 순조롭게 밖으로 빠져나가지 못했다. 검은 기사와 영주의 복장을 가방에 쑤셔 놓고 덤불에 숨긴 다음 허리를 펴자, 맞은편에서 경비대장이 달려온 것이다. 그룬터는 숨긴 것을 들킬까 슬그머니 덤불에서 멀어졌다.

"꼼짝 마라!"

헐레벌떡 달려온 라이든은 재빨리 칼을 뽑아 그룬터가 허튼짓을 못하도록 막았다. 투구를 벗고 평상복으로 갈아입었으니 못 알아보는 것이야 당연하지만, 방금 전까지만 해도 머리를 조아리던 녀석이 인상을 쓰고 자신을 바라보는 것은 마음에 들지 않는다.

그룬터는 이제 어쩔까 하고 생각하고 있는데 라이든이 외쳤다.

"어느 집의 아들이냐?"

그룬터는 고민했다. 영주로서 정체를 밝힐지, 아니면 숨길지 결정해야 하는 순간이기 때문이다.

그는 잠깐 고민하고 대답했다.

"저는 외지인입니다."

"뭐라고? 이방인이 왜 영주님의 성 근처를 서성거리고 있는 거지?"

그러면서 경계하는 꼴이 마치 암살자를 상대하는 듯한 모습이었다. 좋게 보면 자신의 일에 충실하게 임하며 경계를 늦추고 있지 않은 것이지만, 그룬터의 입장에선 발목을 잡는 일일 뿐이었다.

그는 통행증을 내밀어 자신의 신분을 밝힌 다음, 제이미 스트로의 초대로 오게 되었음을 알렸다. 그리고 성 근처를 서성이고 있는 것은 길을 잃어 헤맸다고 해명했다.

라이든은 통행증이 진짜인지 몇 번이나 확인하더니 똥 씹은 얼굴로 그것을 돌려주었다.

"무슨 짓을 하려는 건지는 모르지만, 그 인간을 너무 믿지 않는 것이 좋을 거다."

통행증이 확실하니 그는 더 이상 어떻게 하지 못하고 제이미의 저택으로 가는 방향을 알려주었다. 그룬터는 고맙다고 말한 다음 그 자리를 벗어나며 생각했다.

'그 인간이라……. 경비대장이 지역 유지에게 막말을 하는군. 가만, 제이미 스트로, 라이든 스트로……. 혹시 부자 관계인가?'

이런 곳에서 성이 같은 사람이 있는 것은 우연이 아닐 터. 세이린도 그의 집안이 본래 장사를 하던 곳이라 했다. 그룬터는 재미있는 일이라 생각하며 걸음을 옮겼다.

그런 그가 향한 곳은 다름이 아니라 전날 자신이 묵었던 그 여관이었다. 플렉스가 그곳에서 묵고 있다는 이야기를 듣고 앞으로 어떻게 할지 직접 눈으로 볼 필요를 느낀 것이었다.

'청지기장에겐 사람을 붙이라고 말해 두었지만 믿을 수가 없으니…….'

그룬터는 여관이 보이자 심호흡을 한 번 한 다음 안으로 들어갔다. 여관 주인이 아는 척을 하자 그룬터는 그리로 다가갔다. 친한 척하며 플렉스 오렐리에 대해 물어볼 생각이었다.

하지만 그가 말을 꺼내기도 전에 안쪽에서 물건 부수는 소리가 들렸다. 여관 주인이 벌떡 일어나 그리로 뛰어갔다.

"으이구! 또 시작이시구먼!"

그룬터도 재빨리 여관 주인 뒤를 따랐다. 여관 주인은 복도 끝의 방문을 열쇠로 열더니 안으로 들어가 난동을 피우는 사내를 붙잡았다. 사내는 술에 취해 얼굴이 벌게진 상태로 날뛰다 여관 주인이 자신을 붙잡자 머쓱해져선 얌전해졌다.

'플렉스 오렐리.'

그룬터는 그 사내의 이름을 속으로 불렀다. 전 영주의 아들인 이 청년은 대낮부터 술에 취해 행패를 부리고 있었다.

그룬터는 잠깐 생각하다 괜히 친한 척 플렉스의 어깨를 두드리며 밖으로 데리고 나왔다. 평소 평민의 접촉을 달가워할 플렉스가 아니지만, 자신의 실수를 여관 주인에게 들켜 무안한 상황이었는지라 그룬터의 손길을 받아들였다.

그렇게 여관을 나온 플렉스는 문이 닫히자마자 그룬터의 손을 뿌리치고 옆으로 한 걸음 물러섰다.

"넌 누군데 친한 척이지?"

형뻘인 나이의 그룬터에게 시비조로 이야기하지만, 그룬터는 마음에 두지 않았다. 플렉스의 신분을 생각해 보면 당연한 태도니까. 대신 그룬터는 비굴하지 않게 웃으며 손을 내밀었다.

"그룬터라고 하네. 이번에 새 영주가 취임한다기에 구경하러 왔지."

"뭐야? 외지인이냐? 새 영주는 개뿔."

"무슨 말이지? 새 영주가 맘에 들지 않나? 평민 출신으로 그 자리까지 올라온 사람이라는데. 아무래도 평민을 위해서 여러 가지 일을 해 주지 않으려나?"

여기까지 말하자 플렉스는 얼굴을 굳히더니 그룬터를 노려보기 시작했다. 허리에 칼을 차고 있으면 뽑아서 목에 겨누었을지도 모를 일이었다. 하지만 그 모습은 그룬터의 예상 그대로였다.

"이런, 내가 뭐 말실수를 했나? 미안하구만. 난 외지인이라서……."

"사정은 하나도 모르는 놈이 이딴 소릴 하고 다니니까 문제야! 모르면 말을 말아야지!"

"이거 미안하구만. 대신 내가 술이라도 한잔 사겠네. 자, 자!"

그룬터는 다시 그의 어깨를 툭툭 치며 술집으로 안내했다. 플렉스는 그룬터가 검은 기사를 평가한 내용이 마음에 들지 않았지만 의외로 순순히 머릴 숙이고 들어오자 괜히 기분이 좋아져 못 이기는 척 그와 함께 식당으로 들어갔다.

"어서 옵쇼!"

이제 막 저녁 장사를 시작한 식당 주인은 첫 손님 둘을 반갑게 맞이했다. 그룬터는 아직 청소 중인 주인을 피해 탁자에 앉은 다음 식사를 주문했다. 그리고 잊지 않고 술을 한잔 시켜 플렉스의 불편한 심기를 달랬다.

플렉스는 식사가 나오기도 전에 먼저 한잔 입안으로 들이붓더니 단번에 비웠다. 그룬터는 다시 한잔 더 주문한 다음 플렉스의 안색을 살폈다. 어찌 되었든 떠받들어지는 것에 익숙한 사내다. 그룬터가 이렇게 대해 주자 기분이 좋은 듯 그는 애써 웃는 표정을 감추고 있었다.

'참 전형적인 귀족 자제로구나.'

그룬터는 속으로 웃었다. 비웃는 것은 아니었다. 그저 틀에 찍어낸 듯한 인물이라는 것이 재미있었을 뿐이다.

"그보다 새 영주님이 맘에 안 드는 이유가 뭔가?"

"맘에 안 드는 이유? 그거야 당연히……."

플렉스는 말을 하다 말고 입을 다물었다. 그 사내가 개인적으로 마음에 들지 않는 이유는 백이라도 댈 수 있다. 전 영주의 자식에게 조금도 예의를 갖출 줄 모른다든가, 전통적인 법을 무시한다든가, 엉덩이를 일부러 노리는 나쁜 취미를 가지고 있다든가 하는 것들 말이다.

하지만 그것을 눈앞의 평민 '그룬터'에게 할 수는 없었다.

'이런 말들을 하려면 내가 전 영주의 자식이라는 것을 알려야 하잖아?'

아무리 플렉스라도 지금의 꼴은 부끄럽다. 그는 망설이다 말했다.

"나는 렉스라고 하는데, 사실 검은 기사가 뭐하는 놈인지 알지 못한다는 게 가장 큰 이유야. 세상에, 자기 얼굴도 드러내지 못할 만큼 뒤가 구린 놈이 영주 자리에 오른다는 것부터가 말이 안 되지."

"그런가?"

"말도 안 되고말고. 더군다나 그놈은 시간 약속도 지킬 줄 모르는 놈이야. 그놈은 예정보다 하루인가 이틀인가 뒤에야 입성했지. 생각해 보라고. 영지에 정확히 도착하는 건 주민과 하는 첫 약속 아닌가?"

"그렇지."

그룬터가 맞장구를 치자 플렉스는 괜히 기분이 좋아져 이 것저것 말을 늘어놓기 시작했다.

그룬터는 그의 말을 받아주며 틈틈이 기회를 노렸다. 그가 성을 빠져나와 여기에 온 것은 상대의 기분이나 풀어주려 한 것이 아니니까.

"자네 말대로라면 그 검은 기사는 영주 재목으론 별로일지 도 모르겠군. 그러고 보니 전 영주님의 아들이라는 분도 계시 지 않나?"

"어… 그게……."

"난 당연히 그분이 영주님이 되실 줄 알았는데……. 세상 일은 알 수 없단 말이야."

자신을 렉스라고 소개한 플렉스는 이쯤 되자 자기소개를 번복해야 할지 말아야 할지 고민하기 시작했다. 그러나 이미 망가진 모습을 보였으니 자기 이름을 말할 수는 없었다. 그는 타인을 말하는 듯한 태도를 취했다.

"그렇지. 나도 그분이 될 거라 생각했는데……."

"대체 어찌 되는 건지 아는 거 없나? 난 외지인이라서. 설 혹 그분이 영주 자리에 오르길 부담스러워한다 한들 가신이라는 작자들이 가만히 있으면 안 되잖나?"

플렉스 입장에선 입이 귀에 걸릴 만한 소리다. 플렉스는 표정을 감추고 애써 침착한 척한 다음 말했다.

"그게… 경비대장이라는 놈은 박쥐 같은 놈이라 제 몸이 위험해지니까 바로 발을 빼고, 하인장이라는 놈은 무슨 생각을 하는지 모르겠고, 청지기장이라는 년은 수도에서 유학 생활을 했다고 이곳 관습을 우습게 보는 그런 년이지. 가신이라는 말이 아까워."

"허허, 그렇군. 자리는 타고났지만 인복은 없는 모양이군. 쯧."

그룬터는 마침 나온 식사에 손을 대고 플렉스는 다시 술잔을 들이켰다. 그룬터는 그가 이제 완전히 경계를 풀었다고 생각하고 본론으로 들어갔다.

"나라면 그분을 뒤에서라도 도울 텐데 말이야. 정말 아쉬워."

그렇게 말을 시작하자 얼큰하게 술이 취한 플렉스는 피식 웃더니 단번에 말을 늘어놓았다.

"자리를 타고났는데 그분이 인복이 없을 리가 있나. 가신 놈들이 지들 누울 자리를 못 보고 설치는 것이지. 실은 그분을 뒤에서 도와주는 자들이 있긴 하지."

그룬터는 재빨리 술을 한잔 더 시키며 은밀한 목소리로 말했다.

"역시 하늘은 난사람을 버리진 않는군. 대체 어떤 자들인 가?"

"뭐… 이건 알면 큰일 나는 일이야. 자네가 다칠 수도 있어."

말하고 싶어 입이 근질근질한 것이 보인다. 하지만 그룬터는 눈치채지 못한 것처럼 괜히 안달 난 척 그게 누구냐고 다시 물었다. 그러자 플렉스는 슬쩍 몸을 기울여 작은 목소리로 말하려 했다.

그러나 그의 입이 열리기 직전, 퀘이사 델피언이 불쑥 나타나 근엄한 목소리로 플렉스를 꾸짖었다.

"도련님, 여관 밖으로 나오지 말라고 말씀드렸던 것 같습니다만……."

"오, 영감! 이봐 그룬터! 이분이 바로… 아냐. 아니네. 아무것도 아니야."

도련님이라고 불린 것에 놀란 플렉스는 재빨리 입을 다물었다. 흥이 나 앞뒤 가리지 않고 말을 하던 자신의 실수를 깨달았기 때문이다.

그룬터는 그런 플렉스의 반응을 보고 이제 저 입을 열기는 글러먹었다는 것을 깨달아 아쉬우면서도, 퀘이사 델피언을 보자마자 환하게 웃어 속마음을 감추었다.

"오, 그 골동품점의 주인이시군요. 앉으시지요."

"그럴 필요 없네. 도련님은 이 자리에서 나가실 테니까."

공짜 술을 사주는데다 자기 말에 맞장구쳐 주는 사람과 헤어지란 말에 플렉스는 울상을 지었으나 퀘이사가 시키는 일이다. 그는 식당 밖으로 나갔다.

그룬터는 입맛만 다시며 그의 뒷모습을 보고 있는데, 퀘이사 델피언이 탁자에 손을 내리치며 위협적으로 그룬터에게 얼굴을 내밀었다.

"이봐, 애송이. 여기저기 들쑤시고 있는 모양인데, 지금은 네깟 놈에게 신경 쓸 겨를이 없어 봐주고 있다는 것을 알아둬라. 귀찮아서 내버려 두고 있는 것을 네가 잘나서 봐주고 있다고 오해하지 말란 말이다."

"휘유!"

괜히 휘파람까지 불며 슬쩍 도발해 보지만 퀘이사 델피언은 그런 그룬터의 태도를 만용이라 여겼다. 그룬터가 하고 있는 것들은 애송이들의 전형적인 모습이니 말이다. 그는 상대할 가치도 없단 생각에 그냥 몸을 돌려 식당을 나갔다. 그룬터는 마치 조손 같은 그들의 퇴장을 지켜보며 생각에 잠겼다.

'플렉스로부턴 별로 얻은 것이 없군.'

경비대장, 플렉스의 동맹이 깨졌고, 하인장이 다크문의 일원인지는 플렉스 본인도 모른다는 것.

하지만 많은 것을 얻지 못했다는 말과 달리 뜻밖의 수확도 있었다. 퀘이사 델피언이 플렉스 오렐리 곁에 달라붙어 있다는 것.

'세이린에게 플렉스를 감시하라 일렀으니 퀘이사 델피언이 붙었다는 것도 보고될 테고, 이걸 잘 엮으면 퀘이사 델피언을 잡아들일 수 있겠군.'

그러나 이걸로는 부족하다. 그룬터는 잠깐 더 생각을 하다 이 자리에서 결론을 내긴 어렵겠단 생각에 자리에서 일어났다.

식당의 음식이 맛이 없는 것은 아니지만 이제 곧 만찬 시간이다. 돌아가 영주의 투구를 쓰기만 하면 더 나은 식사를 할 수 있는데 굳이 여기에 앉아 있을 필요는 없지 않은가.

그룬터는 숨겨둔 옷을 입고 침실에서 빈둥대다 식당으로 향했다.

그날 저녁 식사를 마친 그룬터는 식당 문 앞에서 하인장이 기다리고 있는 것을 보고 걸음을 멈추었다. 아침에 그렇게 깨진 뒤 낮 동안 모습을 보이지 않던 그가 자신을 기다린 것엔 이유가 있을 것이기 때문이다.

그룬터는 그가 인사하는 모습을 지켜보았다.

"무슨 일인가?"

"경황이 없어 준비가 늦었습니다. 이리 오너라!"

하인장이 부르자 식당 앞의 기둥 그늘에 숨어 있던 하녀 한 명이 모습을 드러냈다. 이제 열여섯, 일곱쯤 되었을까. 푸른 빛이 감도는 검은 단발머리를 한 소녀는 영주 앞에서 차분히 고개를 숙이고 있었다.

고개를 들라 명해 얼굴을 보자 이런 시골의 하녀라고 생각하기엔 힘들 만큼 고왔다. 흑단 빛 하녀복과 어울리는 외모나 몸짓은 모두 그룬터의 마음에 들었지만 나이가 어렸다.

"몸종 삼기엔 너무 어리지 않나?"

몸종이란 개인 비서이기도 하다. 현명해야 하며 경험도 풍부해야 한다. 검은 기사처럼 이제 막 부임한 영주에게 이런 어린 몸종은 어울리지 않는다.

"걱정 마십시오. 이 아이는 어려서부터 전 영주님의 수발을 들던 아이입니다."

"…수발? 이렇게 어린 아이가?"

"헤스티아라고 합니다."

그룬터가 미심쩍은 눈을 하자 하인장은 그녀를 슬쩍 밀었고, 헤스티아는 한 걸음 앞으로 나서며 공손히 인사를 했다. 오랫동안 말을 하지 않았던 듯 목소리가 갈라져 그녀의 외모와는 어울리지 않았다.

그룬터는 잠깐 생각하다 하인장에게 눈을 돌렸다.

"이곳 출신인가?"

"네."

"부모는?"

"고아입니다. 갓난아기일 때부터 이 성에서 자랐습니다. 이곳의 일이라면 훤하지요."

"잠은 어디서 재울 건가?"

"영주님이 내치지 않는다면 영주님 옆방에 대기시킬 겁니다. 혹 원하신다면 같은 방에서 재우셔도……."

하인장은 일부러 말끝을 흐렸다. 그 내용이 누구나 상상할 만한 그런 것임을 강조하기 위해서. 영주는 하인장의 말을 들으며 헤스티아를 지켜보고 있었다.

하나 그녀는 세이린과는 달리 하인장의 말에 미동도 않는다. 그만큼 각오가 되어 있단 말일 것이다. 그룬터는 그녀를 물끄러미 바라보다 고개를 끄덕였다.

"좋아, 그리하지."

몸종으로 쓰겠단 것인지 같은 방에 재우리란 건지 애매한 대답이다. 하지만 다르막은 눈치없이 묻는 일 없이 물러났고, 그룬터는 그의 뒷모습을 유심히 살폈다.

'하인장이 몸종을 데리고 오는 것은 자연스러운 일이지만……'

그의 눈동자는 서서히 다르막에서 헤스티아로 옮겨졌다. 헤스티아는 처음 그 자세 그대로 그룬터를 훔쳐보지도 않고 가만히 고개를 숙이고 땅을 쳐다보고 있었다. 그 모습을 그룬터는 차분히 지켜보다 걸음을 옮겼다. 헤스티아는 그의 뒤를 아무 말 없이 따랐다.

헤스티아가 쫄래쫄래 따라다니는 것이 불편했던 그룬터는 그녀를 미리 침실로 보낸 다음 자신은 집무실로 향했다.

사람을 시켜 경비대장을 부르니 몇 분 지나지 않아 그가 도 착했다. 딱히 그룬터가 개인적으로 그에게 할 말이 있는 것은 아니었다. 그저 사건이 어떻게 진행 중인지 궁금할 뿐.

하지만 그 보고가 가관이다.

관련자들을 모두 잡아와 병영에서 감시 중이라고 말하는 데, 왜 감옥에 가두지 않았느냐 물으니 죄가 없기 때문이라 대답한다. 그룬터는 책상 위의 물건을 집어 던지고 싶은 마음 을 억누르며 경비대장의 보고를 끝까지 들었다. 그러나 끝까 지 기다린 보람이 없었다. 경비대장의 보고는 그를 실망시켰 다.

"경비대장, 대체 자넨 경비대의 소임이 무엇이라 생각하는 건가?"

"영지를 지키는 것입니다."

"앞의 말이 빠진 것 같지 않나?"

무엇이 빠진 것인지 알았다면 처음부터 말했을 것이다. 라 이든은 고개를 갸웃했고, 그룬터는 스스로 답했다.

"영주의 명을 받들어 영지를 지키는 것이지 않나?"

"그런 것 같습니다만……."

"그런데 왜 상식 밖의 일을 하나? 나는 그들을 감금하라 했 을 텐데?"

"병사 대부분은 노역을 대신해 군역을 이행하고 있을 뿐입 니다. 그들더러 이웃을 범죄자 취급하라고 명령할 수는 없습니다."

"대장장이가 암살자로 나타나지 않았나? 그의 직장에서 공모자를 찾는 행위가 그리 이상한가?"

"암살자가 대장장이란 이유로 대장간 사람들이 모두 오해를 받는다면, 그가 주민이라는 이유만으로 프리든의 사람들을 모두 잡아들여야 한단 말입니까?"

굉장히 재미있는 대답이었다. 경비대장이라는 작자가 이런 말을 하리라곤 생각하지 못했기 때문이다.

그러나 한편으론 이해가 가지 않는 것은 아니다. 그는 증거도 없는데 이웃을 범죄자 취급하는 상황을 받아들이지 못하고 있었다. 이런 공동체 의식은 프리든이 작은 영지인지라 가능한 것일 터.

'이 멍청한 놈을 박살 내는 것은 일도 아니지만… 생각해 보면 내가 계속 이 영지에 머물러 있을 것은 아니지 않나? 정신 개조를 하는 것보단 구슬리는 편이 더 빠를지도 모르는 일이지.'

그룬터는 속으로 한숨을 내쉬었다. 그리고 이 영지의 특수성을 인정하기로 했다.

"그럼 경비대장은 어떻게 하면 좋겠는가? 영주인 내 목숨을 위협하는 암살자 무리를 그대로 내버려 둘 수는 없지 않겠나?"

"제 생각엔 먼저 이방인 목록을 추려 그들을 잡는 것이 옳을 듯합니다. 또한 영주님의 침실 주변에 보안을 강화하고 추이를 살피는 것이 좋을 것 같습니다."

"그래도 나오지 않는다면?"

"그의 단독 범행일 수도 있지 않습니까?"

낙관적인 태도다. 그룬터는 '네 목숨이 걸려 있어도 그렇게 말할 셈이냐?'라든지, '차라에서 프리든으로 오는 동안에도 습격을 받았는데 단독 범행이라고 말할 셈이냐'고 말하려다 생각을 바꾸었다.

"자넨 혹시 다크문이라는 단체에 대해 들어본 적 있나?"

"네? 처음 듣습니다만……."

"프리든에 뿌리를 두고 있는 암살자 길드네. 나는 그들이 나를 노리고 있다 생각하네."

이렇게 말하자 갑자기 라이든의 얼굴이 붉으락푸르락했다. 한눈에 보기에도 그는 가슴속의 어떤 말을 참는 모양새였다. 그의 인내는 길지 않았다.

"영주님은 기어이 프리든의 주민을 암살자라고 말하고 싶으신 겁니까!"

그는 벌떡 일어나 그룬터에게 삿대질을 했고, 마침 집무실에 들른 세이린이 그 광경을 보곤 놀라 달려와 그를 붙잡았다.

"라이든!"

"놔! 저 외부인 양반이 지금 우리를 살인자로 몰고 있잖아!"

그룬터는 성난 라이든을 보며 피식 웃었다. 세이린은 더욱 당황하여 얼굴이 빨개졌지만, 라이든도 그동안 쌓였던 것이 있어 쉽게 진정하지 못했다. 그는 지금 영주가 하고 있는 행동이 첫날 자신에게 병사 수를 물었던 것의 연장이라고 생각하고 있었기 때문이다.

그 와중에 그룬터는 차분히 입을 열었다.

"경비대장, 그럼 이렇게 하지. 다크문이라는 단체가 존재하지 않는다면 내가 영주 직을 플렉스 오렐리에게 넘기겠네."

"영주님?"

길길이 날뛰던 라이든은 얼어붙고, 세이린은 놀라 비명을 지른다. 아무리 영주에게 반감을 가지고 있는 라이든이라 해도 너무 어마어마한 내기인 것이다. 영주 자리를 도박에 거는 사람이 세상에 어디 있단 말인가?

"대신 그 암살자 길드가 존재한다면 앞으론 내 말에 무조건 복종하게. 어떤가?"

라이든이 잃을 것은 없었다. 암살자 길드가 존재한다면 그의 말이 옳았다는 것이므로 그의 말에 따르는 것이 당연하다. 더군다나 보상이 그가 지지하는 자에게 영주 자리를 주겠단 것이니…….

"좋습니다."

"라이든, 영주님은 농담하시는 거잖아!"

"농담이 아니네."

세이린의 얼굴이 굳었다. 그녀의 상식으론 이해할 수 없는 일이었기 때문이다.

라이든은 속으론 찝찝하다 생각하면서도 혹시나 영주가 마음을 바꿀까 재빨리 고개를 끄덕였다. 그룬터는 그의 모습을 보고 마찬가지로 고개를 끄덕였다.

"그럼 증명을 해야 할 테니… 경비대장, 골동품점의 퀘이사 델피언을 잡아오게."

"하인장님의 아버지 말씀이십니까?"

"그렇다네."

다시 한 번 라이든의 얼굴이 시뻘겋게 변했다. 선량한 프리든의 주민에게 이상한 짓을 하려는 것이라 생각했기 때문이다. 하지만 이내 생각을 고쳐먹었다.

'지금 영주 양반이 이런 명령을 내리는 것은 내가 하지 못할 거라 생각했기 때문이겠지. 그래서 내기를 무효로 만들겠단 속셈인 거야. 그런 뻔히 보이는 술수에 넘어갈 것 같으냐?'

라이든으로서는 여전히 거부감이 생기는 일이었다. 하지만 죽을 날이 내일모레인 노인네와 암살자 길드를 엮어보려는 영주의 속셈이 괘씸했다. 그는 당장 대령하겠다고 외치고 바람처럼 집무실 밖으로 뛰쳐나갔다.

세이린은 걱정스러운 얼굴로 그룬터를 바라보았다.

"영주님."

"걱정할 필요 없다. 그보다 플렉스에게 사람은 붙여 뒀겠지?"

"네. 내일 아침에 보고를 올리겠습니다."

시간별로 보고를 받고 싶지만, 그룬터는 여기에서 만족하기로 했다.

'자, 그러면 내일 보고를 기다리면 되는 건가?'

내일 보고에서 나올 소식은 정해져 있다. 퀘이사 델피언이 플렉스와 함께 있더라는 말.

'어째서 성 외곽의 늙은이가 영주의 아들과 함께 있는지에 대한 대답을 기대할 수 있겠군.'

플렉스와 퀘이사 델피언, 다크문을 엮어 라이든에게 한 방 먹일 수 있을 것이다. 그는 세이린더러 돌아가 자라고 말한 다음, 자신도 침실로 향했다.

영주의 침실은 조용하고 어두웠다. 하지만 영주 그룬터는 잠을 자고 있지 않았다. 잠들긴커녕 의자에 앉아 촛불 하나로 밝혀진 정면을 감상하고 있었다. 예술가의 명화를 바라보듯 담담한 눈빛으로 바라보고 있는 그 시선의 끝엔 소녀의 나신이 있었다.

하녀복을 벗고 영주의 말에 따라 그 자리에 선 헤스티아.

그녀는 촛불의 색인지 홍조인지 모를 붉은 빛의 얼굴로 영주를 바라보고 있었다.

"당당하구나."

영주는 손으로 의자를 가리켰다.

"앉아라."

"네."

옷을 벗긴 채로 그는 그녀를 의자에 앉혔다. 의아함을 느낄 법도 한데 헤스티아의 표정은 변함이 없었다. 그것을 그룬터는 흥미롭게 관찰하고 있었다.

그러나 헤스티아의 표정은 결코 변하지 않을 것처럼 보였다. 처녀의 몸으로 영주 앞에 벌거벗긴 채 서 있음에도 그대로인 그녀의 표정이 그것을 나타내고 있지 않은가.

"오늘 아침 소문을 들었느냐?"

"…네."

소문은 말할 것도 없이 영주의 침실에 암살자가 침입한 것을 말한다. 입을 막는다고 막았지만 그래도 퍼지는 것은 어쩔 수 없다. 물론 헤스티아는 다른 경로로 그 일을 들었지만, 소문으로 떠돌고 있다는 것은 알고 있어 사실대로 말하는 것이 좋을 거라 여겼다.

"네가 앉아 있던 그 자리에서 놈이 죽었단다."

헤스티아의 눈동자가 흔들렸다. 동료가 그 자리에서 죽었단 이야기 때문이 아니었다. 의자에서 죽었다는 거짓말의 의도가 궁금했을 뿐이었다. 그 표정을 살피던 그룬터는 툭 내뱉

듯 말했다.

"보통 네 나이 때 소녀라면 그 말의 진위 여부를 고민하기보다 행동을 할 것 같다만."

"네?"

"비명을 지른다든지, 그 자리에서 일어나든지 하는 것 말이다."

"저, 저, 그것은 너무 놀라운 일이라 행동을 잊었을 뿐입니다."

"내가 네 옷을 벗긴 것보다 놀라운 일이냐?"

"네?"

이건 또 어떻게 대답해야 좋은 걸까. 헤스티아는 창백해진 얼굴로 그룬터의 투구 아래 표정을 읽으려 애썼다.

자신을 불러 옷을 벗으라고 말했을 때, 헤스티아가 생각한 것은 누구나 알 만한 그런 짓이었다. 이렇게 벌거벗고 대화를 하는 것이 아니었다. 그녀는 눈앞의 남자가 보통 귀족과는 다르다고 생각했다.

"너는 내가 이곳에 도착하기 전, 습격을 당했다는 소문을 들어본 적 있느냐?"

그룬터는 또다시 엉뚱한 화제를 꺼냈다. 당연히 들어본 적이 있다. 하지만 헤스티아가 고민한 것은 단순히 '네, 그렇습니다' 라는 대답 때문만은 아니었다. 눈앞의 남자는 자신이 습격 당한 이야기를 계속하고 있었다. 그 물음에 모두 알고 있다고 대답하는 것이 암살자인 자신에게 득이 되는 일인가?

"…소녀는 잘 모르겠습니다."

헤스티아는 부끄러운 듯 고개를 숙였다. 그룬터는 그런 그녀의 태도를 보며 투구 아래 드러난 입꼬리를 올렸다.

"옷을 벗을 때도 당당하던 네가 내 물음 몇 마디에 고개를 숙이고 표정을 숨기는구나."

아래로 향한 그녀의 시선이 크게 흔들렸다. 그 말에 놀란 것은 아니다. 사실이긴 하나, 겨우 이 정도의 말에 감정을 드러낼 만큼 쉬운 훈련을 받은 것은 아니다.

그녀의 눈동자가 흔들린 이유, 그것은 놀라움이 아니라 두려움이다. 그의 질문은 헤스티아를 겨냥하고 있었다.

영주는 헤스티아를 의심하고 있었다.

"영주님의 의도를 모르겠습니다만……."

헤스티아는 자신이 방안으로 들어와 한 행동들을 되짚어 보았다. 아니, 그 이전에 식당 앞에서 그에게 인사했을 때부터 되돌아보기 시작했다. 그러나 아무리 생각해도 자신이 의심받을 만한 행동을 한 적은 없었다.

'저자가 날 의심하고 있다면 어차피 벗어날 수는 없을 텐데……. 차라리 지금이라도 달려드는 것이 좋지 않을까?'

그녀는 고민했다. 상대가 자신을 적이라고 생각하고 있다면, 지금이라도 적의를 드러내는 것이 좋지 않을까 하고.

하지만 상대는 검은 기사라고 불리던 바로 그 남자, 암살자

둘을 물리쳤다는 것은 둘째 치더라도 전장에서 연전연승하며 출신을 뛰어넘은 출세를 한 바로 그 남자인 것이다.

'칼은 침대 옆에 있으니 지금 이대로 달려든다면……'

그녀는 계산했다. 알몸인 자신. 무위로 이름을 떨친 상대. 누구에게 승률이 있을까?

그때 갑자기 그룬터가 웃음을 터뜨렸다.

"하하하핫! 녀석, 두려움에 떠는 것이 꼭 아기새 같구나. 고개를 들어라."

"네?"

"하인장이 소개시켜 준 하녀가 내 목숨을 노릴 리 없지 않느냐?"

그는 껄껄 웃으며 일어나 헤스티아의 곁으로 다가갔다. 그리곤 차분히 그녀의 허리를 감싸 일으키곤 침대로 안내했다.

"무어냐. 긴장하였구나?"

"아닙니다, 영주님."

"네가 너무 말이 없어 잠깐 놀려본 것이니라. 이 귀여운 것."

헤스티아는 방긋 웃으며 속으로 안도의 숨을 내쉬었다. 영지에서 두 번이나 공격을 받은 이 검은 기사는 그저 병에 가까울 정도의 경계심을 가지게 되었을 뿐이다. 긴장의 순간 자신이 아무 행동도 취하지 않음이 옳았던 거라 생각하며 그녀는 그룬터와 입을 맞추었다.

영주를 죽이는 방법은 이 방에 들어서기 훨씬 전에 정해 두었다.

그와 성교를 나누어 절정에 이르러 나른한 만족감을 느낄 때 급소를 찌른다. 사람들은 복상사한 것으로 생각할 것이다. 단검도 독도 필요없는 깔끔한 방법이다.

헤스티아는 침대에 누워 그룬터의 손에 몸을 맡겼다.

영주의 손은 생각보다 부드러웠다. 전장을 휘젓고 다닌 장수들과 달리 자신의 만족감을 채우고 여체에서 내려오는 사내가 아니었다. 그는 소녀의 입에서 더운 숨이 나올 때까지 끈기있게 손과 혀를 이용했고, 마침내 헤스티아는 열띤 상태가 되어 영주를 맞이할 준비가 되었다.

그때였다, 영주가 헤스티아의 상체를 일으켜 세운 것은.

"입을 벌려보아라."

"…네?"

"어흠! 내가 침을 뱉을 테니 삼키거라."

영문을 알 수 없는 주문이나 헤스티아는 그 말에 따를 수밖에 없었다. 영주의 더운 콧김이 그녀의 얼굴에 닿았다. 헤스티아는 입은 벌리고 있으되 눈은 꼭 감았다. 침이 길게 늘어뜨려져 자신의 입안에 들어오는 것을 보고 싶진 않았으니까.

하지만 그녀의 입안에 들어온 것은 침이 아니었다.

"컥?"

숨이 막힐 만큼 커다란 어떤 것이 그녀의 입을 틀어막았다.

그것은 딱딱하지도, 차갑지도 않았다. 분명 사람의 것.

헤스티아는 치욕감에 몸을 떨며 눈을 떴다. 그리고 확인했다. 입안에 들어온 것은 영주의 손이었다.

"생각대로구나."

이건 또 무슨 변태 짓이지? 헤스티아가 영주의 눈동자를 찾는 사이 그의 손이 그녀의 입안에서 빠져나왔다. 그의 손에 그녀의 침이 묻어 있음은 당연하지만 엄지와 검지 끝에 그녀의 어금니가 들려 있는 것은 자연스러운 일이 아니었다.

헤스티아는 고통없이 빠진 자신의 어금니의 위치를 혀로 확인하다 사색이 되었다. 그것은 자결을 위한 독니, 이빨로 위장한 독이 든 작은 주머니였던 것이다.

"다시 의자에 앉아라."

영주는 신사처럼 의자를 뒤로 빼 헤스티아가 앉기를 기다렸다. 알몸에 무기도 없고 자결을 위한 도구도 잃었다.

무장해제.

제압이란 말은 바로 이것을 두고 하는 것일 터.

헤스티아는 덜덜 떨리는 몸을 억지로 일으켜 영주의 명에 따라 의자에 앉았다. 의심이 몸에 배었다고? 아니다. 저자는 의심이 아니라 확신을 하고 있었다. 뿐만 아니라 자신이 이빨에 독을 숨기고 있다는 것까지도 아는 자였다.

궁지로 몰았다간 자결할 것을 뻔히 알기에 세간에 퍼진 변태 영주의 모습을 연기한 것이었다.

헤스티아는 고개를 숙인 채 쥐고 있던 주먹을 풀었다. 처음부터 끝까지 그의 손에서 놀아난 꼴이 아닌가. 이제부터 기다리고 있는 것은 지하 고문실에서의 지옥 같은 나날일 터.

그녀는 자신이 며칠이나 버틸 수 있을지 가늠하며 영주를 향해 고개를 들었다.

"소, 소녀는……."

자신을 가리키는 말로 운을 띄워본다. 영주가 의자에 그녀를 앉히고 몇 분이나 침묵했기 때문이다. 그녀는 여태 붙잡힌 적도, 정체가 드러난 적도 없었다.

때문에 이런 상황에서 어떻게 해야 할지 그에 대한 교육은 물론이고 생각도 해본 적이 없었다. 잡히면 독니를 물어 자살한다. 그런 간단하고 효과적인 선택지를 가지고 있었으니까.

"저는……."

입술에 침을 축여 보지만 뒤의 말은 아무것도 생각이 나질 않았다. 헤스티아는 그 어떤 훈련보다 지금이 더 괴롭다고 생각했다. 그런 그녀의 앞에 쿵, 하는 쇳소리가 울려 퍼졌다.

깜짝 놀란 그녀는 작게 비명을 지르고 테이블 위에 올라 있는 물건을 바라보았다.

검은색의 투구. 검은 기사가 쓰고 있던 투구다.

"영주님?"

그 누구 앞에서도 벗지 않기로 유명한 투구가 아닌가. 헤스티아는 그룬터의 의중을 읽기 위해 머리를 굴려 보았지만 도저히 읽을 수가 없었다. 왜 저자는 당장 사람을 부르지 않는가. 그리고 누구에게도 드러내지 않는다는 자신의 얼굴을 왜 암살자인 자신에게 보여주는가?

"나는 네 과거가 궁금하구나."

"제, 제 배후는 알려드릴 수가… 아니, 전 배후가 없어요. 이 일은 어디까지나 저의 단독… 아니, 아니, 전 아무것도 몰라요."

"누가 그런 것을 물었느냐? 네 이야기를 듣고 싶단 것이다. 넌 고아였다는데 그럼 누가 널 거두었느냐?"

"네?"

속내를 알 수 없는 물음이다. 하지만 유효한 질문이기도 했다. 그룬터는 여태껏 단 한 번도 적의를 드러내지 않았으며 헤스티아를 위협한 적도 없었다.

또한 그룬터는 헤스티아가 이해할 수 없는 행동만을 반복했다. 그 결과 그녀의 머리는 의문과 혼란으로 가득 차 거짓말을 지어낼 여유가 없었다.

헤스티아는 자기도 모르게 진실을 답했다.

"하인장님이 거두어주셨어요."

"하면 하인장의 가족과 함께 살았느냐?"

"네? 네……."

"그렇구나."

수양딸을 노리개로 바치는 하인장이라……. 재미있다는

생각이 들었으나 그룬터는 내색하지 않았다.

"혹 하인장에게 몹쓸 짓을 당하지는 않았느냐? 본시 데려온 자식은 좋은 대접을 받지는 못하니 말이다."

"그런 일은 없었어요."

말은 부정이나 말투에 자신은 없다. 그룬터는 그녀가 거짓말을 하고 있음을 알아챘다. 방금 자신은 하인장을 모욕한 것이나 다름없으나 그녀는 화를 내거나 강하게 부정하지 않았다.

하나 그룬터는 그것을 꼬투리 잡아 캐묻지 않았다. 몸종이 되기 전엔 무슨 일을 했느냐, 어떤 색을 좋아하느냐, 여행을 간다면 어디로 가고 싶으냐는 같은 사소한 것들을 물을 뿐이었다.

결국 헤스티아는 속으로 지금의 상황을 파악하려는 여유를 가지게 되었다.

'유도심문일까?'

2, 30분간 대화가 이어지는 동안, 그룬터는 암살자 길드에 대한 이야기는 단 한마디도 묻지 않았다. 이렇게 되기 전에 자신에게 했던 행동과는 정반대의 모습이었다.

그때 즈음에서야 헤스티아는 한 가지 사실을 깨달았다. 이 사람은 날 죽일 생각이 없구나. 또 사람을 불러 지하 고문실에 가둘 생각도 없구나.

"그럼."

영주는 자리에서 일어나 투구를 머리에 썼다. 그 소리에 놀라 헤스티아가 살짝 몸을 움츠리자 영주는 살짝 웃더니 그녀의 알몸을 안곤 침대로 향했다. 그리고는 그녀를 내려놓고 곁에 누워 이불을 덮었다.

"자자꾸나."

"…네?"

"두려워 말아라. 그저 네가 지금 얼마나 편안한지 다시 생각해 보려무나. 난 너를 해칠 생각이 없단다. 그러니 넌 지금의 기분을 영원히 기억할 거야. 널 해칠 줄 알았던 내가 널 믿고 있다는 사실을 알게 된 지금을 말이야. 너는 너무나 편안하다는 것을 느낄 테고 두려움, 슬픔을 내게 고백하게 될 거야. 네 몸을 감싼 이 부드러운 비단처럼 내가 너를 보호할 수 있다는 것을 기억해라. 그 기분은 네가 어머니의 품에 안겨 있을 때와 같이 포근하게 네 마음을 달래줄 거야."

평소와 다른 말투에 알 수 없는 행동, 주문이다. 영주는 헤스티아의 목 아래로 손을 넣어 그녀를 끌어안기까지 했다.

"그러니 내가 너의 이름을 부르면 너는 지금 이 기분을 그대로 떠올리도록 하렴. 푹신하고 안락한 이 침대와 부드럽고 포근한 이불에 안겨 있는 이 기분을. 힘들고 지쳐 있을 때 떠오를 이 감촉을 말이야. 그리고 편안하고 든든한, 세상 끝까지 너의 편이 될 나와 유대를 나눈 지금 이 순간도 기억하렴. 알겠니?"

"…무슨 말씀이신지 모르겠어요."

마법의 주문인가? 헤스티아는 고개를 갸웃했으나 그렇다고 '저는 다크문의 일급 암살자예요. 부길드장의 명에 따라 당신을 죽이려 했어요'라고 고백하고픈 마음은 들지 않았다.

그러니 영주가 무슨 짓을 했든 간에 신경 쓰지 않기로 했다. 혹 그것이 정말 마법의 주문이라 해도 지금 자신이 아무것도 느끼지 못하는 것을 보면 실패했음이 분명하니까.

"난 이제 자야겠구나. 내일 늦지 않게 날 깨우고… 그래, 청지기장, 경비대장, 하인장을 아침 식사에 초대하도록 해라."

영주는 말을 마치더니 곧 눈을 감고 편안한 숨소리를 내기 시작했다. 정말로 잠을 자려는 것이다.

'날 옆에 두고 자려고?'

이 기행을 어디까지 봐줘야 하나. 헤스티아는 황당함을 넘어 희미한 분노까지 느꼈다. 나이는 어리나 요인 암살에 몇 번이나 성공을 거두었던 그녀다. 자신의 직업이 떳떳치 않다지만 실력에 자부심은 가지고 있었다. 그런데 그런 자신을 옆에 두고 쿨쿨 잠을 잔다고?

헤스티아는 두 손을 영주의 목으로 천천히 가져갔다. 교살은 흔적이 남으니 하지 않으려 했던 방법이었다. 하지만 이렇게 무방비하게 죽여주십시오, 하고 있는 상대를 그냥 내버려두는 것은 자존심이 용납하질 않았다.

'하지만 내가 이렇게 할 걸 이 사람이 예상치 못했을까?'

암살자의 자살용 독니를 발견한 자다. 어둠의 자식들에 익숙한 자다. 그런 그가 이렇게 무방비하게 자신을 노출시키는 것은 어쩌면 날 시험하기 위한 것이 아닐까?

헤스티아는 그런 의문이 든 순간 이미 자신은 그를 죽일 수 없는 처지라는 것을 깨달았다. 이미 이자에게 마음 깊숙한 곳에서부터 패배했다. 이런 의심 자체가 그에게 손을 대는 것에 거부감을 느끼고 있단 증거였다.

헤스티아는 손을 이불 안으로 넣고 몸에서 힘을 뺐다.

그러자 영주의 손이 그녀의 머리를 쓰다듬었다, 마치 잘했다고 칭찬하는 부모처럼.

그녀는 자신이 하려 했던 행동에 수치심을 느껴 벌겋게 된 얼굴을 이불로 가렸다. 암살자로서의 자존심, 자세, 능력, 경력, 그 모든 것들이 파괴되었음을 느낀 그녀가 할 수 있는 것이라곤 그것밖에 없었으니까.

Chapter 05

수배

CHAIN MAIL · ARMOR made from linked iron or steel was the main type of armor worn from the Celtic p in the 6th century B.C. (pp. IC-11) until the 13th centur then knights found mail armor not only uncomfortabl wear but also inadequate protection against weap such as war hammers and two-handed swords. At first, plate armor, which was gradually introduced in the 13th century, was simply added to mail armor. But from the 1400s until the coming of firearms in the 1600s, knights went to war entirely encased in suits of plate armor.

INCENDIARY (FLAMING) ARROWS
Incendiary arrows and bolts were
used in warfare until the 1600s. A wad of
hemp or flax was soaked in a flammable
substance, fixed beneath the
arrowhead, and then
lit just before the
arrow was shot.

Lord of Freedon
프라든의 영주

이른 아침 첫닭이 울자 헤스티아는 영주의 침대를 빠져나와 조심스레 옷을 입었다.

코를 골며 곯아떨어진 영주가 작은 소리에 깨어나진 않을 테지만 그래도 조심해서 나쁠 것은 없었다.

그녀는 꼬박 지새워 충혈된 눈을 비비며 영주의 방을 나왔다. 문 앞엔 하인장 다르막 델피언이 서 있었다. 둘은 약속한 것처럼 모퉁이로 가 기둥의 그늘에 숨었다.

"어찌 되었느냐?"

대답은 없었다. 다르막은 아쉽단 표정을 지었으나 실망하진 않았다. 첫날 목적을 이루지 않더라도 괜찮다. 취임식까진 앞으로 며칠 남았으니 그전에만 해치우면 아무 문제 없다.

"기죽을 필요 없다. 오히려 잘했다. 첫날부터 사건이 일어났다면 오히려 의심할 테니."

첫날이라 영주가 경계했을 수도 있다. 섣불리 행동하느니 잠시 시간을 두는 것이 현명한 일일 터. 그는 헤스티아가 자책하지 않도록 칭찬하며 돌려보내려 했다. 그러나 헤스티아는 바닥을 본 채로 움직이질 않다가 힘겹게 말을 꺼냈다.

"…실패했습니다."

기어들어 가는 목소리라 다르막은 자신이 잘못 들은 거라 생각했다. 하지만 풀이 죽어 있는 헤스티아의 모습은 그의 귀가 멀쩡하고 정상적으로 작동하고 있음을 확인시켜 줄 뿐이었다.

"실패하다니? 영주와 동침하는 것에 실패했단 게냐? 영주가 혹시 남색을 밝히든? 널 목석 보듯이 대했느냐?"

"아닙니다. 임무를 실패했습니다."

"임무를?"

영주의 급소를 눌러 자연사처럼 위장시켜 죽이는 그 임무가 실패했단 말인가? 이 임무를 어떻게 실패한단 말인가? 물론 실패할 수는 있다. 하지만 그 경우 헤스티아는 암살자로서 다르막에게 보고를 할 수 없다.

여기엔 세 가지 이유가 있는데, 정체를 들킨 순간 자결용 독니를 물어 죽을 것이기에 있을 수 없음이 첫째이며, 혹 제압당했다면 지하 감옥에 갇혀 이곳에 올 수 없음이 둘째이다.

그리고 남은 한 가지는 그녀가 다크문의 암살자임을 포기했을 때의 경우다.

"영주 놈에게 붙은 것이냐?"

헤스티아가 배신하여 영주와 한패가 되는 것, 그리하여 머리인 다르막을 치는 것. 이것이 세 번째 경우다. 다르막의 긴장된 모습을 본 헤스티아는 고개를 저었다.

"아닙니다."

"그럼 대체 이건 무슨 경우냐? 네가 실패라 말함은 분명 시도는 했다는 것이겠지?"

"네. 하지만 정체가 발각되어……."

"발각되었다고? 대체 어떻게?"

"독니를 빼앗겼습니다."

"뭐라고?"

이건 또 뭔가? 독니라고 하는 자결용 도구는 어느 때이든 사용할 수 있다는 것이 최고의 장점 아니던가. 수색을 당해도 들키지 않는다는 그 커다란 이득 때문에 입안에 품는 위험을 감수하는 물건이 아닌가.

"그럴 수는 없다. 그것은 네가 독니를 가지고 있다는 확신을 가지고 있을 때나 찾을 수 있는 것이란 말이다."

"…그는 확신했습니다. 그리고 찾았습니다."

"뭐라고?"

다르막의 등줄기로 식은땀이 흘렀다. 그는 자신도 모르게 손칼을 꺼내 쥐었다. 믿을 수 없었다. 그의 불신은 이 성의 검은 그늘, 기둥 사이의 암흑 속에서 검은 기사가 튀어나올 것만 같은 공포를 안겨주었다. 다르막은 눈으로 주변을 살피며 헤스티아에게 물었다.

"하면, 하면 넌 어떻게 아직 이 자리에 있는 거냐? 어째서 지하 감옥에, 고문실에 가 있지 않고 이 자리에 제 발로 서 있느냐 말이다."

"모르겠습니다."

"모른다고? 그게 무슨 말이냐?"

"…모르겠습니다, 다르막님. 그는 제게 배후는커녕, 왜 이런 일을 저지르려 했는지도 묻지 않았습니다. 그저 제게 가족 구성과 좋아하는 것, 하고 싶은 것을 물을 뿐이었습니다. 저는……."

"가족? 뭐라 답했느냐? 네 가족에 대해 뭐라 말했느냐? 설마 내가 널 거두어 길렀단 말은 하지 않았겠지?"

흥분한 다르막은 헤스티아의 옷깃을 잡은 채 거칠게 벽으로 밀어붙였다. 그러는 사이 예리한 손칼이 그녀의 뺨을 스치며 상처를 냈으나, 헤스티아는 눈길도 주지 않은 채로 답했다.

"저는… 분명 그렇게 대답하지 않았어야 하는데… 저도 모르게……."

"이런 어리석은 년!"

다르막은 저도 모르게 헤스티아의 따귀를 때렸다. 얼굴이 반대편으로 돌아갈 만큼 그의 손은 매서웠으나 헤스티아는 신음 한번 없이 다시 부길드장 다르막에게 고개를 돌렸다.

"다르막님, 모르겠습니다. 그가 어떤 생각을 하는지 저는 도저히 알 수가 없습니다. 이런 경우는……."

"이런 멍청한 것! 네년을 살려두고 풀어둔 속셈이야 뻔하지 않느냐! 네가 나에게 가도록 하여 나까지 모조리 잡으려는 속셈이겠지!"

그는 헤스티아에게 물러나 손칼을 넘겼다. 헤스티아가 어리둥절한 얼굴로 그것을 받아 들자 그는 그녀로부터 멀어졌다.

"다르막님……?"

"죽어라."

"네?"

"넌 임무에 실패했고 정체를 들켰다. 무엇을 망설이느냐?"

그렇다. 그가 명령하는 것은 전날 그녀가 했어야 할 행동이었다. 하지만 지금 자신의 목숨은 영주가 살려준 것이다. 한 줌 핏물이 되어 죽었어야 할 자신은 부드러운 비단 천에 싸여 무사히 아침을 맞이했다.

그렇기에 다르막의 명령은 임무 실패의 결과로 인한 자결이 아닌, 자살하란 명령으로밖엔 들리지 않았다. 임무 실패의 충격이 없어진 지금 그녀는 그 칼로 제 목을 찌를 용기가 없었다.

"이런 미숙한 년!"

다급해진 다르막이 그녀의 손목을 이끌어 그녀의 목을 찌르려 했다. 헤스티아는 저항할 생각도 않고 멍하니 칼이 움직이는 것을 눈동자로 지켜보았다.

마치 다르막이 직접 칼을 쥐고 목을 찌르려는 것 같다.

어릴 때부터 자신의 뒷바라지를 해준 사람. 홀로 세상에 남겨져 아무것도 모르던 자신에게 살아야 할 방향을 일러준 사람. 따뜻한 손아귀보단 주먹질이, 목마보단 발길질이 더 익숙하지만 그것이 유대임을 조금도 의심치 않았던, 한 번도 아버지라 부르지 않았지만 그래도 마음속에 자리 잡고 있는 그 사람의 손이 지금 자신의 급소를 향하고 있었다.

'세상에 의지할 사람이라곤 부길드장님뿐이었는데, 그분이 이리 날 미워하신다면……'

사람을 죽이고 살아가는 행위에 대해 그녀는 깊게 생각해 본 적이 없었다. 그저 다르막이 원하니 그걸 행할 뿐이었다. 그런데 지금 그 상대가 자신에게 죽으라고 명령하고 있는 것이다.

그녀는 결국 눈을 감았다. 만약 그룬터의 목소리가 들리지 않았다면 그 눈은 두 번 다시 떠지지 않았을 것이다.

"하인장, 아니, 다르막 델피언. 취미가 독특하시군."

"헉!"

하인장은 등 뒤에서 들리는 목소리에 놀라 행동을 멈추었다. 천천히 뒤를 돌아보자 잠옷 차림에 칼을 한 자루 든 그룬터가 서 있었다. 헤스티아는 눈을 뜨고 그룬터를 바라보았다.

"영주님? 어떻게……?"

"그, 그렇구나! 헤스티아 이년! 역시 배신을 한 게로구나!!"

칼을 들고 영주의 몸종을 죽이려 서 있는 현장을 들킨 것이니 어떻게 변명할 방법도 없었다. 하인장은 품에서 단검을 꺼내 그룬터에게 달려들었다.

평소 같으면 이런 짓은 하지 않았을 것이다. 정말로 헤스티아가 그룬터의 몸종이었다면 인질로 붙잡고 도망친다든가, 이도저도 아니면 그냥 도망치는 방법을 택했을 것이다.

하지만 헤스티아는 같은 다크문의 암살자이니 인질의 가치가 없고, 모든 것이 들통 난 상황에서 그룬터를 살려둔다면 다크문은 쫓길 수밖에 없다.

'이 자리에서 영주 놈을 죽이고 헤스티아에게 뒤집어 씌운다면 길드는 무사할 수 있다.'

한 단체를 이끄는 수장으로서 만점짜리 결단이다. 그의 판단에 인간미는 없을지언정 어리석다는 말은 할 수 없다.

그러나 장검을 든 그룬터에게 단검 하나만 들고 달려드는 행위는 어리석은 짓이었다.

"하인장은 내가 플렉스 오렐리를 어떻게 요리했는지 보지 못했나?"

그룬터는 단검을 쳐낸 다음 칼을 쥐지 않은 손으로 상대의 턱을 후려갈겼다. 의식을 잃게 만들어 독니를 물 틈을 주지 않으려 한 것인데, 생각보다 다르막의 맷집은 튼튼해 제자리에서 한번 휘청하는 걸로 그 공격을 버텨냈다.

그룬터는 다급한 마음에 칼등으로 그를 치려 했다. 방금 턱을 쳤던 공격의 연장으로 상대방을 기절시키려 한 행동이었지만 상대는 암살자 길드의 부길드장이었다. 그는 곁에서 멍한 얼굴로 서 있는 헤스티아의 팔을 잡더니 그룬터에게 밀었다.

놀란 그룬터는 칼을 회수해 그녀를 안았고, 그사이 하인장은 멀리 도망가 버렸다.

'아차!'

그룬터는 하인장과 헤스티아의 대화를 들었기 때문에 그녀가 놓인 상황을 알고 있었다. 이대로 내버려 두고 하인장을 쫓는 것은 어렵지 않지만, 혼자 남겨진 이 소녀가 그 뒤 할 행동은 정해져 있었다. 도망친다면 차라리 귀엽겠지만 십중팔구는 손에 들린 칼로 자신의 목을 찌를 것이다.

그룬터는 고민했다.

'내가 하인장을 쫓는다고 붙잡을 수 있을지는 확신할 수 없다. 하지만 내가 이 자릴 뜨면 이 아이는 잃겠지.'

오랜 시간 고민한 것은 아니다. 하지만 하인장은 자신의 목숨이 걸린 상황에서 죽을힘을 다해 달리고 있었다. 너무 멀어져 그를 포기할 수밖에 없었다.

그런 그룬터의 귀로 헤스티아의 목소리가 들렸다.

"영주님······."

그녀는 한 손에 칼을 쥔 채로 영주를 바라보고 있었다. 하지만 초점이 맞질 않는 그녀의 눈동자는 영주보다 그 뒤의 어떤 것을 보듯 끊임없이 흔들렸다.

"저는 어떻게······."

다르막은 떠났다. 사람을 죽이는 일을 하고 있음에도 무너지지 않았던 정신을 떠받치던 그녀의 기둥이 무너졌다. 몸은 바들바들 떨리고 입은 '어떻게 해야 하지?'라는 말만 반복했다. 그런 그녀를 영주는 아무 말 없이 안았다.

넋이 나간 것이나 다름없던 그녀는 아무 저항 없이 그의 품에 안겼다. 하나 그녀의 손엔 칼이 들려 있었다. 그 때문인지 그녀의 머릿속에서 임무가 떠올랐다. 이자를 죽이지 못했기 때문이다. 어제 이자를 죽였다면 다르막이 자신을 버리려고도 죽이려고도 하지 않았을 것이다. 아직 늦지 않았다.

'지금이라도 이 주머니칼로 그를 찌르면······.'

"헤스티아."

혼란 속에서 자신이 무슨 생각을 하는지, 왜 암살을 흔적없이 하려고 했는지도 잊은 채 결과만을 추구하던 그녀의 귓가로 영주의 음성이 들렸다. 무너지고 흐트러지던 그녀의 마음을 커다란 손이 감쌌다. 그것은 부드럽고 포근했으나 또한 강하게 그녀의 정신을 붙잡았다. 헤스티아의 손에서 칼이 떨어졌다. 그룬터는 그런 그녀를 작은 목소리로 다독였다.

'휴.'

가슴이 묵직하다. 헤스티아가 몸을 기대어온 것이다. 그룬터는 그녀를 데리고 방으로 돌아갔다.

'이 아이를 어떻게 하지?

그룬터가 최면을 걸고 위험을 감수하며 헤스티아를 곁에 재운 것은 결코 이 아이에게 다른 감정을 느껴서 그런 것이 아니었다. 전날, 암살자가 공격해 올 것을 알고 있었고, 또 완벽하게 대처했으면서도 아무것도 얻지 못한 것에 대해 고민한 결과일 뿐이다.

다만 이렇게 완벽하게 하인장이 꼬리를 드러내게 될 줄은 예상치도 못했다. 조급함을 느낀 하인장이 생각 이상으로 활약해 준 덕이었다. 만약 헤스티아가 '잠시 옆방에 다녀올게요'라고 허락을 구하고 갔다면 그룬터는 깨닫지 못했을 것이다. 첫닭이 우는 시간이 되자 몰래 나가는 것을 보고 약속이 있었음을 알아챘을 뿐이니까.

밖에서 식사 준비 중이라는 연락이 왔다. 그룬터는 헤스티아를 바라보았다.

"이제 어떻게 할 생각이냐?"

"저는……."

질문을 받은 헤스티아는 망설였다. 그녀의 입장에서 어젯밤 그룬터가 한 행동은 하인장을 낚기 위한 술책이었으니까. 이용 가치가 없어진 자신은 이제 경비대장의 손에 넘겨져 고문당하고 상점가에 목이 걸릴 것이다.

"영주님의 뜻에 따를 수밖에요."

평생 자신을 돌봐준 이가 자신을 죽이려 했고, 그녀 자신도 최후엔 그 운명을 받아들이려 했다. 그저 이 자리에서 바로 자결하지 않는 것은 괜찮다고 말해준, 자신을 위로해 준 그룬터에 대한 고마움의 표시였다. 그룬터는 잠깐 생각하다가 말했다.

"그럼 청지기장과 경비대장에게 식당으로 오라고 전하거라."

명령을 이해 못한 헤스티아는 눈을 동그랗게 뜨고 그룬터를 바라보았다. 붙잡힌 암살자에 불과한 자신에게 할 명령은 아니었다. 그런 심정을 읽었는지 그룬터는 말을 덧붙였다.

"너는 내 몸종이지 않느냐?"

"네?"

마침내 헤스티아는 그룬터의 말을 되묻다 말뜻을 이해하곤 눈만 깜빡였다.

"영주님… 정말로 그래도……?"

"몸종이 된 지 얼마나 됐다고 벌써 내 말에 토를 다느냐?"

헤스티아는 문 앞에서 고민하듯 머뭇거리다 천천히 방을

나갔다. 그룬터는 그런 그녀의 뒷모습을 말없이 보다가 문을 닫았다.

'반 정도는 도박이지만······.'

기댈 곳이 없어진 소녀에게 손을 내밀었다. 붙잡지 않을 리가 없다. 그룬터는 자신이 더럽다고 생각하면서도 앞날에 헤스티아가 필요하다는 것을 알기에 이 일을 후회하지 않기로 했다. 아직 다크문의 일은 끝난 것이 아니니까.

잠시 뒤 그룬터가 식당으로 들어가자 경비대장과 청지기장이 먼저 와 기다리고 있었다. 아직 헤스티아의 정체에 대해 듣지 못한 듯 평상시와 다를 바 없는 얼굴이었다. 그룬터는 웃으며 헤스티아를 소개했다.

"헤스티아네. 몸종이지. 앞으로 내 곁에 있을 걸세."

"아, 네. 어제 하인장에게 이야기 들었습니다. 아참, 하인장은 자택에서 출발했다곤 하는데 아직 도착하지 않았습니다. 무슨 일이라도 생긴 건 아닌지······."

보고하던 그녀는 슬쩍 하인장의 빈자리로 눈을 향했다. 하인장은 약속 시간에 늦은 적이 한 번도 없는 사람이었다. 세이린은 걱정이 되어 그룬터가 늦게 왔다고 야단치기 전에 그를 변호했다.

하지만 영주는 신경도 쓰지 않는다는 듯 물을 들이켜고 식사를 시작했다.

"오지 않을 거야."

"네?"

"새 하인장을 뽑아야겠군. 청지기장에게 일임하지."

"무슨 일이 있었습니까?"

"간밤에 암살자가 들었네. 그 암살자는 하인장에게 고용된 자였고, 그가 실토하길 하인장은 암살자 길드의 수장 중 하나였다는군. 그러니 하인장을 기다릴 필요는 없을 거야. 그와 수하들은 이미 성을 빠져나갔을 테니까."

"내부에 적이 있었단 말입니까? 그리고 하인장이 그 수장이었단 말씀이십니까?"

라이든은 굳은 얼굴로 영주에게 물었고, 영주는 표정 하나 변하지 않고 그렇다고 대답했다. 라이든은 부아가 치밀어 말했다.

"또 영주님은 이곳에 있던 사람이 죄를 짓고 있다고 말하시는 겁니까? 너무하십니다! 다른 것은 그렇다 쳐도 그 암살자는 어디 있습니까? 오늘도 시체가 나왔다는 말은 듣지 못했는데 말입니다!"

라이든은 그룬터라는 신임 영주를 부정할 생각까진 없었다. 비록 자신은 플렉스의 편을 들고 있었지만 영주에게도 나름대로 권리가 있다고 생각하기 때문이었다. 그러나 계속해서 영지민이 나쁜 짓을 저지르고 있다고 말하는 그룬터에게 적의가 쌓이는 것은 어쩔 수 없었다.

그룬터도 그 사실을 알고 있었다. 그는 손가락으로 자기 곁에 서 있는 헤스티아를 가리켰다.

"암살자는 여기 있네."

"네? 헤스티아가요?"

라이든은 고개를 갸웃했다. 헤스티아에 대해 알고 있기 때문이다. 그녀는 그룬터가 오기 훨씬 전부터 이 성의 하녀로 일하고 있었다. 그런데 그녀가 암살자라니? 라이든은 믿을 수 없다는 표정을 지었다.

그룬터는 경비대장이 그러리라는 것은 이미 예상하고 있었기에 헤스티아에게 눈짓으로 지시했다. 그룬터의 일거수 일투족을 놓칠세라 집중하던 헤스티아는 명령을 받자 라이든에게 돌진했다.

"엇!"

방심한 탓도 있을 것이다. 라이든은 그룬터를 보고 있느라 헤스티아의 공격을 막지 못했다. 팔을 제압당해 등 뒤로 꺾인 라이든은 식은땀을 흘렸고, 그룬터는 라이든이 괴로워하는 모습을 잠깐 감상하다 헤스티아에게 그만두라고 명령했다.

"이제 믿겠는가?"

"끄응."

체구가 훨씬 작은 소녀에게 제압 당한 것이 창피했던지 라이든은 얼굴을 붉혔다. 하지만 곧 정색한 얼굴로 헤스티아를 노려보다 그룬터에게 말했다.

"암살자인 그녀를 이렇게 내버려 둘 수는 없습니다. 그녀를 체포하여 심문하도록 하겠습니다."

"그럴 필요는 없네. 내가 용서했으니 문제 될 게 없지 않은가?"

"그건 안 될 말씀입니다."

갑자기 끼어든 것은 세이린이었다. 그녀는 헤스티아가 암살자였다는 말을 들은 뒤부터 이해할 수 없다는 표정을 하다가, 영주의 권한으로 그녀를 용서하겠단 말을 듣자 참을 수 없어 자리에서 일어났다.

"그럴 수는 없습니다! 법이 용서치 않습니다! 이 일은 영주님 개인이 아닌, 영주라는 지위에 대한 도전입니다! 영주님이 용서하셔도……."

"이젠 자네마저 내 반대편에 서려 하는군. 이 아이는 자네들과 몇 년을 함께 일해온 아이네. 그녀가 뉘우치고 내가 용서함에도 죽이고 싶은 건가?"

"영주님의 적이 되겠단 이야기가 아니잖습니까. 영지는 법으로 다스려야 합니다. 다스리는 사람이 법률을 어기면 아랫것들에게 어떤 명령도 내릴 수……."

이미 세이린과 다르막 사이에서 오간 대화였다. 다스리는 자는 결코 법을 어겨선 안 된다는 원리원칙에 따르는 세이린의 가치관을 볼 수 있는 말이었다. 하지만 그룬터는 그렇게 꽉 막힌 사람이 아니었다.

"이 아이를 죽이면 대체 어떤 방법으로 잔당을 색출할 건가? 혹 자네도 날 해한 자들과 한통속인가? 그래서 그들을 찾아내지 못하게 하려고 이렇게 열심인가?"

"아, 아닙니다."

세이린의 말문을 막아버리는 일격이었다.

그렇게 가신 둘을 벙어리로 만든 그룬터는 두 사람이 자리에 앉도록 명령한 후 이야기를 계속했다.

"경비대장의 의견을 듣고 싶군. 하인장이 이 일에 관련되어 있다는 것을 어떻게 생각하나?"

헤스티아에게 제압 당하지 않았다면 부정했을 이야기였다. 하지만 어쩔 수 없었다. 헤스티아가 보통 사람 이상의 실력을 가지고 있다는 것이 드러난 이상 헤스티아의, 그룬터의 말을 믿는 수밖에 없었다.

"…그에게 수배를 내리도록 하겠습니다."

"좋아, 헤스티아를 빌려주도록 하지. 그녀가 수배 명단을 만드는 데 도움을 줄 것이다."

"네."

"아, 전에 내가 내린 명령은 어찌 되었지? 하인장의 아버지 퀘이사 델피언을 잡아들이라 한 것 말이야."

"어… 그것이……."

라이든은 그제야 그룬터가 전날 했던 명령의 진의를 깨달았다. 처음부터 영주는 하인장을 의심하고 있었던 것이다. 그는 그룬터의 명을 거슬러 일을 망친 것은 아닌가 하고 자책했다. 그도 그럴 것이, 그는 병사 두어 명에게 퀘이사 델피언을 데려오라고 대충 명령했고, 찾지 못했다는 보고를 받은 상태였던 것이다.

"죄송합니다, 영주님. 아직 그를 붙잡지는 못했습니다. 하지만 한 번 더 기회를 주신다면 이번엔 모든 병사를 다 동원하여 그와 하인장을 잡아들이겠습니다."

결과가 좋지 않다. 그룬터는 투구 속에서 미간을 찌푸렸다. 하지만 하인장을 잡겠다는 경비대장을 보자 질책하려는 마음은 사라졌다. 자신이 잘못했음을 알고 있는 자를 꾸중하는 것은 미움 받는 지름길이기 때문이다.

그룬터는 고개를 끄덕이고 세이린에게 시선을 돌렸다. 그녀는 전날 담소를 나누었던 하인장이 흑막이었다는 사실을 믿지 못하여 멍한 표정이었다.

"청지기장, 내가 시켰던 일은 어찌 되었나? 플렉스 오렐리를 감시하라 한 것 말이야."

"네? 아! 그는 별일없이 여관에 머물고 있습니다만……."

"단지 그뿐인가?"

"아닙니다. 그는… 하인장의 부친이신 퀘이사 델피언과 함께 머물고 있습니다."

그룬터는 대충 짐작한 일이었지만, 라이든은 믿을 수 없다는 표정으로 세이린을 바라보았다.

"세이린, 정말이야?"

"응."

"맙소사! 그럼 도련님이 이 일을 꾸몄단 말인가?"

평상시였다면 세이린도 바로 깨달았을 일이지만, 하인장의 정체에 너무 놀라 아무것도 생각하지 않고 있던 것이 컸다.

그녀는 라이든의 말을 듣고 나서야 그룬터의 명령들을 이해했다. 라이든에겐 퀘이사 델피언의 체포를, 세이린에겐 플렉스 오렐리의 감시를 명했던 것은 다른 명령이 아니었다.

한편 그룬터는 이 말이 나오길 기다리고 있었다. 다만 지금의 상황은 그룬터가 예상했던 것 이상으로 완벽했다.

'하인장이 나서준 덕분에 암살자 길드와 퀘이사 델피언, 플렉스 오렐리를 완벽하게 엮을 수 있게 되었군.'

그룬터는 보이지 않게 웃으며 두 가신에게 말했다.

"퀘이사 델피언은 다크문이라는, 프리든에 뿌리를 두고 있는 범죄 집단의 우두머리네. 그의 아들인 하인장도 그쪽 인물인지는 확신이 없어 손을 대지 못하고 있었지만 오늘 아침 일을 보건대 내가 소심했었군. 성문을 걸어 잠그고 헤스티아와 함께 잔당을 색출하게. 대부분의 일당은 도망쳤겠지만, 남은 일당 몇은 붙잡을 수 있을지도 모르지."

"네!"

"그리고 이 일은 청지기장이 지휘하도록. 왜 그래야 하는

지는 설명할 필요가 없겠지."

그룬터는 말을 마친 후 자리에서 일어나 식당을 나갔다. 세이린은 그룬터가 자신에게 힘을 실어주기 위해 무리를 하고 있다는 것을 깨닫고 속으로 미소 지었다. 하인장이라는, 평소 친분이 있던 사람을 쫓아야 하는 입장에 서게 되어 혼란스럽지만, 든든한 자신의 편이 있다는 것이 불쾌할 이유는 전혀 없는 것이다.

한편 라이든은 그룬터의 명령에 분노했으나 자신이 영주의 반대편에 섰음을 떠올려 아무 말도 못했다.

"젠장."

라이든은 식탁을 힘껏 내려쳤다. 놀란 헤스티아나 세이린이 그를 바라보자, 라이든은 그동안 쌓였던 말을 털어놓았다.

"왜 그런 눈으로 보는 거야, 세이린! 난 나름대로 도련님에게 상속권이 있다고 생각했어! 그래서 그랬을 뿐이라고!"

"네 말 몇 번이나 들었지만 이해할 수가 없어. 애초에 그 도련님이라는 작자는 개망나니 짓을 하고 다닌 사람이잖아. 대체 왜 그리 편을 드는 거야?"

"도련님은 사실 철이 덜 들었을 뿐이야! 전 영주님이 도련님에게 한 행동을 생각하면 자연히 동정할 수밖에 없다고! 그런 짓을 저지른 것도 이해할 수 있단 말이야!"

세이린은 그의 말에 관심이 없었다. 평소라면 이쯤 이야기가 나왔을 때 자리에서 일어났을 것이다. 하지만 지금 자신은 영주로부터 전권을 위임받았다. 이것을 위압적으로 휘두를지 그렇게 하지 않을지는 전적으로 그녀에게 달렸다.

'비록 지금까지 대립해 왔지만⋯ 그래도 소꿉친구인 라이든에게 매몰차게 대할 수는 없지.'

승리했기 때문일 것이다, 그녀에게 여유가 생긴 까닭은.

세이린은 가만히 라이든의 다음 말을 기다렸고, 라이든은 세이린의 변화를 깨닫지 못한 채로 말을 이어 나갔다.

"마님이 돌아가셨을 때, 도련님은 세상을 잃은 것이나 다름없는 충격을 받으셨어. 이 세상에 가족이라곤 영주님, 마님, 그리고 도련님 본인 셋밖에 없었으니까. 하지만 그때 영주님이 어디 계셨는지 알아? 수도! 미네스덴가의 파티에 참석하고 계셨다고."

그 이야기는 세이린도 알고 있었다.

미네스덴가라는 수도의 대귀족 가문에 스퀼 오렐리는 많은 것을 투자했다. 일 년에 한두 번씩은 꼭 그곳의 파티에 참석했고, 영지에서 거둬들인 세금도 제법 보내곤 했다.

조금 과한 감이 있긴 하지만 세이린은 이해했다. 수도의 대귀족과 끈을 만들어 두는 것은 시골 영주 입장에선 당연한 것이었으니까.

라이든의 말은 이어졌다.

"도련님은 마님의 시신이 훼손될까 임시로 매장하고 영주님을 기다렸는데, 영주님은 일주일이 넘는 파티 기간을 다 즐기고 돌아와 마님을 위한 장례식을 따로 치르지 않았어. 그때 도련님이 어떤 생각을 했을지 생각해 보라고."

"그래서 그 개망나니 짓을 했단 말이야? 전 영주님에게 반항하기 위해?"

"결과는 그렇지만, 적어도 동기는……."

"그렇다고 사람을 강간까지 한 그 철부지의 편에 선 것은 이해할 수 없어."

"네가 잘못 알고 있는 거야. 그 당시 도련님의 평판은 형편없었기 때문에 강간 당했다는 여자가 나타난 거야. 그 증거로 그 여자는 지금 성을 나가 다른 곳으로 도망쳤어. 영주님이 보상한 돈을 들고."

"그 여자가 거짓말을 해 이주한 거라 생각해? 이 성에 계속 눌러 살 수 없으니 숨은 거야."

"자신이 떳떳한데 숨을 필요가 어디 있어. 만약 도련님이 정말 그런 짓을 했다면, 한낱 농노의 여식이 무슨 짓을 할 수 있겠어? 불가항력이야. 자연재해라고. 그 여자가 잘못한 건 하나도 없어. 누구도 비난하지 않을 거야. 그런데도 그 여자는 숨었어. 뒤가 켕기니 도망친 거라고."

이즈음 되자 세이린은 더 참을 수 없었다. 그녀는 벌떡 일어나 외쳤다.

"경비대장, 청지기장으로서 영주님에게 받은 권한을 빌려

명한다! 헤스티아를 데리고 암살자를 쫓아!"

"뭐?"

세이린의 태도 변화에 놀란 라이든은 눈을 껌뻑거리다 자신이 처한 상황을 깨달았다. 그리고 이것이 영주의 힘을 업은 청지기장의 권한이라는 것도 알아챘다.

그는 분노를 억누르지 못하여 항변하려 했지만, 이제 이것은 기세 싸움 문제가 아니었다. 세이린이 영주에게 '영주의 권한을 빌려 명했음에도' 라이든이 따르지 않았다는 것을 일러바치면 일어날 일은 뻔한 것이다.

'명령 불복종.'

라이든은 속으로 이를 갈며 일어나 말했다.

"명을 받들겠습니다."

그리고 더 이상 말을 덧붙이지 않고 식당 밖으로 걸어나갔다. 헤스티아는 잠깐 세이린의 눈치를 보다가 라이든의 뒤를 따라 나갔다.

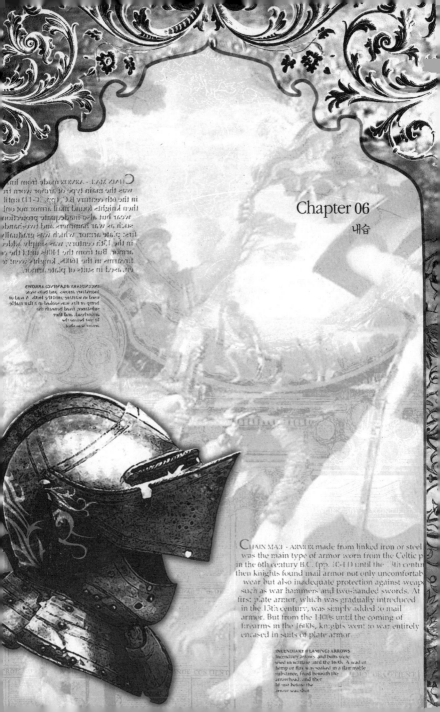

Chapter 06

배슬

CHAIN MAIL - ARMOR made from linked iron or steel
was the main type of armor worn from the Celtic p
in the 6th century B.C. (pp. 1C-1D) until the 14th centur
then knights found mail armor not only uncomfortab
wear but also inadequate protection against weap
such as war hammers and two-handed swords. At
first, plate armor, which was gradually introduced
in the 13th century, was simply added to mail
armor. But from the 1400s until the coming of
firearms in the 1600s, knights went to war entirely
encased in suits of plate armor.

INCENDIARY (FLAMING) ARROWS
Incendiary arrows and bolts were
used in warfare until the 1600s. A wad of
hemp or flax was soaked in a flammable
substance, fixed beneath the
arrowhead, and then
lit just before the
arrow was shot

Lord of Freedom
프리든의 영주

플렉스 오렐리는 그동안 퀘이사 델피언의 돈으로 술을 사
다 마시며 시간을 보내곤 했다. 그러나 그런 좋은 시간은 고
작 하루 만에 끝났다. 다음날 헤스티아를 투입하겠다는 말을
들은 퀘이사 델피언은 그 소식을 플렉스에게 전하러 찾아왔
다가 플렉스의 망나니짓을 본 것이다. 낮부터 술을 마시고 여
관의 물건을 부순다든지 하는 행동은 방관만 하겠다던 퀘이
사의 결심을 무너뜨리고야 말았다.

결국 퀘이사는 식당에서 그룬터와 함께 있는 플렉스를 발
견했고, 대번에 붙잡아 여관에 처박아 두었다. 플렉스는 싫다
고 고집 부렸지만 퀘이사의 완력을 이길 수는 없었다.

그렇게 하루 종일 여관에 붙잡혀 있던 플렉스는 오늘 아침 퀘이사의 손에 이끌려 여관 밖으로 나왔다.

"영감, 아침부터 어딜 가는 거야?"

퀘이사의 뒤를 따르며 플렉스는 투덜거렸다. 퀘이사는 입을 다물고 그저 걸음을 재촉할 뿐이었다. 전날 플렉스의 타락을 두 눈으로 보았기 때문만은 아니다. 오늘 아침 전서구로 급보가 날아들었기 때문이었다.

'영주에게 모든 계획이 들켰다고?'

퀘이사 델피언은 전서를 보고 놀라 숨을 멈추었다. 편지의 내용은 다르막의 정체가 영주에게 들켰으니 모두 성을 빠져나가란 것이었다.

현재 다크문이 할 수 있는 선택은 영주와 전면전을 벌이느냐, 아니면 영지를 떠나느냐 정도. 부길드장 다르막 델피언의 선택은 후자였다. 비록 부길드장이지만, 실질적인 권한을 행사하고 있는 것은 그였다. 그리고 그는 목숨을 걸면서까지 이 영지에 집착할 이유가 없다고 판단했다.

하지만 퀘이사 델피언은 그 말에 동의할 수 없었다.

"뭐야, 영감? 여기는 돈벌레 놈의 집이잖아?"

그들이 도착한 곳은 제이미 스트로의 집이었다. 상회의 주인인 스트로 가문의 저택답게 영주의 성 못지않은 위용을 자랑하는 곳이다.

그런 곳이니 경비원의 자부심도 보통이 아니다. 탕아인 플렉스 오렐리를 곱게 보지 않고 내려다보는 표정으로 응대했다. 플렉스가 흥분하는 것은 당연한 일이었다.

"이런 미친놈들! 여기는 프리든이 아니냐? 네까짓 놈들이 날 무시해?"

"허허, 도련님. 있어 보게."

광분하는 플렉스를 진정시키는 것은 퀘이사 델피언이었다.

"미안하지만 한 번 더 부탁하겠네. 이번엔 항아리 골동품점의 주인이 왔다 해 주게."

경비원은 플렉스에겐 경멸의 눈빛을 보냈지만, 나이 지긋한 신사인 퀘이사 델피언이 머릴 숙이며 부탁하자 어쩔 수 없이 문을 열어 주었다. 퀘이사는 씩씩거리는 플렉스의 목덜미를 잡고 응접실로 향했다.

응접실은 영주의 집무실보다 오히려 화려했다. 영주의 성은 제법 오래되었음에도 전통을 이유로 대대적인 개축을 하지 못하였지만, 이 저택은 주인이 바뀔 때마다 변화가 있었다.

퀘이사 델피언은 선대보다 조금 간소해졌단 생각을 하며 응접실의 테이블 끝에 서서 사람을 기다렸다. 물론 플렉스는 의자에 앉아 불만이 가득한 얼굴로 퀘이사 델피언을 노려보는 것을 멈추지 않고 있었다.

"영감, 이런 돈벌레 나부랭이에게 찾아와서 뭘 어쩌겠단 거야?"

"도련님, 영주라는 이름만 그대로일 뿐 알맹이가 바뀐 경우는 수없이 많지. 도련님도 알잖는가? 오렐리 가문이 이 영지에 자릴 잡은 것은 도련님의 조부 대부터라는 것을."

"그래서, 뭐야? 이 땅의 진정한 주인은 바로 이 녀석이라고?"

"주민은 배가 고프면 영주에게 청원하기보다 이곳에서 돈을 빌리네. 도련님, 어찌 이런 사실도 모르고 살아왔는가?"

"필요가 없으니까!"

퀘이사 델피언은 속으로 쓴웃음을 지었으나 내색진 않았다. 플렉스의 나이는 이제 열여덟. 한창 자기가 제일이라고 생각하는 그런 나이였다. 스퀼 오렐리가 이 년만 더 살아 있었어도 이 개망나니 같은 성격은 많이 나아졌을 텐데.

안타깝게 생각하는 동안 저택의 주인인 제이미 스트로와 집사인 루크가 들어왔다. 특히 제이미 스트로는 들어와 퀘이사 델피언을 보더니 환한 미소를 지었다.

"오래간만입니다, 어르신. 제가 한번 찾아뵈었어야 하는데 번번이 시간이 나질 않아서 그만……."

"허허, 그건 나도 마찬가지 아니겠는가."

제이미는 헤어진 형제라도 만난 것처럼 양팔을 벌려 퀘이사 델피언을 반갑게 안았다. 그 누구라도 그가 다크문의 해체를 의뢰했다곤 생각지도 못할 것이다.

하지만 그의 반가운 인사는 여기까지. 그는 벌레를 보는 듯한 눈으로 플렉스를 내려다보았다.

"그보다 웬일이십니까?"

"내가 오고 싶어서 온 게 아니야. 영감이 끌고 온 거지."

"너에게 한 말이 아니다, 플렉스 오렐리. 어르신께 한 말이지."

"뭐라고? 내가 누구인지 알면서도 지금 장난을 쳐?"

플렉스가 벌떡 일어나려 하자 퀘이사 델피언이 그의 어깨를 잡아 눌렀다. 플렉스의 태도가 아무리 건방지고 도가 지나치더라도 묵인했던 그였다. 그러나 이번은 달랐다. 그는 손등에 힘줄까지 보이며 강하게 플렉스를 저지했다.

그 사실을 플렉스라고 눈치채지 못할 리가 없다. 그는 당황했고, 제이미의 비웃음 가득한 눈빛을 받으며 자리에 다시 앉아야 했다.

"어르신, 아시다시피 영주님 취임식에 선물할 물건을 고르느라 저도 정신이 없습니다. 평소의 업무에 이것까지 더해 사람 만날 시간도 없지 뭡니까. 대접이 소홀하지만 너른 아량으로 양해해 주십시오."

"허허, 아닐세. 자네가 직접 나와 날 맞이하는데 더 무엇을 바라겠는가?"

제이미는 플렉스의 맞은편 의자에 앉고, 집사 루크는 그의 곁에 섰다. 퀘이사 델피언은 그들을 잠시 보다가 먼저 입을 열었다.

"말 꾸미는 것은 익숙하질 않네. 그러니 빙빙 돌리지 않고 바로 이야기하지. 도련님을 도와주게."

"뭐? 영감! 저런 놈에게 도움을 청하기 위해 온 거야? 누구 멋대로 이딴 일을 꾸민 거야! 상의도, 허락도 없이!"

플렉스는 자리를 박차고 일어날 기세로 외쳤다. 그러나 퀘이사 델피언은 여전히 그의 어깨를 잡아 눌렀고, 제이미는 그들의 모습을 재미있다는 듯 지켜보다 천천히 말했다.

"어떻게 도와드리길 원하십니까?"

"수도에 연락해 도련님에게 상속권이 있음을 호소해 주게. 자네 가문도 대대로 수도의 귀족에게 연줄을 대고 있지 않은가."

"그리함으로써 저는 무엇을 얻게 됩니까?"

"도련님을 얻을 수 있을 걸세. 난 자네가 예전부터 도련님을 탐냈다는 사실을 잘 알고 있네."

"뭐, 뭐라고? 날 탐내? 영감, 지금 날 저런 남색가에게 팔아 치울 셈이야?"

물론 제이미는 남색가가 아니며, 플렉스 오렐리의 말은 귀담아듣고 있지도 않았다. 그렇지만 그는 빙긋 웃었는데, 자신의 본심을 숨기기 위해서였다. 퀘이사의 말, 자신이 플렉스 오렐리를 노리고 있었단 말은 사실이었기 때문이다. 협상에서 원하는 바를 들키는 것은 좋은 전략이 아니다. 때문에 침묵으로 그 사실을 숨겼다.

그러나 퀘이사 델피언은 자신이 떠본 것이 아님을 증명했다.

"여동생 아이나 스트로를 어렸을 때부터 도련님의 배필로 키웠다는 것은 알고 있네."

"영감, 정신 좀 차려! 저놈의 여동생? 보나마나 과부나 노처녀일 텐데 내가 결혼해 줄 것 같아?"

"딱히 플렉스 오렐리를 위해 애지중지 키운 것은 아닙니다. 영주가 될 수 있는 자라면 누구든 상관없었으니까요. 심지어 프리든의 영주가 아니어도 상관없었습니다."

"하지만 도련님이 1순위였지 않은가. 우리 피차 피곤하게 말 돌리지 마세나."

"후후, 어르신을 속일 수는 없군요. 그러나 지금은 아닙니다. 만약 저 플렉스 오렐리가 강간 같은 짓거리만 하지 않았어도 일 년 전에 혼담이 오갔을 것입니다. 저는 플렉스 오렐리에게 실망했고, 아랫도리 간수도 못하는 자에게 여동생을 줄 순 없다고 결정했습니다."

"실망? 영감, 난 당장 이곳을 나가야겠어! 저딴 놈이 나한테 실망했다느니 뭐니 이딴 말을 하는 것은 참을 수가 없다고! 그리고 그 마녀에게 당한 것을 강간이라고 표현하는 놈에겐 특히 더 할 말이 없어!"

"허허."

중간에 끼어들어 자신의 의지를 표현하나 제이미는 플렉스의 말을 조금도 귀담아듣지 않았다.

퀘이사 델피언조차 그러했기에 플렉스는 화가 머리끝까지 치밀어 벌떡 일어나려다 멈추었다. 이번에도 퀘이사 델피언이 그의 어깨를 잡았는가? 아니다. 퀘이사 델피언이 바닥에 무릎을 꿇고 빌었기 때문이었다.

"내가 이리 부탁하겠네."

"여, 영감? 뭐하는 짓이야!"

길드장은 바지를 붙잡고 울지 않았을 뿐이지 그에 준하는 행동을 하고 있었다. 나이와 지위를 내팽개친 그의 모습에 제이미는 당혹하고 감동한 듯한 음성으로 반응했다.

"어르신, 이러실 것까진……."

"자네 스트로 가문은 우리 길드에 목숨 빚이 있지 않은가? 그에 비해 나의 부탁이라곤 고작 편지 한 장 써달라는 것이네."

길드장은 재차 부탁했다. 그는 제이미에게 자신의 잔심이 닿길 기원하며 돌처럼 그 자세를 유지했다. 하지만 고갤 숙인 퀘이사와 달리 플렉스는 볼 수 있었다. 제이미의 얼굴에 떠오른 잔인한 승리의 미소를. 그는 입으론 당황함을 연기하면서, 얼굴은 오만하고 당당한 지배자의 얼굴을 하고 있었다.

그것이 플렉스에게 굴욕감을 주었음은 말할 것도 없다. 하지만 이것은 성에서 쫓겨났을 때와는 사뭇 다른 감정으로 다가왔다.

쿼이사 델피언은 결국 남이다. 아버지의 의동생이라기엔 본 신분이 낮고 천해 의숙부라는 생각은 단 한 번도 해본 적이 없었다. 그런데 그가 당하는 모습을 보자 분노만큼이나 커다란 충격을 느꼈다.

"…영감, 일어나."

플렉스는 낮은 소리로 말했으나 이전처럼 그의 말은 듣는 사람의 귓가에서 흩어질 뿐이었다. 플렉스는 그제야 자신이 진심을 담아 말해도 들을 사람이 곁에 없다는 것을 깨달았다. 몇 년간 자신이 했던 행동은 그의 말에서 힘을 앗아갔다. 믿음이라는 통로가 파괴되어 있었다.

그렇게 플렉스가 번민하는 와중에도 세상은 그를 기다려주지 않았다. 제이미는 비웃음 속에서 입을 열고 있었다.

"제가 그 일을 잊을 리는 없지요. 그러나 그것은 가문과 길드의 일이지 저와 어르신 사이의 일은 아니지 않습니까? 저도 눈과 귀가 있습니다. 길드는 어르신의 계획을 반대했으며, 마침내 모든 인원이 프리든의 경비대에 쫓기는 신세가 되었습니다. 생각해 보십시오. 몰락한 도련님 나리와 기반이 뿌리째 뽑히는 중인 길드. 제가 무슨 성인 소릴 듣자고 팔을 걷어붙이겠습니까?"

엎드린 쿼이사 델피언에겐 보이지 않음에도 제이미는 손을 들어 플렉스를 가리켰다. 그의 눈은 경멸로 가득 차 있었으며 그 눈동자와 맞닥뜨린 플렉스는 이 모든 일이 자신의 탓임을 깨달았다.

하지만 엎드려 있는 퀘이사는 그런 사실을 알 수 없었다.

"모든 일이 도련님에게 불리함은 알고 있네. 그렇기에 얻는 이익도 더 크지 않겠나. 부디……."

"일어나라고, 영감! 아니, 퀘이사 델피언!"

큰 소리가 나게 의자를 박차고 플렉스는 일어났다. 그는 타오르는 듯한 눈동자를 하고 제이미를 노려보고 있었다.

퀘이사는 그의 모습을 보진 못하였으나 자신을 영감이 아닌 이름으로 호칭하자 한 귀로 흘리지 않았다.

"도련님, 참게. 제발 한 번만 그 자존심을 꺾어줄 수 없겠나? 사람은 본시 제가 원하는 것만 할 수는 없는 법이네. 오늘의 굴욕을 꾹 눌러 참으면……."

자신의 부족함, 다른 이의 오해를 느끼지만 그걸 인정하긴 쉽지 않다. 플렉스는 자신의 감정을 입으로 말하기보다 탁자를 내려쳐 퀘이사의 말을 끊었다. 어쩌다 이리 된 거지? 언제부터 이렇게 된 거지?

"재미있군, 플렉스 오렐리."

처음으로 제이미의 관심이 플렉스에게 향했다. 그는 깍지 낀 손으로 자신의 얼굴을 반쯤 감추고 있다가 그것을 풀며 자신의 의문을 표현했다.

"길드는 프리튼에서 철수하고 있네. 자네의 편 중 가신이라 부를 만한 이는 어르신밖에 없고 말이야. 그런데 지금 자네는 어르신이 평생 이룩한 것을 내던지고 무릎을 꿇는데 그것을 부정하려 하는군. 무슨 생각인가? 대체 어르신이 무엇을 잃어야 만족할 수 있겠나?"

"네놈의 승리를 재차 확인하려 하지 마라, 이 돈벌레 새끼야!"

"말이 과하군요, 플렉스 오렐리님!"

집사인 루크가 한 걸음 나서며 항의했으나 플렉스의 입을 막기엔 역부족했다.

"네놈은 처음부터 날 도울 생각이 없었어! 내가 아무리 병신이래도 날 대하는 놈의 적의는 알 수 있다! 퀘이사 델피언이 네놈 앞에서 배를 가르며 부탁한다 한들 넌 눈도 깜빡하지 않을 테지! 그럴 바엔 뭣 하러 어르신이라 부르며 입에 발린 인사말을 했느냐! 이 위선자!"

"허허, 이것 참. 정말로 돕기 싫다는 쪽으로 생각이 기우는군, 플렉스 오렐리. 넌 자신의 경박함을 두고두고 후회하게 될 것이다."

"지랄하지 말라고 했잖아!"

마침내 플렉스는 탁자를 걷어차기까지 했다. 그의 화풀이는 옆에서 보기엔 꼴불견일 정도였는데, 그가 제이미에게 보복할 방법이 없다는 것을 이 자리에 있는 모든 사람들이 다알고 있었기 때문이다. 그러나 이 자리 누구도 그를 비웃지는 않았다. 그의 분노가 돌아온 탕아의 것이 아닌, 전 영주 아들의 것이었기 때문이다.

"난 지금 아무것도 없다. 나의 말은 가치를 잃어 저당조차 불가능해! 그렇다 해서 나를 위하는 퀘이사 델피언이 날 대신해 이런 굴욕을 겪을 이유는 없다!"

"자신을 아는 것은 성인의 첫걸음이라 하지. 축하하네. 하지만 뭘 잘못 알고 있군. 나는 널 도울 생각이 없었어. 돕는다면 어르신을 도울 생각이었지. 그러니 네가 가만히만 있었다면 어르신의 얼굴을 봐서라도……."

"그러니까 닥치라고! 가서 거울이나 보고 말해! 너와 퀘이사 델피언 사이의 목숨 빚이 뭔지 모르지만 넌 분명히 거기에 심각한 부담감을 가지고 있었어! 그러니 이 상황이 재미있지? 어떻게든 가지고 놀며 이 기분을 만끽하고 싶은 게 아니냐고! 날 구할 생각이 있었다면 넌 퀘이사 델피언이 무릎을 꿇었던 바로 그 순간 수락했을 거다! 내 말이 틀렸는가? 틀리느냐고, 이 배은망덕한 새끼야!"

"점점 입이 걸어지는군. 더 입을 놀리면 이곳을 두 발로 걸어나갈 수 없을 것이다, 플렉스 오렐리."

"체면 차리는 건 끝도 없군! 네가 정말 이 상황을 즐기는 것이 아니라면 당장 경비원을 불렀을……."

칼을 내밀어도 그치지 않을 것 같았던 플렉스의 말을 막은 것은 퀘이사 델피언의 등이었다. 어느새 일어난 그는 제이미에게 꾸벅 허릴 숙여 인사하더니 플렉스를 데리고 응접실을 나갔다. 물론 플렉스가 순순히 끌려갈 리가 없어 소란이 일어났으나, 힘을 당해낼 수는 없었다.

그렇게 그 둘이 나가고 한참 동안 제자리에서 움직일 줄 모르던 제이미는 의자에 몸을 파묻었다.

"어르신도 늙긴 늙었군. 옛날 같았으면 저 멍청한 플렉스를 두들겨서 정신을 차리게 했을 거야."

"어떻게 하실 생각이십니까? 퀘이사 델피언이 말한 목숨 빚 말입니다. 그것을 언급했으니 가만히 있을 수는……."

말을 받은 것은 집사 루크. 그는 불안한 얼굴을 하고 있었는데, 그 목숨 빚이 무엇인지를 알고 있는 자이기 때문이다.

"필요없어. 어르신은 도움을 청하러 온 게 아니야."

"네?"

"저 멍청한 플렉스 오렐리가 자기 처지를 깨닫게 해주려고 온 것이지."

"그렇습니까? 그러면 그 계획은 성공한 것이로군요?"

"사자의 자식은 사자인 모양이야. 자신에게 아무것도 없음을 지금이라도 깨닫는 걸 보면 머리는 좋진 않지만……."

그는 한숨과 함께 일어났고, 루크는 의자를 정돈한 다음 재빨리 그의 뒤를 따랐다.

끌려 나오듯 저택 밖에 나온 플렉스는 퀘이사 델피언의 손 힘이 약해지자 대번에 그 팔을 뿌리쳤다. 옷매무새를 가다듬으면서도 분을 삭이지 못한 그는 퀘이사 델피언을 노려보았다.

그러나 퀘이사는 그가 뭐라 말할 기세가 보이자 곧바로 허리를 굽혔다. 플렉스는 깜짝 놀라 입을 다물었다. 그가 자신에게 이러한 예를 갖춘 적은 없었기 때문이다.

그가 놀라는 동안 퀘이사가 말했다.

"도련님, 소인에게 부탁이 하나 있는데 들어주시겠습니까?"

아무리 화가 머리끝까지 났어도 달라진 그의 태도를 눈치 못 챌 만큼 바보는 아니다.

이전까지 퀘이사는 플렉스에게 제대로 예를 갖추지 않았다. 비록 도련님이라 불러주었으나 자신을 낮추는 일은 없었고, 아랫사람에게 하는 말투를 써 왔다. 그랬던 그가 아랫사람을 자청하고 있는 것이다.

"내일 정오 무렵 상점가로 와 주십시오. 이 편지를 들고 말입니다."

"뭐?"

그는 품에서 편지를 꺼내 플렉스에게 전했는데 귀퉁이가 닳은 구석이 없는 걸로 보아 최근에 썼음을 알 수 있었다.

플렉스는 내용이 궁금해 편지의 봉인을 뜯으려 했지만, 퀘이사는 점잖게 그를 말렸다.

"내일 저에게 그대로 돌려주십시오."

"내일? 아니, 오늘 줘 놓고 내일 고스란히 돌려달라고?"

의도를 알 수 없는 주문이라 플렉스는 미간을 찌푸렸다. 그러나 퀘이사는 다시 한 번 고개를 숙여 부탁했고, 플렉스는 알겠노라 대답한 다음 편지를 품에 넣었다.

"이제 어디로 가지?"

"편히 쉬시다 내일 약속 장소에 늦지 않게 나오시면 됩니다."

그러면서 품에서 돈을 꺼내 주머니째로 플렉스에게 넘기는데, 탕진할까 봐 쓸 만큼만 꺼내 주던 전날과는 다른 모습이었다. 하지만 플렉스는 받으려 하지 않았다.

"이제 내가 돈을 과하게 쓰는 일은 없을 거야. 이제는 술을 마시지 않을 것이고, 도박도 않을 것이며, 계집질도 그만둘 거니까."

"허허, 그래도 받아두십시오. 요긴하게 쓰게 될 겁니다."

그는 떠맡기듯 주머니를 전한 다음 다시 고개를 숙였다. 묘한 분위기였다. 마치 작별 인사를 하는 듯한 그런 모습. 플렉스는 한줄기 불안감을 느끼며 그에게 밥이나 먹자고 권했지만, 그는 설레설레 고개를 저을 뿐이었다.

"저는 할 일이 있습니다."

"뭘 하려고?"

"내일이면 아시게 될 겁니다."

하루 정도의 시간이 걸리는 모양이다. 다시 만나자고 말하니 플렉스는 더 캐묻지 않기로 했다. 퀘이사는 플렉스에게 인사한 후 먼저 걸어 그 자리를 떠났다.

플렉스가 여관으로 돌아왔을 때, 여관 주변은 이미 경비병들이 자릴 잡고 있었다. 평상시였다면 무시하든가 시비를 걸었을 테지만, 자신이 쫓겨났다는 것을 알고 있는 플렉스는 조심할 수밖에 없었다. 그가 그늘 속에서 고민하는 동안, 갑자기 뒤에서 작은 목소리가 들렸다.

"도련님."

여관 주인이었다. 플렉스는 여관 주인이 왜 밖에 나와 있나 하고 의아해하며 그에게 다가갔다.

"무슨 일이지? 경비병은 왜 저리 많나?"

"도련님과 어르신을 찾으러 왔습니다. 하인장님이 무슨 암살자 길드의 두목이라든가? 그런 괴소문이 돌고 있는 모양입니다. 망할 외지 놈. 영주 자리에 오르자마자 편가르기를 하는군요."

여관 주인은 하인장과 관련된 이들을 찾는 이유가 힘 싸움 때문인 줄 알고 있었다. 하지만 사건의 내막을 아는 플렉스는 얼굴이 굳었다.

'하인장도 다크문의 일원이었단 말인가? 아니, 그보다 하인장이 두목인 줄 알고 있다면 영감은 잡히지 않은 모양이야. 하지만 지금 내가 경비병에게 붙잡히면 모든 일이 탄로 날 테고……'

플렉스는 여관 주인에게 일러 로브 하나를 부탁했다. 퀘이사에게 평소 은혜를 입었던 여관 주인은 더 묻지 않고 몰래 그에게 옷을 가져다 주었고, 플렉스는 옷을 받고 몸을 숨겼다.

*　　　*　　　*

밤이 깊어 모두가 잠들었을 무렵.

그룬터는 방안에 촛불만 하나 켜둔 채로 서류를 하나씩 넘겨보고 있었다. 책상을 가득 메운 그것은 세이린이 작성한 장부였는데, 취임식 전까지 딱히 할 일이 없어 보기 시작한 것이 어느새 이렇게 시간이 흘렀다.

저녁 무렵 라이든에게 받은 보고는 간단했다. 이른 아침에 성 밖을 나가는 하인장을 보았고, 그가 너무나 자연스럽게 '차라'로 물건을 사러 나간다고 하여 아무도 제지하지 않았다는 것이다.

라이든은 송구스럽다며 몸 둘 바를 몰라 했지만, 그룬터는 너그럽게 고개를 끄덕였다.

그 뒤 그룬터는 주민에게 대대적으로 협조를 요청할 것을 주문했다. 라이든은 암살 시도가 있었단 것은 숨기는 편이 좋지 않겠냐고 물었지만, 그룬터는 고개를 저었다.

"금방 소문날 일을 숨기는 어리석은 짓은 하고 싶지 않네."

하긴 경비대가 조를 짜서 수색하는 상황인데 아무 일도 없다고 말한다 한들 누가 믿을까. 라이든은 허릴 숙이고 물러났다.

그다음엔 세이린이 와서 플렉스의 감시 상황을 보고했는데, 그녀도 임무를 실패했다고 말했다. 그룬터는 마찬가지로 고개를 끄덕였다.

'퀘이사 델피언과 플렉스 오렐리가 자취를 감추었다……'

그룬터는 속으로 웃었다. 이것이야말로 그가 기다렸던 상황 중 하나이니까. 그는 가신들을 내보내고 침실에서 홀로 책을 읽어 나갔다.

해가 지자 주민들은 대부분 불을 끄고 잠자리에 들었고, 성 안의 하인들도 마찬가지라 촛불 하나만이 그의 방을 밝히고 있는 셈이었다. 하지만 미풍이 불어 촛불이 꺼졌고, 그룬터는 책을 읽는 것을 멈출 수밖에 없었다.

그는 책갈피를 끼운 뒤 서랍 속에서 부싯돌을 꺼내 촛불에 불을 붙였다.

불이 꺼진 이유는 갑작스런 바람 때문이었다.

그룬터는 창문이 열린 것을 발견하곤 일어나 닫고 돌아왔다. 다시 앉아 몇 줄 읽으면 금방 집중할 수 있을 것이다.

그룬터는 몇 단어를 속으로 소리 내어 읽다 그 행동을 멈추었다. 차가운 칼날이 어느새 자신의 목에 닿아 있었다. 예리한 칼날에 반사된 불빛이 눈을 찔렀다.

"두 손을 천천히 책상 위에 얹도록."

노인의 목소리가 뒤에서 들렸다. 그룬터는 들고 있던 책을 소리 나지 않게 내려놓은 다음 양손을 어깨너비로 벌려 책상에 붙였다.

지금 뒤를 돌아보면 상대의 얼굴을 확인할 수 있을까? 아니, 한줄기 바람처럼 이 방에 들어온 자다. 얼굴은 복면으로 가리고 있을 것이다.

실제로 노인 퀘이사는 수염과 머리를 모두 깎고 숯으로 문질러 얼굴을 알아볼 수 없게 위장한 상태였다.

"다크문의 길드장이겠군."

그러나 그룬터의 목소리엔 흔들림이 없다. 그룬터는 그 자세 그대로 뒤편의 남자에게 말을 걸었다. 그러자 칼끝의 떨림이 피부를 통해 느껴졌다. 그룬터는 슬쩍 웃으며 말을 이었다.

"내게 이렇게 시간을 주는 걸 보면 묻고 싶은 게 있나 보군. 뭔가?"

"허세 부리지 말게, 젊은이. 내 평생 목에 칼이 닿았음에도 진심으로 태연한 자는 단 한 번도 본 적이 없다네."

"글쎄… 그 검이 내 목에 박히지 않을 것임을 잘 아는데 두려워할 필요가 있을까?"

검의 주인 퀘이사 델피언은 영주의 뒷모습을 노려보았다.

낮에 플렉스와 헤어진 그는 자신의 보금자리로 가 현역 때

사용했던 장비를 챙겼다. 이미 십여 년 간 사용하지 않은 무기였으나, 반평생 이상을 함께했던 것들이다.

무기를 쥐자 젊어지는 기분이 들었다. 그러나 달리 말하면, 자신이 늙었다는 것을 깨달았다는 말이기도 했다. 그 때문일 것이다, 죽여야 할 대상을 앞에 두고 여러 생각을 하는 것은.

'대체 이자의 자신감은 무엇일까?'

검은 저 멀리 침대 곁에 있고, 양팔은 책상 위에 붙어 있으며, 다리는 탁자 아래에 있다. 어떤 수를 쓰든 퀘이사 델피언보다 느릴 수밖에 없다. 느리다는 것은 이길 수 없다는 말이다. 그런데 이 자신감은 뭔가? 이 당당함은 뭔가?

'이 배짱만큼은 도련님도 배웠으면 좋겠구나.'

입안이 씁쓸하다. 그의 입장에선 둘을 비교할 수밖에 없다. 아무리 플렉스 오렐리가 정신을 차렸다지만 지금은 눈앞의 사내와 비교할 수 없다. 아니, 비교를 위해 나란히 세우는 것조차 불가능하다.

하긴 눈앞의 검은 기사는 평민의 몸으로 여기까지 올라온 자가 아닌가. 힘들이지 않고 모든 것을 누린 플렉스와 제 손으로 이 자리를 쟁취한 사내를 비교하는 것은 그 치열한 삶에 대한 모욕이다.

"적에게 반하는 일은 흔치 않지만, 자넨 인정할 수밖에 없군. 그러니 제안을 하겠네."

"허락하지."

"내 물음에 사실대로 답한다면 편히 목을 벨 것이고, 거짓을 답한다면 팔다리를 자르고 살려주겠네. 처음엔 그 양팔을, 그다음엔 자네의 두 다리를 의자째로 벨 거야."

바른대로 말하면 죽이고, 거짓을 말하면 살려주겠다고 한다. 이상하기 짝이 없는 말이다. 그러나 평민의 몸으로 여기까지 올라온 자에게, 이제야 보상을 받는 위치에 선 자에게 사지를 빼앗는다면 그것은 산 채로 지옥에 내던지는 것과 다름이 없다.

퀘이사 델피언은 상대가 자신의 의도를 알았을 것이라 생각하며 말을 이었다.

"정말 중독되지 않았나?"

"중독?"

"사용한 독은 내가 수십 년 간 연구한 독. 자네는 독에 익숙하다 하지만 이 독에 대한 내성을 기르기는 불가능해. 우리 단원이 아니라면 구하기 불가능하기 때문이야. 내성을 기를 만큼 흔한 독이 아니란 말이야."

"못 믿겠나 보지? 사람이란 본래 상상할 수 없을 만큼 강인한데다……."

"믿지 못하겠네. 차라리 처음부터 중독되지 않았다면 믿을 거야. 손톱의 색이 변했음에도 입술은 그대로이며 두 발로 걸어 다니기까지 하는 자를 어떻게 믿는단 말인가?"

그룬터는 웃었다. 생각하지 못한 것은 아니었다. 그러나 입술에도 꽃물을 묻혔다간 식사 중에 지워져 오히려 역효과를 보았을 것이다.

두 발로 걸어 다니는 문제는 말할 것도 없다. 시체처럼 누워 있다간 아무것도 할 수 없으니까.

그룬터는 이곳에 도착한 이후로 최초로 마른침을 삼켰다. 만만치 않은 상대였다. 하지만 퀘이사 델피언는 그가 말을 고르길 기다리지 않았다.

"대답하게."

"…처음부터 보기는 하나만 줬으면서 잘도 진실, 거짓을 선택해 보라 하는군. 좋아, 중독되지 않았어."

"이제 하나 더 묻지. 자네는 어떻게 헤스티아의 정체를 알아냈나? 우리 일급 암살자의 정체가 그리 쉽게 탄로 났다는 게 믿어지질 않는단 말이야."

"옆방에서 자고 있을 내 몸종 이야기로군."

'암살자를 몸종으로 쓴다고?'

퀘이사 델피언은 한 번 더 그를 인정하였다. 그릇의 크기자체가 다르다. 하지만 불행히도 퀘이사가 모시고 있는 이는 플렉스이며, 그 충성의 뿌리는 자질이 아닌 혈통에 있었다.

"말 돌리지 말게."

퀘이사 델피언은 칼을 움직여 그를 재촉했다. 칼을 들이밀고 재촉하는데 버틸 장사는 없다. 영주는 침으로 입술을 축이며 입을 열었다.

"누군가로부터 들었지. 다크문의 일원은 입안에 독을 품고 있다고."

"누구인가? 이름을 말하게."

"당신도 아는 사람이야. 제이미 스트로."

퀘이사 델피언의 눈동자가 크게 흔들렸다. 제이미와 친분 관계를 맺고는 있으나 그를 신뢰한 적은 없었다. 하지만 그의 배신을 쉽게 믿을 수 있는 것도 아니었다.

퀘이사 델피언은 한숨을 쉬었다. 어쩌면 제이미 스트로는 영주가 교체되는 때에 다크문과의 고리를 완전히 끊어버리겠단 생각을 하고 있었는지도 몰랐다.

'그래서 오늘 반응이 그리 미적지근했던 것인가.'

저 멀리서 개 짖는 소리가 들린다. 이리 오래 대화를 한 것은 분명히 상대에게 존경심을 가졌기에 가능했던 일이다. 퀘이사 델피언은 이제 일을 끝낼 때라는 것을 깨달았다.

"자네가 죽음에 초연한 자세를 보였음을 기억하겠네. 눈을 감게."

감탄하게 만든 사내에 대한 예의다. 그는 깨끗하게 목을 베어줄 생각으로 말하는데 갑자기 영주가 두 팔을 들었다.

항복의 몸짓에 퀘이사 델피언은 내심 실망했다. 이제 와서 목숨을 살려달라고 구걸할 셈인가? 자신은 포로 조약을 맺고 전쟁을 벌이는 귀족 나부랭이가 아니었다.

그를 살려둘 생각은 추호도 없었다. 사지를 자른다는 말은 겁을 주기 위한 협박이었을 뿐 살려주겠단 말은 아니었다. 그 것을 알기에 깔끔하게 죽는 쪽을 택한 것이 아니었단 말인가? 실망하는 그의 귀로 영주의 말이 들렸다.

"설마 이 투구 아래의 얼굴을 보지 않고 벨 셈은 아니겠 지?"

"곧 죽을 자의 얼굴을 본들 무슨 득이 된단 말인가?"

그러면서 퀘이사 델피언은 손을 높이 들어 금방이라도 내 려칠 자세를 취했다. 그러자 영주는 혀를 차며 다시 입을 열 었다.

"아마 내 얼굴을 알고 있을 텐데? 더군다나 당신은 나와 만 나 이야기도 나눈 적이 있단 말이야."

자신이 알고 있는 사람이란 말인가? 퀘이사는 검은 기사가 될 수 있을 법한 지인을 떠올렸다. 하지만 그런 사람이 있을 리가 있나. 결국 퀘이사 델피언은 그룬터의 말대로 할 수밖에 없었다.

"투구를 벗게."

그룬터는 순순히 투구를 벗었고, 퀘이사 델피언은 젊은 사 내의 뒤통수를 볼 수 있었다. 퀘이사 델피언은 그에게 천천히 돌아앉으라고 명했다. 그룬터는 의자를 손으로 잡고 엉거주 춤한 자세로 그의 말에 따랐다.

그리하여 나타난 그룬터의 얼굴을 본 순간, 퀘이사 델피언 은 경악하는 표정으로 한 걸음 물러났다.

"너는……!"

갑자기 나타나 길드의 정체를 캐묻고 도련님의 곁에 앉아 있던 그 남자.

퀘이사 델피언은 '어디서 이런 애송이가 나타났을까?'라고 그룬터를 평가했던 것을 취소했다. 저자가 이 자리에 앉아 있다는 것, 그것은 처음부터 이런 상황을 만들기 위해 뛰어다녔다는 말이나 다름없으니까.

퀘이사 델피언의 머릿속은 혼란으로 가득 찼다.

'검은 기사가 정말 저자인가? 아니면 저자가 지금 검은 기사의 행세를 하고 있는 건가?'

그 때문이었다. 평생을 칼날 위에서 살아온 이 노장이 방심한 것은, 그룬터라는 존재가 그에게 혼란을 일으켰기 때문이었다.

그룬터의 손에 숨겨졌던 책갈피가 단검처럼 퀘이사의 어깨를 노리고 날아갔다.

"크윽!"

방심과 혼란, 거기다 광원이라곤 촛불 하나뿐. 퀘이사 델피언의 노안으로는 그 공격을 피할 수 없었다.

그렇게 그가 주춤하는 사이, 그룬터는 앉은 자세 그대로 퀘이사 델피언의 손을 걷어찼다. 퀘이사 델피언의 칼이 바닥을 굴렀다.

"이 애송이 놈이!"

퀘이사 델피언은 허리춤의 예비 장검을 꺼내 기합과 함께 그룬터에게 달려들었다. 그 속도는 그야말로 전광석화. 그룬터와 퀘이사 델피언를 잇는 직선을 밟아오는 공격엔 일체의 군더더기도 없었다.

무기도 갑옷도 없다. 하지만 그룬터에겐 투구가 있었다. 그는 건틀렛처럼 투구 안에 손을 집어넣고 상대의 칼을 쳐낸 다음 침대로 뛰었다. 그 민첩한 모습에 놀란 퀘이사가 멈칫하는 동안, 그룬터는 칼을 집어 들고 자세를 취했다.

'틀렸구나!'

퀘이사는 절망했다. 이곳은 그룬터의 본거지, 영주의 침실이다. 말 한마디면 수없이 많은 사람들이 몰려올 터.

그러나 그룬터는 누구도 부르지 않고 자세를 잡았다.

'이놈의 오만함은 하늘을 찌르는구나!'

자신감인지도 모른다. 그러나 어느 쪽이든 보통 사람의 것과는 차원을 달리 한다.

퀘이사 델피언은 미소 지었다.

암살 목표와 일대일의 정면 승부를 벌이는 것이 대체 얼마만인가? 암살자랍시고 막 애송이 껍질을 벗었을 때, 자신의 길을 걸어보겠다며 잠깐 외도했을 때가 마지막이 아니었던가.

퀘이사는 바닥에 떨어진 자신의 장검을 집어 들고 그룬터를 찔렀다.

그룬터는 투구를 방패처럼 사용하여 상대의 칼을 흘리고 퀘이사의 목을 쳤다. 그러나 이 약아빠진 늙은 여우는 공격할 때부터 몸을 낮추고 있었다. 그룬터의 칼이 허공을 지나는 동안 퀘이사의 어깨가 그룬터의 가슴을 쳤다.

"컥!"

일품이라 불릴 만한 공격이다. 전성기 때 그 박투술은 분명 상대의 의식을 빼앗을 만큼 강력한 것이었을 터이다.

그러나 지금 그의 공격은 예리하지만 무딘, 그런 녹슨 칼의 공격이었다. 그룬터는 알고 있었다.

'이 고통을 참아내지 못하면 죽는다!'

그룬터는 숨을 토해냄과 동시에 이마를 퀘이사의 머리로 향했다. 그의 박치기는 퀘이사를 떨어지게 만들었고, 그룬터는 그제야 숨을 고를 수 있었다.

한편 퀘이사는 그 짧은 순간 그룬터가 사용한 수법을 기억해 내고 경악했다.

"대체 자네는 누구인가?"

"누구냐니?"

"자네의 검술은 틀림없이 왕가의 것이다. 하지만 박치기는 시정잡배의 것이야. 어느 쪽이든 전장을 헤쳐 나온 검은 기사의 것이 아니다."

"고작 한 번 보고 내 검술의 내력을 알아챘다고? 웃기는 말을 하는군, 길드장."

"자네가 그 투구를 방패처럼 쓰고 있는 것을 모를 만큼 내 눈이 흐려지진 않았네. 검은 기사는 평민 출신이라 왕가의 검술을 알 리가 없고, 말 위에서 사람을 베고 다녔을 검은 기사가 박치기 같은 것을 익히고 있을 리도 없지."

그룬터는 입을 다물었다. 그런 그의 눈에선 살기가 뿜어지고 있었고, 그를 바라보는 퀘이사 델피언이 그 사실을 놓칠 리가 없었다.

'이놈, 뭔가를 숨기고 있구나.'

한편 그룬터는 속으로 웃고 있었다. 그의 살기는 연기에 불과했기 때문이었다. 이런 상황은 한두 번 겪는 일이 아니었으니까.

"헤스티아!"

그룬터는 살기를 거두고 놀란 표정으로 외쳤다. 그러자 평소라면 결코 말려들지 않았을 이 평범한 속임수에 퀘이사 델피언은 말려들고야 말았다. 그룬터의 편이 되었다는 바로 그 길드원이 옆방에 있다 하지 않았던가.

결국 그는 뒤로 돌아보고야 말았다. 그룬터의 칼은 그 순간을 놓치지 않고 퀘이사의 팔을 잘랐다.

"으악!"

퀘이사는 비명과 함께 주저앉았다. 비록 적이지만 그를 죽일 마음은 없었던 그룬터는 침대보를 던져 그가 지혈을 할 수 있게 도왔다. 도망친 자들의 임시 집결지가 어디인지, 앞으로의 계획은 어떠한지 알아두어야 하기 때문이었다.

하지만 그때 그룬터조차 놀라게 하는 일이 일어났다. 문이 벌컥 열리며 헤스티아가 정말로 들어온 것이다.

"네, 영주님!"

옆방에 있던 헤스티아. 평범한 하인도 아니고 단련된 그녀가 옆방에서 벌어지는 소리를 듣지 못할 리가 없었다. 다만 방안으로 무작정 들어가는 것만은 고민되어 방문 앞에서 잠시 서성이고 있었는데, 그때 그룬터의 부르는 소리가 들린 것이다.

예상치 못한 그녀의 등장에 그룬터는 당황했으나 곧 어떻게 된 일인지 파악했다. 하지만 그 짧은 순간, 그룬터가 헤스티아를 보고 놀란 그 순간이 바로 퀘이사 델피언에게 주어진 기회였다. 그는 이를 악물고 고통을 참아내며 그룬터의 가슴에 칼을 찔렀다.

'아차!'

팔을 잘랐으니 제압한 것이나 다름없다고 생각한 것이 실수였다. 상대는 산전수전 다 겪은 노장. 팔을 잘린 것은 처음이지만 수련했던 상황 중 하나일 뿐일 터. 그는 고통에 일그러진 얼굴을 한 채로 예비용 칼로 그룬터의 가슴을 찌르고 있었다.

'성공이구나!'

퀘이사는 미소 지었다. 어차피 죽기 위해 이곳에 들어온 이상 길동무가 생긴다면 그보다 좋은 일은 없을 것이다. 그렇게 그룬터와 퀘이사는 상반된 표정으로 서로의 눈동자를 보았다.

다만 제3자인 헤스티아는 달랐다.

그녀는 방에 들어오자마자 영주와 적의 상태를 확인했다. 끝났다고 생각한 그룬터와 아직 포기하지 않은 적을 말이다. 그러자 몸이 반사적으로 움직였다. 치맛자락 밑에 숨겨둔 칼을 손에 들고 퀘이사 델피언의 목을 찌르기 위해 도약했다.

"컥!"

결국 헤스티아의 칼은 퀘이사의 목에 박히고, 그의 신경을 끊어 몸을 무력하게 만들었다. 그룬터의 가슴은 칼에 베였지만 큰 상처는 생기지 않았다.

"영주님! 괜찮으세요?"

"아… 으음, 괜찮다만……."

그룬터는 빗나간 칼날에 베인 가슴의 상처를 확인한 다음 퀘이사 델피언 쪽으로 고개를 돌렸다. 헤스티아는 재빨리 침대보를 칼로 잘라 그룬터의 가슴을 감쌌다. 그리고 나서야 자신이 죽인 암살자를 확인하고 경악했다.

"아… 길드장님."

그의 얼굴은 검게 칠해져 있어 누구인지 쉽게 알 수가 없었다. 덕분에 그렇게 기민하게 적으로 인식하고 행동할 수 있었던 것이다. 그러나 적의 정체를 알게 된 지금 그녀는 태연할 수가 없었다.

"헤스티아, 괜찮으냐?"

그룬터는 상황을 깨닫고 재빨리 헤스티아를 데리고 옆방으로 데려갔다. 그녀는 반쯤 넋이 나간 상태였다.

'아침엔 버림받고, 밤엔 가족을 찔렀구나.'

그룬터는 가벼운 최면으로 그녀가 잠들도록 도운 뒤 방을 나왔다. 그리고 침실에 마련된 끈을 잡아당겨 다른 하인을 불렀다.

영주의 침실에 침입한 암살자, 하인장의 배신 때문에 라이든은 병영에서 대기하고 있다 영주가 부르자 바람처럼 달려왔다. 설마 또 암살자는 아니겠지 하는 생각으로 달려온 그는 퀘이사 델피언의 시신을 발견하고 경악했다.

"이분은 하인장의……."

"그렇다네. 이제 내 말을 믿겠는가?"

라이든은 속으로 쓰게 웃었다. 자신이 그룬터에게 신뢰받지 못하고 있음이 드러났기 때문이다.

그룬터라고 계속 이런 상황을 만들어 라이든에게 밉보이고픈 마음은 없었다. 하지만 방금 전 헤스티아의 일로 깨달은 것이 있었다.

이미 라이든과 플렉스가 서로 갈라졌다는 것은 알고 있다. 하지만 그들이 한편이었던 것은 사실이며, 때문에 다크문이나 플렉스를 처치할 때 어떤 감정이 개입하지 말라는 법도 없는 것이다.

그룬터는 이번 일만큼은 라이든에게 경각심을 일깨워야 할 필요가 있었다. 라이든은 그룬터의 눈치를 살피다 자리를 벗어나고픈 마음에 말했다.

"하인을 불러 시신을 치우도록 하겠습니다."

"음. 혹 놓치는 것이 있을지도 모르니 병사를 불러 방 앞을 감시하고 날이 밝으면 그때 일을 처리하도록 하게. 난 옆방에서 지내면 되니까."

"옆방? 아, 알겠습니다."

라이든은 헤스티아의 방에 머물겠다는 그룬터의 말을 이해하고 고갤 숙이고 물러갔다. 그룬터는 라이든의 눈동자에서 묘한 빛을 읽고 그가 오해했다는 것을 깨달았지만, 딱히 변명할 필요를 느끼지 못해 아무 말도 하지 않았다.

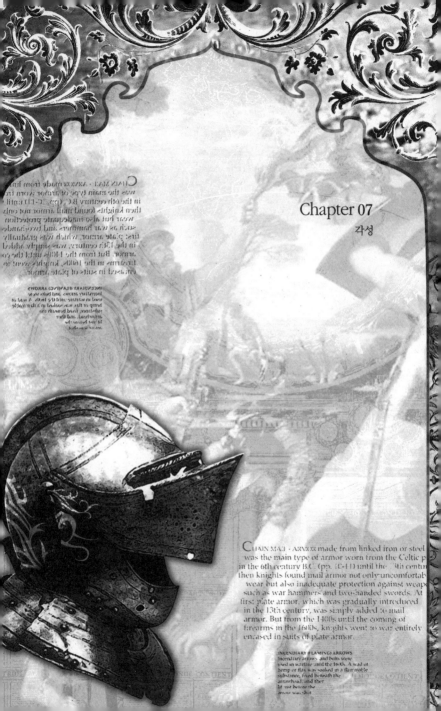

Chapter 07
각성

CHAIN MAIL · ARMOR made from linked iron or steel was the main type of armor worn from the Celtic p in the 6th century B.C. (pp. 10-11) until the 13th centur then knights found mail armor not only uncomfortab wear but also inadequate protection against weapo such as war hammers and two-handed swords. At first plate armor, which was gradually introduced in the 13th century, was simply added to mail armor. But from the 1400s until the coming of firearms in the 1600s, knights went to war entirely encased in suits of plate armor.

INCENDIARY (FLAMING) ARROWS
Incendiary arrows and bolts were used in warfare until the 1600s. A wad of hemp or flax was soaked in a flammable substance, fixed beneath the arrowhead, and then lit before the arrow was shot.

Lord of Freedon
프라든의 영주

다음날, 상점가에 후드를 깊숙이 눌러쓴 사내가 한 명 나타
났다.

　플렉스 오렐리.

　으슥한 곳에서 숨어 지낸 그는 성을 빠져나갈 절호의 찬스
가 한밤중이라는 것을 잘 알고 있었다. 하지만 가신의 부탁을
저버리고 싶은 마음은 추호도 없었다. 때문에 그는 위험이 있
음에도 불구하고 정오에 그 모습을 드러냈다.

　간밤에 그는 퀘이사 델피언이 건네준 편지 봉투를 몇 번이
나 노려보곤 했다. 다음날 돌려달라는 그 편지. 내용이 궁금
하지 않을 리가 없다. 예전이었으면 퀘이사 델피언의 말을 무

시하고 봉인을 뜯었을지도 몰랐다. 그러나 곁에 남은 마지막 가신이 한 부탁이니 한 귀로 흘려보낼 수는 없었다.

"가신이라……."

주변에 자신을 따르는 이가 없는 것은 아니다. 경비대장 라이든이 그랬고, 성에서 일하는 하인이 그러했다. 하지만 여차할 때 힘이 되어줄 사람은 그밖에 없었다. 그렇기에 영주를 암살하자는 계획을 뻔뻔하게도 주장할 수 있었던 것이다.

"하지만 영감이 있어도 그놈을 이길 수 있을지……."

그는 퀘이사와 검은 기사를 붙여볼 생각을 하다 도리질을 쳤다. 하나뿐인 가신이다. 죽을지도 모르는 일을 시킬 수는 없다. 다른 방법을 찾아보는 것이 좋을 것이다.

'그럼 난 이제 무엇을 해야 하지?'

무력도, 인품도 모자라다. 홀로 저 영주를 이기는 것은 불가능. 그렇다면 방법은 단 하나, 외부의 힘을 끌어와야 한다. 마침 플렉스 오렐리는 영주를 짓밟을 만한 충분한 힘을 편으로 두고 있기도 하다.

"미네스덴가."

대장군을 줄줄이 배출해 온 세력가 중의 세력가 미네스덴 가문이 떠올랐다.

수도의 왕성 인근에 본가를 두고 있으며 모두 일곱 개의 영지를 가지고 있는 대영주 가문. 나라가 분열되는 것을 원치 않아 나서지 않을 뿐, 이미 그 권세는 왕이나 다름없는 그 가문 말이다.

스퀼 오렐리가 생전에 발이 닳도록 찾아갔던 곳이기도 하고, 자신의 아버지가 어머니를 창부처럼 생각했다는 사실을 알려준 바로 그 가문이기도 하다.

"아니, 그곳만큼은 머리를 숙이고 싶지 않아."

다른 방법이 있을 것이다. 퀘이사 델피언이라고 하는 연륜 있는 가신과 전 영주의 혈육이라는 조건이면 재기할 발판을 충분히 만들 수 있다. 구태여 미네스텐가에 손을 벌리지 않더라도 후견인을 찾을 수 있을 것이다.

플렉스 오렐리는 미네스텐가의 이름을 떨쳐 버리며 상점가에 도착했다. 정오라 사람의 왕래가 제법 있었다. 플렉스는 그중에서도 사람들이 모인 곳으로 저도 모르게 걸음을 옮겼다. 퀘이사가 보이지 않으니 인파가 많은 곳에 숨어 시간을 보낼 생각이었던 것이다.

하지만 가까이 갈수록 플렉스는 이상함을 느꼈다. 어린애 몇몇이 공터 중간으로 돌을 던지다 부모의 꾸짖음에 물러나거나 하고 있었다. 문득 생긴 불안감이 그의 발을 재촉했다.

모여 있는 사람들을 헤치고 그들이 비난하고 있는 대상을 확인한 순간 그는 얼어붙었다.

"영감……."

영주를 암살하려 했단 글과 함께 목이 장대에 걸려 있었다. 플렉스가 얼이 빠진 채로 그것을 보는 동안에도 누가 던진 돌

에 맞은 그 노인의 머리, 퀘이사 델피언의 머리가 대롱대롱
흔들렸다.

사람들은 그것을 보며 낄낄거리는데 플렉스는 아무 말도
못하고 그저 몸을 떨기만 했다. 아니, 어디 그뿐인가? 다리의
힘이 풀려 풀썩 주저앉기까지 했다. 옆에서 누가 괜찮으냐고
묻는데도 플렉스는 대꾸할 여력이 없었다.

'대체 어찌 된 거야. 이게 무슨 일이냔 말이야!'

내일 다시 만나자고 말하지 않았나? 그저 편지를 돌려주면
된다 하지 않았던가? 아주 가벼운 일인 양 그렇게 말하더니,
그게 영주 암살이었단 말인가? 그리고 이런 모습이 되었단 말
인가?

"그래! 편지! 편지!"

플렉스는 재빨리 품에서 편지를 꺼냈다. 분명히 돌려달라
했으나 수취인은 죽어 머리만 저렇게 공중에 매달려 있었다.
돌려주고 싶어도 그럴 수 없었다. 플렉스는 봉투의 봉인을 뜯
어 안의 편지를 꺼냈다. 그리고 주저앉은 채로 읽기 시작했
다.

친애하는 플렉스 오렐리 도련님께.

제가 이 편지를 드렸다는 것은 도련님을 마음 깊숙한 곳으로
부터 모시겠다고 결심했단 말이겠지요. 그리고 도련님이 이 편
지를 읽고 계신다는 것은 저는 죽어 거리에 목이 걸렸단 것이겠

지요. 그렇기에 손이 떨립니다. 도련님, 오늘 날씨는 어떻습니까? 밖에서 이 편지를 읽을 만큼 날이 풀렸는지요. 혹 그렇지 않다면 여관으로 돌아가 읽으십시오. 저는 이미 죽었으니 굳이 저와 얼굴을 맞대고 이야기할 필요는 없지 않겠습니까?

먼저 제가 이렇게 머리만 남아 도련님을 뵙게 된 사연부터 말해야겠습니다. 눈치채셨는지 모르겠으나 제 아들 다르막 델피언은 다크문의 이인자입니다. 그렇기에 오늘 새벽에 받은 전서구에 놀랄 수밖에 없었습니다. 부길드장의 쪽지엔 우리의 일급 암살자의 정체가 드러나 길드가 쫓기게 될 것이니 어서 도망치란 말이 적혀 있었습니다. 그 아이가 그리 말했으니 길드원들은 이 편지를 쓰는 지금 이미 성을 빠져나가고 있을 겁니다. 그렇습니다. 도련님 곁엔 저만 남은 것입니다.

저는 고심하지 않을 수 없었습니다. 도련님을 두고 떠날지, 아니면 계속 모실지. 평생 이룩한 길드를 제 손으로 무너뜨려 놓고, 그렇게까지 하며 도련님을 따르는 것이 옳다고 확신하는 것은 저도 쉽게 이해할 수 있는 일이 아닙니다. 그래서 저는 믿음을 얻어야 했습니다. 도련님이 영주의 재목이라는 것을 말입니다.

그래서 주제넘지만, 저는 도련님을 시험했습니다. 그러나 기쁩니다. 이 편지를 읽고 계시다는 것은 도련님의 성장을 확인했단 말이니까요.

편지를 쓰는 지금 저는 앞이 흐려지는 것을 느낍니다. 저는 도련님의 성장을 그늘에서 지켜보았습니다. 영주님으로부터 대부가 되는 것이 어떠냐는 말을 들었던 적도 있습니다. 물론 전 도련님의 대부가 되지는 못했습니다. 영지 구석의 골동품점 주인이 도련님의 대부가 된다면 누구나 이상하게 생각할 테니까요. 그러나 마음만큼은 언제나 대부로서 도련님을 끝까지 보필하겠다고 다짐했습니다. 그리고 오늘에 이르렀습니다만…….

죄송합니다, 도련님. 지금 저의 목이 걸리지 않는다면 영지의 경비대는 다크문을 끝없이 추격할 것입니다. 주민에게, 영주에게 보일 성과가 없으면 그들의 경계가 무뎌지는 일이 없을 것입니다. 그렇기에 저는 영주의 방으로 가야 합니다. 가서 그를 죽이든 죽이지 못하든 저는 죽어 목이 매달려야 합니다. 그래야 다크문의 아이들이 도망칠 수 있을 테니까요. 그 아이들을 망친 제가 이렇게 하지 않으면 서로 뿔뿔이 흩어지고 말 것입니다. 제 아들인 다르막이 다크문을 하나로 모으기 위해선 무능한 이 아비가 죽어야 합니다.

그러니 저는 도련님의 결심을 확인해야 했습니다. 제가 없더라도 도련님이 훌륭히 앞날을 헤쳐 나갈 수 있을지 알아야 했습니다. 그렇지 않으면 저는 마음 편히 영주의 방에 갈 수 없으니 말입니다.

도련님, 혹 화나셨습니까? 그러나 이 영감의 마지막 길이니 조금만 참고 읽어 주십시오. 저는 도련님께 세 가지 당부의 말을 드릴까 합니다.

첫째, 다크문은 이제 잊으십시오. 다르막은 도련님을 좋게 생각하지 않습니다. 프리든에서 쫓겨난 데다 저도 없으니 도련님을 적으로 생각할 것입니다. 또한 도련님의 앞날에 다크문은 좋을 것이 하나도 없습니다. 속임수와 음모로는 훌륭한 영주가 될 수 없습니다. 떳떳치 못한 자, 행실이 바르지 못한 자와는 이제 손을 잡지 마십시오.

둘째, 수도로 가십시오. 지금 당장은 새 영주가 도련님을 해치려 들지 않을 것입니다. 취임 전이라 눈치를 살피기 때문입니다. 그러나 시간이 흘러 그가 실정하게 되었을 때, 주민이 뭉칠 곳은 도련님입니다. 그는 그것을 달가워하지 않을 것이고 미리 방지하려 들 것입니다. 도련님, 프리든을 떠나십시오. 그리고 수도로 가십시오. 수도의 미네스덴가에 도움을 청하십시오. 그들은 반드시 오렐리의 이름에 대답해 줄 것입니다.

셋째, 스퀼 영주님을 용서하십시오. 그분이 왜 미네스덴가의 문턱이 닳도록 드나들었는지 아십니까? 도련님 때문입니다. 수도의 배경 없이 홀로 이 영지를 발전시키는 것은 불가능하다 생각하셨기에, 도련님에게 더 나은 환경을 물려주고자 그분은 그토록 미네스덴가에 머리를 조아렸던 것입니다. 그랬던 분이 도련님을 내치셨을 때 얼마나 마음고생이 심하셨을지 상상이 가십니까? 마님을 잃었을 때조차 정정하시던 그분이 왜 시름시름 앓다 돌아가셨는지 한 번이라도 생각해 보셨습니까? 도련님, 그분은 좋은 남편은 되지 못했을지 모르나 훌륭한 아버지가 되기 위해 자신의 모든 것을 바쳤던 사람입니다. 그분의 모자람을 악한 것으로 생각하는 실수는 저지르지 않길 바랍니다.

도련님, 혹 여기까지 읽다 편지를 찢진 않으셨습니까? 허허, 쓰고 보니 참 재미있는 농담입니다. 이 글을 보고 계시다는 것은 편지가 온전하단 말일 터인데…….

'이 멍청한 영감 같으니……'

글을 읽던 플렉스의 눈동자에 고였던 눈물이 볼을 타고 뚝 흘러내렸다. 플렉스는 새어 나오는 울음소리를 이를 악무는 것으로 겨우 참을 수 있었다. 주변에서 이상하게 보기 전에 자릴 떠야 했다.

하지만 그 이전에 담아 두어야 했다, 돌에 얻어맞아 부러진 코뼈며 이빨이 흉측한 저 노인의 얼굴을.

누구나 얼굴을 돌릴 저 기괴한 면상을 자신만큼은 머릿속에 새겨야 했다.

그렇게 한참을 노려본 뒤에야 그는 소매로 눈가를 쓱쓱 닦고 자리에서 일어날 수 있었다.

한번 움직이기 시작한 그는 이제 망설임이 없었다. 사람들을 헤치고 나가며 그는 언덕 위 영주의 성을 노려보았다.

'가 주마. 수도로 갈 테니 그 자리에서 기다리고 있어라. 내가 돌아올 때까지 그 자리에 꼼짝 말고 있으란 말이다.'

피를 토하는 맹세의 외침도, 제 몸을 해치며 새기는 증거도 없었다. 그는 조용히 분노하며 냉철하게 목적지를 정했다.

미네스덴가로 가지 않겠단 것은 그의 마지막 자존심이었다. 자신에게 아무것도 없다는 것을 깨달았어도 버리고 싶지 않았던 자존심. 그러나 충성을 맹세했던 가신이 죽으며 남긴 진언이었다. 어찌 따르지 않을 수 있겠는가?

플렉스는 여관으로 돌아가지 않은 채로 걷고 또 걸었다. 그 목적지는 물론 수도의 대영주 미네스덴 가문이다.

하지만 이런 대낮에 성 밖을 나갈 수는 없었다. 퀘이사 델 피언이 붙잡혀 목이 베인 이상, 플렉스 본인도 위험함은 두말할 것도 없는 사실. 플렉스는 고개를 숙이고 그 자릴 벗어나 성 외곽으로 향했다.

플렉스는 외성 주변을 조심스레 걸었다. 어딘가 병사들의 눈이 미치지 않는 곳이 있을 것이란 생각이었다. 하지만 그것은 평상시의 일이다. 지금은 비상이 걸려 병사들의 눈이 미치지 않는 곳을 찾기가 어려웠다.

"이놈들, 평소엔 그리 나태하더니 꼭 이럴 때만……."

플렉스는 이를 갈며 외성을 맴돌다 마침내 빈틈을 발견했다. 돌을 붙잡고 오르면 금방 넘어갈 수 있을 듯한 낮은 성벽. 플렉스는 누가 볼까 재빨리 위로 오르기 시작했다. 여유가 있다면 밤까지 기다렸겠지만, 플렉스는 지금 조바심을 느끼고 있었다. 다행히 성벽 위에 오를 때까지 그를 발견한 사람은 없었다.

문제는 성 위에 오르고 난 뒤.

"…도련님?"

성벽 위에 걸터앉아 쉬고 있던 라이든이 그를 발견했다. 평소 순찰을 하고 있어야 할 그인데, 그룬터에게 당한 게 있다 보니 의욕이 생기질 않아 눕다시피 하여 성벽 위에서 쉬고 있었던 것이다.

"꼼짝 마십시오."

횡재라 할 법하다. 라이든은 칼을 빼 들고 플렉스를 위협하여 땅바닥에 엎드리게 만들었다. 이렇게 목표물을 라이든 본인이 붙잡아 간다면 그의 위상은 오를 수밖에 없다.

그런 기대를 하며 한껏 부푼 마음으로 상대를 제압하는데, 플렉스가 번쩍 고개를 들었다.

"라이든, 부탁하겠네. 날 놓아주게."

그의 말투는 점잖으나 박력이 있어 무시할 수가 없었다. 망나니 도련님이 결국 이렇게 되는구나 하던 라이든조차 손을 멈추었으니, 그 눈빛의 진실함은 말할 필요도 없을 것이다.

라이든은 한참이나 그의 눈동자에서 눈을 떼지 못했다. 하지만 곧 한숨과 함께 다시 손을 움직였다.

"그럴 수는 없습니다. 도련님이 무슨 죄를 지은 건지 모르시진 않겠지요? 영주님 암살을 기도하셨단 말입니다."

"법적으론 그럴지도 모르지. 하지만 자네와 나는 그보다 중요한 것이 있다고 동의하지 않았나?"

라이든은 할 말을 잃었다. 라이든은 플렉스에게 정통성이 있다고 생각하여 그의 편에 서지 않았던가. 그는 마른침을 몇 번 삼켰다.

'그렇다. 이건 사람의 목숨이 달린 일이다. 나는 도련님을 잡아가면 그만이지만, 도련님은 목숨을 잃을 게 아닌가? 부모에게 정을 받지 못해 잠깐 삐뚤어진 청년이 받을 형벌로는 너무 가혹하지 않은가? 더군다나 영주님은 무사하지 않은가?'

이런 생각이 들자 라이든은 차마 끈의 매듭을 마무리 지을 수가 없었다.

마침내 그는 결단을 내렸다.

"그럼 도련님, 제가 도련님을 놓아드리면 다시는 프리든으로 돌아오지 않겠다고 약속해 주시겠습니까? 약속해 주신다면······."

끝은 애매하지만 뜻하는 바는 명확하다.

플렉스는 고민했다. 순박한 시골 영지의 경비대장은 갈등하고 있었다. 떨리는 그의 눈동자만 보아도 알 수 있었다. 지금 그러겠다고 대답하면 라이든은 틀림없이 자신을 놓아줄 것이다. 영주 암살을 기도한 진범을 잡지 못한 경비대장이라는 오명을 뒤집어쓰게 될 텐데 말이다. 그러니 그의 마음을 생각한다면 냉큼 고개를 끄덕여야 했다.

하지만 자신은 방금 전에 퀘이사의 편지를 읽지 않았던가. 속임수와 음모로는 훌륭한 영주가 될 수 없다는 충언을 듣지 않았던가.

'아무것도 가지지 못한 내가 앞서기 위해선 속임수를 쓰는 수밖에 없지 않은가? 그렇지 않고 어떻게 검은 기사를 이길 수 있겠는가? 정당한 행동은 영주의 자리에 오른 다음에 해도 늦지 않을 것이다.'

플렉스는 고민 끝에 고개를 끄덕였고, 라이든은 플렉스를 포박한 끈을 풀어주었다.

"저는 도련님에게도 사정이 있어 그런 일을 저지르셨음을 알고 있습니다. 실패로 그 대가를 치르셨는데 또 붙잡혀 고생하실 필요는 없겠지요."

플렉스는 속으로 쓰게 웃으며 성을 내려갔다. 그리고 라이든이 성벽 위에 서 있는 것을 보고 손을 흔든 다음 뒤도 돌아보지 않고 수도를 향해 걷기 시작했다.

*　　　*　　　*

그 시각, 그룬터는 성을 빠져나와 제이미 스트로의 저택 응접실에 앉아 있었다. 그의 맞은편엔 제이미가 앉아 있었는데, 그는 앞에 돈주머니를 놓고 고민하고 있었다. 그가 한 의뢰는 분명 이루어졌다.

다크문의 길드원을 쫓으라는 수배령이 내려졌고, 그 수장이던 퀘이사 델피언은 머리가 잘려 거리에 걸렸다.

하지만 문제는 그것이 눈앞의 그룬터가 아닌 영주, 검은 기사가 한 행동이라는 것이다. 제이미는 그 사실을 들어 그룬터에게 대금을 치르길 거절하고 있었다.

"실망입니다, 제이미님. 약속은 칼같이 지키는 분으로 알고 있었는데요."

"자네가 한 일이라면 그렇겠지. 그러나 이 일은 영주님의 명령으로 이루어진 것 아닌가?"

지금이라도 영주가 그룬터 본인임을 밝히는 것은 어렵지 않은 일이었다. 하지만 영주를 사칭한 죄는 가볍지 않다. 눈앞의 장사치가 오히려 협박할지도 모르는 일이었다. 그래서 그룬터는 다른 방법을 택했다.

"제이미님의 말씀은 제가 그 일을 했다는 것을 증명하라는 것이지요?"

"당연한 것 아닌가? 어디에 처박혀 있다 영주가 하는 일을 보고 달려와 돈을 달라고 하는 것인지 어떤지 어찌 알겠나?"

"그렇군요. 그럼 저는 제가 어떤 방식으로 일하는지를 설명 드려야 하는 것이군요?"

"그렇……."

대답을 하던 제이미는 안색을 굳혔다. 이 대화는 전에도 나눈 적이 있었다. 그때 제이미는 자기 입으로 방식은 신경 쓰지 않겠다고 말하지 않았던가.

"…그렇군. 구두였지만 그렇게 말했지. 알겠네."

제이미는 앞의 돈주머니를 밀어 그룬터에게 보냈다. 그룬
터는 그 돈주머니를 품에 넣고 일어났다. 그런 그를 제이미가
붙잡았다.

"이제 와서 이런 말 하면 약속도 못 지키는 놈이라 말할지
도 모르지만… 솔직히 말하지. 궁금하군. 말해 주지 않겠나?
자네가 어떻게 영주와 한편이 되었는지, 어떻게 이런 상황을
만든 것인지 말이야."

"제이미님은 당신이 다크문을 미워하는 이유를 사실대로
말해줄 준비가 되었습니까?"

제이미가 그룬터의 방식에 호기심을 가지게 된 것은 사실
이나, 그것을 자신의 이유와 맞바꿀 수는 없었다. 결국 제이
미는 그를 돌려보낼 수밖에 없었다.

그룬터가 나가자 제이미는 의자에 몸을 파묻으며 생각했
다.

'대체 어떻게 한 것일까? 마치 마술사 같지 않은가?'

자신에게 의뢰를 받자마자 영주에게 달려가 다크문을 처
치하자고 말이라도 했단 말인가? 그것은 말처럼 간단한 것이
아니다.

다크문이 수십 년 간 프리든에 뿌릴 둘 수 있었던 이유는
단순히 길드장이 영주의 의형제였기 때문이 아니다. 길드가
흔적을 남기지 않아 어떤 증거도 찾을 수 없었기 때문인 것이
다.

그런데 그룬터는 어떻게 한 것인지 프리든의 경비대가 그들을 수배하도록 만들었다.

'어찌 되었든 저놈은 제 놈의 발은 별로 쓰지도 않고 세 치 혀로 내 돈을 가져갔구나. 아, 그래서 사기꾼이라 불리는 것이로구나!'

제이미는 유쾌하게 당했단 생각에 이마를 치며 혼자 웃었다. 영주가 적 두목의 목을 베어 조직을 와해시키게 하고 그 잔당은 프리든의 경비대가 쫓도록 만들었다. 그룬터 본인은 아무것도 하지 않았는데 말이다.

'생각해 보면 참으로 대단한 놈이로구나.'

수상쩍은 남자다. 그러나 두 번 다시 만날 일은 없을 사내이기도 하다.

그는 자리에서 일어나 일상으로 돌아갔다. 오늘은 그의 목구멍 안에 박혀 있던 가시를 제거한 날이었다. 그룬터 따위를 생각하며 시간을 더 낭비하고픈 마음은 없었다.

성으로 돌아온 그룬터는 시체가 치워진 침실에 앉아 생각을 정리했다.

여기에 오게 된 이유, 제이미의 의뢰는 해결했다. 그룬터 자신이 고생하지 않은 모습이라 의뢰인은 불만인 모양이지만, 어쨌든 원하던 대로 해주지 않았는가.

다만 그가 지금 고민하는 것은 이곳에 계속 머물 것인가 하는 문제다.

"영주님······?"

곁에 앉아 있던 헤스티아가 그를 불렀다. 밖에서 돌아와 아무 말도 않고 앉아 있으니 걱정이 되는 모양이다. 그녀에게 고개를 돌린 그룬터는 던지듯 말했다.

"헤스티아, 만약 내가 갑자기 이 영지를 떠난다면 어떻겠느냐?"

"저는··· 길드장님을 저의 손으로 찔렀어요. 이젠 길드 사람들을 볼 면목이 없어요. 그러니 만약 영주님이 절 거추장스럽게 생각하지 않으신다면 영주님을 따르고 싶어요."

그룬터가 물은 것은 헤스티아의 미래가 아니었다. 영지의 미래에 대해 물었던 것이나 헤스티아가 착각하여 대답하자 그냥 웃고 말았다. 곁에 붙어 있다고 착각할 필요는 없다. 그녀는 결국 암살자이자 몸종에 불과하다. 영지에 대해 이야기를 나눌 위치가 아니었다.

그룬터는 세이린이 생각나 집무실로 향했다.

세이린은 경비대원의 보고를 받으며 지시를 내리고, 동시에 서류를 읽으며 부지런히 펜을 놀리고 있었다. 그녀는 그룬터가 집무실에 들어온 것도 깨닫지 못하고 일에 열중하고 있다가 그림자를 보고 깜짝 놀라 인사했다.

"여, 영주님, 언제 오셨습니까?"

"방금 왔네. 나 때문에 일이 너무 많아진 건 아닌가 모르겠군. 괜찮나?"

"아닙니다."

혹시라도 경비대장에게 다시 권한을 돌려줄까 싶어 세이린은 도리질을 치며 부정했다.

그룬터가 경비대장의 권한을 축소시키고 세이린에게 힘을 실어준 것은 그녀에겐 굉장한 도움이 되었다. 신임 영주가 그녀에게 기대를 하고 있다는 것이 알려지고, 전 영주의 아들인 플렉스가 반역을 꾀했다는 사실이 알려지자 자연스럽게 사람들이 세이린에게 잘 보이려 줄을 서기 시작한 것이다.

그녀는 수도에서 생활하다 돌아와 어린 나이에 청지기장이 되면서 사람들에게 신뢰를 받지 못했던 지난날을 생각하면 행복에 겨워 죽을 지경이었다. 스스로도 그렇게 생각하고 있었기에 세이린은 자기도 모르게 웃었다.

곁에 사람이 오는 것도 깨닫지 못할 만큼 몰두하여 일하던 그녀가 갑자기 웃자 그녀를 본 그룬터는 의아함을 느꼈다.

"무슨 일이지?"

"별일 아니에요. 그냥… 영주님이 오시면서 모든 일이 다 잘 풀리는 것 같아서요."

조금 낯 뜨거운 말이었는지 그녀는 얼굴을 붉히며 고개를 숙였다.

그 모습을 본 그룬터는 그녀가 그전까지 어떤 마음고생을 했는지 짐작했다. 그렇게 그녀를 딱하게 여기는 마음이 그룬터의 고민을 결정하도록 만들었다.

"알겠네, 청지기장. 너무 무리는 하지 말게."

"네."

그룬터는 집무실에서 나와 침실로 걸음을 옮기며 생각했다. 그가 프리든으로 오게 된 것은 필연이었다. 제이미 스트로라는 지역 유지의 의뢰를 받고 왔으니 말이다. 하지만 그가 검은 기사의 유해를 발견한 것은?

'운명인지도 모르지.'

평소 자신의 얼굴을 드러내 놓고 다닌 적이 없는 사내의 시체를 자신이 처음으로 발견한 일은 얼마나 많은 우연이 겹쳐야 일어날 수 있는 일인가? 권력의 중심에서 쫓겨났던 자신이 변방의 영주 자리를 거머쥔 것이 정말 우연이라는 단어 하나로 정리할 수 있는 일인가?

'이것이 하늘의 뜻이고 주변 사람마저 원한다면 더 망설일 것이 어디 있겠는가?'

그룬터는 가슴을 펴고 걸음을 빠르게 옮겼다. 내일부터 프리든의 영주로서 살아가려면 준비해야 할 것이 많으니까.

Chapter 08

무녀

CHAIN MAIL · ARMOR made from linked iron or steel was the main type of armor worn from the Celtic period in the 6th century B.C. (pp. 10-11) until the 13th century, then knights found mail armor not only uncomfortable to wear but also inadequate protection against weapons such as war hammers and two-handed swords. At first, plate armor, which was gradually introduced in the 13th century, was simply added to mail armor. But from the 1400s until the coming of firearms in the 1600s, knights went to war entirely encased in suits of plate armor.

INCENDIARY (FLAMING) ARROWS
Incendiary arrows, and bolts were used in warfare until the 1600s. A wad of hemp or flax was soaked in a flammable substance, fixed beneath the arrowhead, and then lit just before the arrow was shot.

CHAIN MAIL · ARROW made from linked was the main type of armor worn in the 6th century B.C. (pp. 10-11) until then knights found mail armor not or wear but also inadequate protection such as war hammers and two-hand first, plate armor, which was gradual in the 13th century, was simply added armor. But from the 1400s until the firearms in the 1600s, knights went encased in suits of plate armor.

INCENDIARY (FLAMING) ARROWS
Incendiary arrows, and bolts were used in warfare until the 1600s. A wad of hemp or flax was soaked in a flammable substance, fixed beneath the arrowhead, and then lit just before the arrow was shot.

Lord of Freedon
프라든의 영구

프리든은 작은 영지이지만, 그 영지 안엔 프리든 성 외에도 작은 마을이 하나 더 있다. 그 마을은 용의 마을이라 불리는데, 서쪽의 암각룡 크라시우스에게 제사를 지내곤 하기 때문이다. 그 마을은 수백 년 전 프리든의 영주가 만든 것이다.

평소 암각룡에게 두려움을 가지고 있던 영주는 제사를 지내며 용을 감시하라고 명령했고, 명을 받은 무녀는 지금 마을에 터를 잡았다. 하지만 홀몸으로 용에게 제사를 지내는 일을 계속할 수는 없었다.

그녀는 용의 보금자리에 쳐들어갔다가 상처 입고 도망친 젊은 모험가와 결혼하여 아이를 낳았고, 그 아이가 다시 다른 외지인과 결혼하여 마을을 이루기 시작했다. 그것은 이미 수백 년 전 이야기로, 이젠 당시 무녀의 이름조차 잊히고 말았다.

그렇게 용을 모시며 앞으로도 수백 년 간 그 전통이 이어질 것 같은 이 마을에 묘한 변화가 일고 있었다. 마을의 중심엔 그때부터 내려온 제단이 있는데, 그 제단 주변엔 마을 청년과 무녀, 사제들이 탁자를 가운데 두고 앉아 격한 이야기를 나누고 있었다.

"무녀님이나 사제님들의 의견이 어떻든 사람들은 이미 결심했습니다. 저희는 프리든에게 바치는 조공을 중단하고 신생 도시 오라클 휘하로 들어갈 것입니다."

말을 한 사람은 스무 살이 갓 넘은 젊은 청년으로, 재래드라는 이름을 가지고 있었다. 그는 최근 사람들이 가지는 불만을 토해내고 있었다.

"대체 프리든이 우리에게 해주는 것이 무엇입니까? 아무것도 없잖습니까! 이곳은 시조님이 만든 마을이나 다름없습니다! 그런데 그들은 매년 우리에게 세금을 거두고 있어요! 단지 시조님이 프리든 출신이라는 이유만으로!"

사제들은 모두 한숨을 내쉬었다. 그의 말에 틀린 것이 없기 때문이었다. 이 문제는 언젠가는 터질 것이었고, 그것이 하필이면 그들 대였다는 것이 골치 아플 뿐이었다.

"자네 의견은 잘 알겠네. 하지만 좀 더 시간을 두고 천천히 생각해 보는 것이 어떻겠나? 독립이라는 것은 쉽게 입에 담을 수 있는 이야기가 아니야."

"대체 무엇이 두렵단 말입니까? 우리에겐 크라시우스님이 계시지 않습니까! 그깟 영주 놈이 아무리 날고 긴다 한들 그분께는 어쩔 수가 없지 않습니까!"

그가 그런 말을 하자 무녀의 표정이 굳었다. 크라시우스라는 용을 믿고 프리든으로부터 독립을 할 수 없는 이유가 있기 때문이었다. 하지만 말할 수 없는 이유가 있었다.

엘린은 화제를 돌렸다.

"무슨 말인지 잘 알겠어요, 재래드. 하지만 지금 크라시우스님은 프리든으로 가신 지 며칠이 지났지만 돌아오지 않고 계세요. 무슨 의미인지 아실 텐데요."

"뭐, 뭐라구요? 그걸 왜 이제야 말해주십니까, 무녀님! 크라시우스님이 영주 놈과 계약이라도 했단 말입니까?"

"글쎄요. 정말 그렇다면 소식이 있었겠지요."

"영주 놈이 크라시우스님을 데리고 장난질이라도 치고 계시다는 거군요! 알겠습니다. 당장 가서 크라시우스님을 도와 드리고 오겠습니다! 그리고 마을의 독립도 선포하구요!"

사제와 엘린은 한숨을 내쉬었다. 저 열혈 청년이 프리든으로 가서 독립을 선언하는 순간 어떤 일이 벌어질지 눈에 보이기 때문이었다. 영주가 정상이라면 그 독립 선언을 선전포고로 받아들일 것이 뻔했다.

결국 엘린이 나섰다.

"제가 다녀올게요."

"네? 안 됩니다! 무녀님이 가셨다 큰일이라도 당하면 어떻게 한단 말입니까!"

"크라시우스님이 지켜주실 거예요."

이 말은 재래드에겐 큰 효과가 있었다.

그는 결국 무녀가 가는 것에 동의했고 집회는 무사히 끝났다.

*　　　　*　　　　*

프리든의 새 영주 취임식으로부터 며칠이 지났다.

취임식은 다른 때와 달리 작은 규모로 이루어졌다. 지역 유지를 몇 명 초대하여 만찬을 하는 정도였는데, 그 때문에 축제를 기대했던 주민들이 불만을 토해낼 지경이었다.

초대받은 유지 중엔 제이미 스트로도 있었다. 그는 성안의 작은 연회에서 남몰래 다가와 물었다.

"혹시 그룬터라는 사내를 아십니까?"

"글쎄… 처음 듣는 이름이네."

제이미의 생각을 모르는 바는 아니다. 그룬터가 어떤 방법으로 검은 기사를 구워삶아서 다크문을 처치한 것인지 궁금할 테니까.

그러나 그룬터는 발뺌했다. 영주의 입장에서 뒷골목 건달을 알고 있다고 말하는 것은 좋은 선택이 아니었다.

그렇게 제이미가 상상의 나래를 펴도록 배려한 채 취임식은 큰일없이 지나갔다. 다크문이 혹시 식장에 수상한 짓을 하진 않을까 걱정했지만 기우였다. 그들은 이미 프리든을 떠나 다른 지역으로 이동한 뒤였으며, 그룬터보다는 상황을 그렇게 만든 플렉스 오렐리에게 더 분노하고 있었으니까.

세이린은 그룬터의 전폭적인 지원을 받고 청지기장으로서 업무에 충실하고 있었고, 그룬터도 영주로서의 일상에 익숙해져 가는 그런 날이 이어지고 있었다.

그 가운데 그룬터는 집무실에서 손님을 한 명 맞이했다.

"인사드립니다. 마법사 샌더슨 스탠먼입니다."

흰 로브를 걸친 마법사는 자신을 경쾌한 목소리로 소개했다.

영주가 아무나 만나는 것이 아닌 만큼 그의 이력은 조금 특이했다. 그는 9년 전 잠적한 프리든 성의 마법사 안토니의 제자였던 것이다.

마법사 안토니는 스퀼 오렐리의 지원 아래 한 가지 연구를 하고 있었는데, 그것이 거의 완성 단계에 이르자 성을 빠져나가 자취를 감추었다.

마법사인 그는 자신의 연구 결과가 영주의 손에 의해 상품으로 전락하는 것을 막고 싶었기 때문이다.

하지만 수입이 없어지자 그 마법사의 생계는 점점 어려워졌다. 그러다 마침내 죽었고, 그의 제자인 샌더슨이 스승의 연구 결과를 들고 돌아온 것이다.

목적은 물론 후원.

그러나 그룬터는 오냐 하고 그를 받아들일 수 없었다.

"도망자 주제에 돌아와 돈을 내놓으라는 것은 너무 뻔뻔하지 않나?"

"그렇습니까? 하지만 제가 알기로 프리든엔 연좌제가 없을 텐데요."

그 말대로 프리든의 법엔 샌더슨을 처벌할 수 있는 조항이 없었다. 하지만 영주인 그룬터 입장에선 상대의 생각이 뻔히 보이는 만큼 달가울 수가 없는 것이다.

스승이 죽은 직후 프리든으로 온 것이 아니라 영주가 바뀐 직후 달려왔다. 아무리 좋게 생각해도 신임 영주인 그룬터를 이용하겠다는 의도가 보이는데 사람 좋게 그러세 할 수는 없었다.

"일단 그 연구 결과나 보여주게. 이곳으로 돌아올 정도라면 가시적인 성과가 나왔단 말이겠지?"

"물론입죠."

샌더슨은 주저하지 않고 품에서 검은 막대기를 꺼내 그룬터에게 전달했다. 제자리로 돌아온 샌더슨은 웃으며 그 물건을 설명했다.

"저는 그것을 '마검'이라고 부르고 있습니다. 정신을 집중하면 형태가 변화하여 칼날이 솟거든요. 또한 쥐고 있으면 약간 신체 능력이 상승하기도 하지요. 제가 시범을 보여도 괜찮겠습니까?"

샌더슨은 그룬터가 충분히 감상하길 기다린 다음 손을 내밀었다. 시범을 보이기 위함이었다.

하지만 그룬터는 샌더슨의 설명을 들은 직후 검을 변화시켰다. 막대기는 검은색의 칼로 그 형체를 변화시켰고, 곁에 있던 세이린이 깜짝 놀라 말했다.

"어떻게……."

마법사 샌더슨도 놀라기는 마찬가지였다. 그룬터는 그 물체를 수없이 다뤄본 사람 같았기 때문이다.

"재미있는 기계이긴 하군. 그러나 난 여기에 연구비를 더 쓸 수는 없네. 전 영주가 이미 이십 년 이상 시간과 자금을 투자하지 않았던가?"

"여, 영주님? 이건 기계가 아닙니다! 물질이라고요! 장치 따위보다 훨씬 대단한 거란 말입니다! 아, 그보다 연구비를 지원해 주실 수 없다니요?"

먼저 그룬터의 오류를 지적하고 나서야 샌더슨은 자신이 위기 상황임을 깨달았다. 그룬터는 고민하는 척하며 세이린에게 물었다.

"청지기장, 우리에게 이런 물건이 필요한가?"

"아뇨. 필요없습니다."

사석이었다면 샌더슨의 처지를 생각해 중립적인 태도를 보였을 것이다. '지금 당장은 쓸모없으나 다른 가치를 찾을 수 있을지도 모릅니다' 정도로.

그러나 그룬터의 의도를 빠르게 눈치챈 세이린의 대답에 그룬터는 고개를 끄덕였다.

"들은 그대로이네. 나도 그렇고 청지기장도 그렇고, 이런 물건엔 관심이 없어."

손에 든 것을 샌더슨에게 던져준 그룬터는 양 손바닥을 활짝 펴 일말의 아쉬움도 없음을 표현했다.

샌더슨은 그의 몸짓을 보곤 절망에 빠진 얼굴이 되었다. 이 순진한 이십대 초반의 마법사는 자신의 감정을 감추는 방법엔 조예가 없었던 것이다.

"그러나 샌더슨, 자네 개인에겐 관심이 있네."

"네?"

"자네가 내게 보여준 이 연구 보고서 말인데⋯⋯."

영주는 탁자 위에 오른 두꺼운 종이 뭉치를 손으로 툭툭 두드렸다. 보고서의 색은 두 종류였다. 안토니우스가 쓴 것은 갈색이고 샌더슨이 쓴 것은 그렇지 않다. 영주가 두드린 것은 물론 샌더슨이 쓴 보고서다.

"훑어보니 자네가 매우 우수한 인재라는 것을 알 수 있었네. 그러니 제안을 하지. 여기 이 청지기장의 부하로 일하게.

그리고 남는 시간에 연구하게. 이 조건을 수락하면 자네 스승이 쓰던 연구실을 그대로 내주도록 하지."

"끄응."

연구에 몰두할 수 있는 환경은 아니다. 마음 같아선 자릴 박차고 일어나고 싶었다.

그러나 굳이 스승이 도망친 곳으로 다시 돌아온 데에는 이유가 있었다. 영지 남쪽으로 펼쳐진 미개발지에서 가져오는 유물을 연구하기엔 이곳보다 좋은 곳이 없으니까.

샌더슨은 잠깐 고민하다가 고개를 끄덕였다. 어차피 연구는 완성 단계에 이르렀으니 모든 시간을 연구에 쏟아부을 필요는 없었다.

지금 당장 자신에게 필요한 것은 안정적으로 연구할 수 있는 장소와 목구멍의 거미줄을 없앨 급료다.

그룬터는 곁에 서 있던 헤스티아더러 그를 데리고 잠깐 나가 있으라고 명령했고, 그녀는 그 말에 따랐다.

세이린과 단둘이 된 그룬터는 그녀에게 앉을 것을 권했다.

"괜찮지?"

"아, 네. 그러나 제가 필요한 것은 부하가 아니라 하인장입니다만……."

"그거야 자네에게 일임하지 않았나. 고르기가 어렵다고 말하니 자네 일손 줄일 사람이라도 붙여줘야지."

얼마 전 영주 암살 미수 사건에서 흑막으로 밝혀진 자가 바로 하인장 다르막 델피언이었다.

정체가 밝혀지자 그는 도망쳤고, 그 뒤 하인장 자리는 계속 공석이었다. 임시 하인장을 맡은 사람이 있긴 하지만 그는 정식 하인장 자리는 부담스러워하고 있었다. 때문에 세이린은 그가 도망이라도 칠까 봐 하인장의 일도 겸하고 있었다.

"…알겠습니다. 그러면 그의 연구는 어떻게 할까요?"

그룬터는 연구에 전혀 관심이 없는 것처럼 말했으나 실은 그게 아니었다. 정말 관심이 없었다면 샌더슨을 곧바로 돌려보냈을 것이다.

그룬터는 그것을 짚어낸 세이린을 칭찬이라도 할까 하다가 그냥 웃고 말았다.

"관심없는 척하게. 하지만 해달라는 것은 꼭 해주도록. 그의 연구는 진짜야."

"진짜라니요?"

"수도의 귀족들이 가보로 물려주는 칼이 모두 저런 것이네. 만일 내가 영주가 아니라 사기꾼이라면 말이야, 물론 가정이네만, 내가 사기꾼이라면 당장 저 칼을 들고 수도로 가서 성 하나와 바꿔 올 수 있어."

"네? 정말입니까?"

세이린이 말도 안 된다는 표정으로 눈을 껌뻑이자 그룬터는 손을 들어 허튼 망상을 막았다.

"내가 사기꾼이라면, 이라고 했잖나. 그의 연구가 완성에

이른다면 모를까 저대로는 어림도 없어. 잘 구워삶되 그를 감시하게. 스승처럼 도망치는 일 없도록."

"네, 알겠습니다."

"그럼 이제 우리 마법사 나리에게 연구실을 내주도록 하게. 계약서 작성하는 것 잊지 말고 말이야."

더 할 이야기는 없다. 그룬터는 세이린에게 마법사를 데려오라 말했으나 그녀는 움직이지 않았다. 그에게 전할 말이 있기 때문이었다. 갑작스러운 마법사의 방문에 흥미를 느낀 그룬터가 그를 들이라 말하지 않았다면, 둘은 이 보고를 두고 심각하게 회의를 하고 있었을 것이다.

"영주님, 실은 어제 인구 보고서를 작성하다 마음에 걸리는 것을 발견했습니다."

"마음에 걸리는 것?"

"동쪽 '마법사의 폐허' 부근에 사람이 모이고 있습니다. 숙영지 규모라 따로 제재를 가하진 않았는데 요즘엔 주거지와 군사 시설을 갖추기 시작해서……."

"요즘 유행하는 그 도시라는 것 말인가?"

"네. 이름은 오라클이라고 합니다."

"그래? 규모는 얼마나 되나?"

"삼천 명가량이 된다 합니다. 그들 대부분은 떠돌이지만 프리든의 인구도 제법 섞여서……."

"아니, 뭐라고? 그 지경이 되도록 전 영주는 뭘 한 건가?"

그룬터는 황당한 표정을 지었고, 세이린도 투구 아래 드러난 그의 표정을 읽었다.

"그것이 일 년 사이 갑자기 세를 불린 거라… 전 영주님도 말년엔 정신없이 바쁘셨고요. 저도 갑자기 줄어든 인구수를 보지 못했다면 그쪽으로 새고 있다는 것을 깨닫지 못했을 것입니다."

"흠."

그룬터는 고민에 빠졌다.

도시.

요즘 유행하듯 갑자기 발생한 공동체로, 자유민이라는 신분을 만들어 자신들의 법에 따라 생활하는 곳이다.

그들은 상업으로 얻은 수익을 왕에게 직접 갖다 바침으로써 도시법이라는 것을 주장할 수 있게 되었는데, 그중 하나가 주변 영주에겐 위협이 되고 있었다.

바로 도시에 들어가 일 년 동안 생활하면 그 도시의 시민이 된다는 것.

영지의 농노들에겐 구미가 당기는 일이라 제법 많은 농노들이 도시로 도망쳤다가 잡혀 돌아오는 일이 생기고 있었다. 비록 지금은 영주의 자리에 앉아 있기에 불쾌한 일로 느끼지만, 그가 여행자로 돌아다닐 땐 시대가 변하고 있다고 느껴 감탄한 적도 있었다.

"저… 영주님?"

"음. 일단 그 문제는 나중에 다시 이야기하지. 먼저 마법사의 일을 마무리 짓게."

밖의 헤스티아와 샌더슨을 데리고 들어오란 이야기다.

그룬터는 앞으로 해야 할 일을 떠올렸다.

'먼저 시장과 만나봐야 하겠군.'

탈주 농노들의 반환에 협조해 달라고 부탁하며 우호적인 대화를 나누는 것이 가장 먼저 할 일이다.

그룬터는 생각에 잠겼다.

그사이 세이린은 샌더슨을 데리고 돌아와 계약서를 작성했다. 임금은 연구비를 포함하여 지급하며 오전엔 세이린의 일을 돕고 오후에 연구를 한다. 그렇게 이야기를 마치고 세이린의 집무실(영주 집무실 한쪽에 칸막이를 쳤을 뿐이다)에서 서류 작성과 사인까지 마쳤다.

서류 작성 중에 그룬터에게 보여주고 몇 가지 항목을 추가하긴 했지만, 날림이나 다름없을 만큼 빠르게 진행된 계약이었다.

"그리 마음에 드는 조건은 아니지만… 그보다 스승님의 연구실은요?"

계약서의 사본을 둘둘 말아 소매에 넣은 샌더스는 연구실의 위치를 물었다. 둘은 집무실을 나와 걷기 시작했다.

"저기 연병장 보이지? 구석에 있는 건물 말이야."

"뭐, 뭐라고요?"

황당한 표정으로 샌더슨이 비명을 지르자 세이린은 끝날 때까지 기다린 다음 품에서 계약서를 꺼냈다.

"안토니의 도주로 발생한 손해는 제자인 샌더슨 스탠먼이 보상한다. 또한 같은 일이 발생하는 것을 방지하기 위해 프리든은 마법사를 감시할 권리를 가진다."

"그런 말이 있긴 했죠. 하지만 스승님이 쓰시던 연구실을 주신다고 하지 않으셨습니까?"

"맞아. 몇 년 전엔 저곳이 연구실이었어. 지금은 병영이 되었고. 어쨌든 너는 앞으로 경비대의 병사들과 함께 생활하게 될 거야."

"네? 병사들과? 지금 절 감시하겠단 거죠?"

불쾌해진 샌더슨이 항의하자 세이린은 계약서를 그의 눈앞에 들이내는 걸로 대답했다. 계약의 의무 불이행 시 막대한 배상금을 물기로 했기에 샌더슨은 속으로 불공평한 노예 계약이라고 소리쳤다.

그러나 계약서의 아래엔 샌더슨이 사인이 큼지막하게 자리를 잡고 있었다. 빼도 박도 못하는 상황이라 샌더슨은 입을 다물었다.

세이린은 잠깐 자신이 너무한 게 아닌가 생각했지만 이 조항을 넣은 것은 다름이 아니라 그룬터였다.

계약서의 초안을 가져갔더니 그가 24시간 감시할 수 있는 조항을 넣도록 명령했던 것이다. 그래서 세이린은 지금 샌더슨의 계약서와 그룬터의 명령서를 둘 다 가지고 있었다.

명령서는 물론 경비대장 앞으로 가는 것으로, 이 마법사를 감시하라는 내용이 담겨 있었다.

세이린은 당연한 처사라고 생각하면서도 샌더슨이 가여워 옛 이야기를 꺼냈다.

"어렸을 때라 기억이 가물가물한데, 널 옛날에 본 것 같기도 해. 그 마법사 할아버지 곁에 있던 애가 너였지? 또래라고 생각했는데……."

"어? 스승님이 여기 계실 때의 제자요? 아뇨. 전 아니에요. 그 사람은 파문당했어요."

"파문?"

"문란했다나 봐요. 저도 잘 모르는 이야기이니까 그건 그렇다 치고… 그보다 영주님은 왜 투구를 쓰고 계신가요?"

"투구? 갑자기 그건 왜 물어?"

"갑옷을 입고 계신 거야 이해하지만… 가끔 그런 분들 있다고 책에서 봤으니까요. 인생은 전장이라는 각오로 살자는 사람들. 그런데 투구까지 쓰고 계신 건 너무 이상하잖아요. 혹시 변태이신가요?"

"뭐라고?"

"그러니까 자신을 불편하게 하여 그 구속감으로 쾌감을 느끼는 사람들 있잖아요. 갑갑함에서 안정감을 느끼고 거기에서 발전하여……."

"지금 계약서 내용이 마음에 들지 않아서 이러는 거야?"

"네? 아뇨. 정말 궁금해서 그래요."

세이린이 황당한 표정으로 묻자 샌더슨은 황급히 고개를 저으며 부정했다. 정말로 당황한 표정이다.

세이린은 주의를 준 다음 다시 걸음을 옮겼는데, 샌더슨은 몇 걸음 걷다 다시 영주의 투구 이야기를 꺼냈다.

"그 헬멧을 살펴볼 수 없을까요?"

"또 무슨 소릴······."

"음, 연구에 도움이 될 것 같아서요."

"지금 하는 연구는 마검을 만드는 것 아니었어?"

"아, 지금은 무기지만 그다음은 갑옷이죠. 아니, 애초에 이건 갑옷으로 만들어야 의미가 있죠."

연구 관련 이야기가 나오자 샌더슨은 익숙한, 그러나 뜻은 다른 단어를 줄줄 나열하기 시작했다. 연결, 악수, 인증, 요청 등등. 하지만 세이린은 그의 연구에 관심있는 척하지 말란 명령을 받았고, 또한 실제로 관심이 없기도 하여 대충 고개만 끄덕여 주었다.

그렇게 둘은 병영에 도착, 경비대장실에 들어갔다.

"경비대장, 영주님의 명령입니다."

"네? 네!"

명령서의 내용은 '이 마법사를 감시하며 연구를 도울 것. 또한 창고로 쓰고 있는 곳을 비워 다시 마법사의 연구실로 쓸 수 있게 할 것'이었다.

세이린은 라이든이 명령서를 읽는 것을 본 다음 뒤로 돌았다.

"샌더슨, 넌 내일 식사를 마치고 내 책상 앞으로 오도록 해. 그럼 전 돌아갈게요, 경비대장님. 잘 부탁합니다."

"예."

그날 이후로 라이든과 세이린은 철저하게 상하 관계가 되었다. 둘은 본래 소꿉친구로 그룬터가 오기 전까진 서로 편하게 이야기하곤 했다.

하지만 라이든이 플렉스의 편을 들고 그룬터가 플렉스를 몰아내면서 둘의 관계도 변화가 일어났다.

세이린은 그룬터의 반대편에 선 라이든에게 전처럼 편하게 행동할 수 없었고, 라이든은 자신을 배척하는 그룬터의 신임을 얻고 있는 세이린에게 불편함을 느꼈다.

그러나 아직은 서로 어색하고 상대가 먼저 다가와 주길 바라는 마음에 변화는 없었다.

세이린은 돌아가고 라이든은 새로 온 마법사에게 어깨를 한번 으쓱하더니 창고로 쓰고 있는 연구실로 안내했다.

"마법사라……. 다시 보는 건 정말 오래간만이군. 그때 그 할아버지도 마법사였는데……."

"스승님을 아십니까?"

"응? 혹시 그분의 제자인가? 흰 수염이 허리께까지 내려오는 그런 분이셨는데…… 주로 흰옷을 입고 계셨고 말이야."

"맞을 겁니다. 안토니라는 이름을 쓰셨죠."

"아, 그분 맞아! 세이린이랑 같이 가면 이상한 맛이 나는 사탕을 주곤 하셨지."

"세이린? 청지기장 말씀이십니까?"

라이튼은 혹시나 이름으로 부른 것이 알려질까 샌더슨에게 주의를 주었다. 어차피 샌더슨은 세이린에게 좀 당한 것 같은 기분이 있었는지라 고자질할 생각은 없었다. 라이튼은 말이 통하는 친구라고 생각하며 말했다.

"그런데, 마법사라면 뭘 하는 건가?"

"연구하고 개발하고… 그런 걸 하지요. 사람을 치료하거나 뭐 그러기도 하구요."

"운석을 떨어뜨리거나 그러지는 않나? 사랑의 묘약을 만들거나 다른 차원의 생물을 소환한다거나 말이야."

"그건 다른 학파의 마법사들이 하는 일입니다."

샌더슨은 흥미가 사라지는 말들만 했다. 라이튼은 내심 아쉬워하며 창고의 문을 열었다.

마법사가 쓰던 곳이라 불길하다며 많은 짐을 넣어두진 않았다. 먼지가 뽀얗게 쌓이긴 했지만, 스승이 쓰던 연구실이 거의 원상태를 유지하고 있다는 것을 보고 샌더슨은 환호성을 지르며 기뻐했다.

"굉장하네요! 이 상태라면 오늘 저녁부터라도 당장 연구를 시작할 수 있겠어요!"

애처럼 기뻐하는 샌더슨을 보던 라이든은 뺄 물건을 정리해 두라고 일러둔 다음 병사들을 불렀다.

'마법사들은 보통 사람들이 이해하기 힘든 짓을 한다던데 이 녀석은 예외인가 보군.'

라이든은 병영의 새 식구가 정상적이라는 것에 안도하며 창고 정리를 돕기 시작했다.

날이 지났다.

아침 일찍 그룬터가 침실에서 눈을 뜨고 물을 마실 때쯤, 문밖에서 인기척이 들리더니 세이린의 목소리가 들렸다.

"영주님, 기침하셨습니까?"

이미 침대에서 일어난 뒤다. 그룬터는 들어오라 말하고 투구부터 챙겨 썼다. 그 사이 세이린은 문을 열고 들어오다 건장한 그룬터의 상체를 보고 얼굴을 붉히며 고개를 돌렸다. 아직 다른 남자의 몸을 여유있게 감상할 만큼 넉살좋은 것은 아니었다.

그런 봄처녀 같은 표정은 그룬터가 부를 때까지 계속될 것 같았지만, 이불로 나신을 가린 헤스티아가 시야에 들어온 순간 바로 사라졌다.

"무슨 일인가?"

세이린이 굳은 얼굴로 고개를 들자 그룬터가 웃옷을 입고 있었다. 그녀는 빨리 자리를 벗어나고 싶어 짧고 간단하게 말했다.

"용의 마을에서 손님이 와 있습니다. 식사는 조금 미루고 그녀부터 만나는 것이 좋을 듯합니다."

그녀는 말을 마치고 집무실로 돌아갔다.

그룬터는 용의 마을에 대한 기억을 더듬었다.

며칠 전 읽은 영지 보고서에 그 이름이 있었다. 먼 옛날 무녀를 보내 용을 감시하기 시작한 바로 그곳. 그녀의 후손이 마을을 이룰 정도로 커져 일종의 집성촌이 되었는데, 프리든은 백 년 전부터 그곳을 마을로 인정했다.

영지 안의 마을로 인정했단 말은 세금을 매기기 시작했단 의미다. 하지만 용에게 제사를 지내는 것으로 노역을 면제시키고 있으니, 돈이 되는 곳은 아니었다. 즉, 관심을 가질 이유가 없는 곳. 그곳에서 손님이 왔다 하니 그룬터로서는 뜻밖의 손님인 셈이었다.

세이린이 급하게 만나봐야 한다고 말하고 있으니 지체해서 좋을 것은 없다. 그룬터는 서둘러 옷을 차려입고 집무실로 향했다. 몸종인 헤스티아도 그의 뒤를 따랐다.

집무실에 들어서자 흰옷을 입은 처녀가 앉아 있다 일어서며 그에게 인사했다.

"엘린 크라시우스입니다. 마을의 무녀예요."

"영주 클라우츠 베이른이다."

그룬터는 그녀의 인사를 받고 세이린을 찾았다. 그녀는 그룬터가 앉을 자리 옆에서 기다리고 있었다. 왠지 뚱한 표정이지만 그룬터는 그녀에게 신경 쓸 겨를이 없어 자리에 앉고 엘린에게도 착석을 권했다.

"용의 마을에서 왔다고 들었다만… 무슨 일로 왔는지 설명해 주겠나?"

"저와 마을 사람들은 영주님이 감춘 크라시우스님을 풀어드릴 것을 청합니다."

"뭐라고?"

뚱딴지같은 소리다. 물론 말 자체가 이해되지 않는 것은 아니다. 크라시우스는 그룬터도 들어본 적이 있는 서쪽의 용이다.

즉, 엘린의 말은 그 크라시우스를 그룬터가 붙잡고 있으니 내놓으란 말인데, 이 말을 단번에 이해하기엔 그룬터의 사전지식이 부족했다.

그래서 그는 자신이 잘못 이해한 것인지 묻기 위해 세이린을 돌아보았고, 이미 무녀와 대화를 나눈 세이린이 무녀의 말을 보충했다.

"크라시우스라는 암각룡은 주인을 찾아 헤매는 중이라 합니다. 프리든의 영주가 바뀔 땐 항상 프리든에 왔고, 이번에도 그리하였다 합니다. 하지만 아직 보금자리로 돌아오지 않으셨기에 영주님이 그 용을 붙잡고 있다고 생각하는 모양입니다."

"이해할 수 없군. 나는 한낱 인간인데 어떻게 용을 붙잡는 단 말인가?"

"그분은 자신이 인정한 인간의 말은 귀담아듣곤 하십니다. 당신이 떠나지 말라고 말하면 그대로 따를 수밖에 없지요."

"내가 용과 만났고, 그가 날 인정했다면 그랬을지도 모르지. 그러나 나는 용과 만난 적이 없다. 그리고 만약 내가 그에게 인정받았다면 그를 너에게 보였을 것이다. 숨겨서 엉뚱한 오해를 받느니 그가 선택했다는 식으로 설득하겠지. 그렇지 않은가?"

그룬터의 말은 설득력이 있다. 그는 힘이 없어 자신이 얻은 것을 숨겨야 하는 약자가 아니다.

엘린은 입을 다물었으나 어찌 되었든 간에 그들이 용을 잃었단 것은 사실이며, 영주가 용을 돌려주지 않을 땐 이렇게 하겠다고 정한 것이 있었다.

"그럼 마을로 함께 가 주세요."

"뭐?"

"그분은 왕이 될 재목을 찾고 있어요. 영주님과 만나지 못했다면 아직 관심을 갖고 계시겠지요. 그러니 영주님을 미끼로 하여 그분을 불러보겠습니다."

"미끼라고?"

"미끼라 해서 위해가 있진 않아요. 그냥 저희가 주문을 외는 동안 제단에 누워 계시면 됩니다."

미끼가 되란 말에 헤스티아와 세이린, 둘의 인상이 찌푸려졌다. 그룬터도 별반 다르지 않아 손가락으로 탁자를 두드리며 침묵했다. 아무리 몸에 손을 대지 않는다 해도 그녀의 말에 쉽게 따를 수 없었다.

그런 그에게 결정을 재촉하듯 엘린이 말을 이었다.

"만일 거절한다면, 백여 명의 마을 사람이 영지를 습격할 것입니다."

"뭐라고?"

그룬터의 손가락이 멈췄다. 이건 선전포고나 다름없다. 아니, 반란이다. 엘린 자신도 재래드를 보내면 그가 선전포고를 할 거라고 생각했으면서도 똑같은 일을 벌이고 있는 셈이었다.

하지만 그녀는 그것을 선전포고라고 생각하지 않았다. 그녀는 자신이 사실을 말하는 것이라 생각했으니까. 때문에 그녀의 얼굴은 평온했으나 세이린은 반대였다.

'경비대장 라이든도 저런 말은 함부로 하지 못했는데 감히 마을의 무녀 따위가……'

세이린의 머릿속에 떠오른 것은 저 여자의 죄를 물어 당장 목을 벨 것인지 아니면 감옥에 가두어 인질로 삼을 것인지 정도였다. 그만큼 엘린의 말은 황당한 것이었다.

그러나 그룬터는 당장 결정을 내리지 않고 그녀더러 잠깐 나가 있으라 했다. 이번에도 헤스티아가 그 일을 맡아 엘린은 잠시 집무실에서 퇴장했다. 남은 인물은 그룬터와 세이린 단 둘뿐.

"청지기장, 어떻게 생각하나?"

"허세는 아닐 것입니다. 그 마을은 집성촌이며, 그들만의 종교를 가진 단체입니다. 광신도라 불러도 손색이 없을 정도입니다."

"그렇다면 저 무녀에게 손대는 것은 재고해야겠군."

"그럴 수는 없습니다. 저 여자는 지금 영주님 앞에서 반란을 일으키겠다고 말하는 것입니다. 당장 목을 베어 세간에 경고해야 합니다."

그룬터는 그녀의 말이 옳음을 알고 있었다. 결코 과한 처사가 아니었다. 하지만 그는 조금 다른 생각을 하고 있었다.

'왕이 될 재목을 찾고 있는 용이라……'

호기심이 이는 것은 어쩔 수 없었다. 하지만 그것은 개인적인 호기심. 영주라는 자가 함부로 그 자리를 벗어날 수는 없었다. 그룬터는 엘린이 다시 들어오게 한 다음 짧게 말했다.

"돌아가라."

사실 하루 걸어 다른 마을에 가는 것은 그리 어려운 일이 아니다. 하지만 사람의 눈을 의식해야 할 때가 있다. 지금이 그렇다. 그룬터는 자신이 평민의 말 한마디로 오가는 가벼운 자가 아님을 알려야 한다.

그룬터는 말을 마친 뒤 자리에서 일어났다. 그리고 무녀를 지나쳐 집무실을 나가려는데 갑자기 헤스티아가 외쳤다.

"영주님!"

부름을 듣고 몸을 돌린 그룬터는 전투 자세로 선 헤스티아의 뒷모습을 볼 수 있었다. 그 너머 바닥엔 엘린이 쓰러져 있었는데, 단지 그뿐이라면 놀랄 일이 아니었다. 하지만 그녀의 몸 근처로 피 웅덩이가 생기고 있다면 이야기가 다르다.

그룬터는 자신도 모르게 그녀에게 다가가 상체를 세웠다. 헤스티아가 공격했나 하고 잠깐 생각했지만 그녀의 배에 난 상처는 헤스티아의 짓이 아니었다. 그녀의 상처는 그녀가 직접 만든 것이었다. 그것을 증명하듯 바닥엔 낯선 손칼이 떨어져 있었다.

그룬터가 사태를 파악하는 동안, 엘린은 바닥에서 그룬터를 올려다보며 말했다.

"제가… 우리가… 얼마나… 긴박한지 알려드려야 할 것 같아서요……."

고통 때문에 온몸엔 식은땀을 두르고 호흡은 가파르다. 그룬터는 경비에게 명령하여 마법사 샌더슨을 불렀다.

그사이 세이린이 지혈을 위해 엘린의 배에 손을 가져다 댔는데, 엘린이 그녀의 손길을 거부했다. 고통과 공포로 혼란을 일으키는 중인 엘린은 입으로 요구 사항을 읊지 않았지만, 그룬터와 세이린은 그 의미를 깨달았다. 마을에 가 달라고 말하고 있는 것이다.

"영주님, 이 여자의 말을 들을 필요는 없습니다!"

세이린은 상대가 반란을 선언한 상대임을 상기하여 외쳤다. 하지만 그룬터는 잠깐 생각하다 완력으로 엘린의 팔을 치우고 상처를 눌러 지혈했다.

"영주님!"

얼마 지나지 않아 샌더슨이 도착했다. 영주는 샌더슨과 병사에게 엘린을 부탁하며 세이린도 따라갈 것을 명했다. 그녀는 망설이다가 결국 그룬터의 말을 따랐다.

그렇게 사람들이 모조리 빠져나가고 나니 집무실엔 그룬터와 헤스티아만 남았다.

그룬터는 자신의 손에 묻은 피와 경비병의 등에 업혀 나가는 엘린의 모습을 보며 마음이 흔들리는 것을 느꼈다.

스탠먼과 세이린은 달렸다.

그 자리에 있었으면서도 믿기 힘든 일이라 세이린의 표정은 하얗게 질려 있었다. 품에서 칼을 꺼낸 무녀. 놀란 헤스티아가 자세를 잡고 제압하려는 그 순간 그녀는 그 칼을 자신의 배에 꽂았다.

단지 그뿐이라면 세이린은 비명을 지르는 평범한 반응을 보였을 수도 있다. 하지만 칼을 찌르기 직전 무녀와 눈이 마주쳤기에, 그녀의 눈에서 망설임을 읽었기에 그리하지 못했다.

'이 무녀는 자신의 행동에 거부감을 느끼고 있었어.'

그것은 광신도가 할 행동이 아니다. 그 때문에 세이린은 그녀의 행동을 자해가 아닌 의지의 표현으로 받아들일 수 있었다.

"샌더슨, 이 사람 꼭 살려야 해!"

영주가 살리라고 명령했다. 그렇다면 비록 수락하기 어려운 요구를 가지고 온 사자라고 해도 일단 그리해야 한다.

"넵, 청지기장님!"

세이린은 사람이 의식을 잃어 가는 중인데도 너무나 침착한, 평소의 가벼운 모습 그대로인 그가 미덥잖았지만 어찌 되었든 마법사다. 돌팔이보단 훨씬 나은 실력을 가지고 있을 터이다. 그렇게 생각했으니 영주가 그를 부른 것이다.

'여기서 이 사람이 죽으면 어떻게 되는 거지?'

돌아가라고 말하지 못하게 하기 위해 자신의 배를 찔렀을 뿐이다. 하지만 그렇게 하기 위해 한 행동이 최악의 상황을 만들어낸다면 이 무슨 촌극인가.

잠시 뒤 그들은 마법사의 연구실에 들어섰다. 고작 하루 만에 창고는 어엿한 연구실이 되어 있었다.

세이린은 안에 들어서자마자 벽에 기대어 쓰러지려는 몸을 가누었다. 방을 가득 채운 약초 태우는 냄새가 머리를 어지럽혔기 때문이다.

"대체 이게 무슨 냄새야."

전날 저녁 보고를 하러 왔던 병사가 마법사가 마음에 들지 않는다고 말했던 이유를 알 만했다.

그러나 샌더슨은 고향처럼 편한 듯 들어오자마자 크게 숨을 들이켜며 미소 지었다. 밤새 연구실을 정리했더니 새벽부터 쓸 일이 생긴 것이다. 보람을 느끼지 않을 수가 없었다.

"여기에 눕혀요."

탁자 위의 짐을 빠르게 바닥에 내린 샌더슨은 그녀를 눕히도록 지시한 다음 선반에서 말린 약초를 꺼내 부수기 시작했다. 그사이 경비병은 도망치듯 방을 빠져나갔고, 남겨진 세이린은 엘린의 손을 꼭 붙잡았다.

"정신 차려요!"

그녀가 여기서 죽으면 반란이 일어날지도 모른다는 정치적인 계산은 둘째 치고, 눈앞에서 사람이 죽는 것을 보고 싶지 않다는 순수한 감정이 그녀의 입을 열게 했다. 방금 전까지 그녀를 죽여 목을 내걸어야 한다고 말한 그녀인데도 말이다.

자신이 조금 감정적이게 된 것은 아닌지, 사람이 죽어가는데 감정적이면 어떻냐고 자신을 추스르는데 샌더슨은 실험동물을 대하듯 웃으며 다가왔다. 그리곤 절구에서 빻은 약초를 곧장 무녀의 입안에 들이부었다.

"자, 그럼 이거 삼키세요."

갑작스레 들어온 이물질에 놀란 엘린이 기침과 함께 그것을 토하려 하자 샌더슨은 한 발짝 물러나 사정거리에서 도망쳤다.

그리곤 상태도 살피지 않고 수술용 도구를 준비하러 몸을 돌렸고, 결국 세이린이 엘린이 약을 삼킬 수 있도록 물을 찾아 그녀의 입에 갖다 댔다.

잠시 뒤 약효가 돌기 시작해 무녀는 깊은 잠에 빠졌고 그사이 샌더슨은 칼과 바늘, 실을 가져와 세이린 곁에 섰다.

"그러고 보니 말인데요."

무녀의 옷을 칼로 잘라 벗기고 상처 안에 손을 집어넣어 헤집는 것이 보기 싫어 고개를 돌린 세이린에게 샌더슨이 말을 걸었다.

"경비대장님과 무슨 관계세요?"

"…응?"

"그분, 제법 남자다운 분이시던데 유독 청지기장님께는 약하신 것 같더라고요."

주절주절 쉬지 않고 입을 놀리고 있지만 손은 거침이 없다.

세이린은 고개를 돌린 채로 대답했다.

"네가 상관할 문제가 아니야."

"어, 그래요? 그럼 제가 청지기장님에게 들이대도 아무 문제 없는 거죠?"

"뭐라고?"

"아, 고백은 아무데서나 해선 안 되는데……. 잘못 잘랐네."

깜짝 놀라 돌아보니 샌더슨의 웃옷에 피가 튀겨 흥건했다. 세이린은 비명을 질렀지만 지혈은 순식간에 끝냈다.

세이린은 인상을 찌푸린 다음 다시 뒤로 돌았다. 그러자 기다렸다는 듯 샌더슨이 말했다.

"청지기장님, 어떻게 생각하세요?"

"사람 목숨 가지고 장난치는 거 아니야."

"이분은 이미 많은 피를 잃은 상태라… 한 번 더 실수하면 정말 어떻게 될지……."

"대체 무슨 말을 하고 싶은 거야?"

"경비대장님과 싸워서 삐친 상태라면 빨리 화해하시란 거죠. 이래 봬도 마법사란 말입니다. 신경 쓰이는 일이 있으면 연구에 집중할 수가 없다고요."

"그래도 그런 건 네가 상관할 일이……."

"끝났습니다."

"뭐?"

"사람 목숨 가지고 장난칠 리가 있나요. 이미 끝냈지요."

수술 도구를 정리하며 웃는 샌더슨을 보자 울화가 치민 세이린은 '이래서 마법사란 놈들은!' 하고 속으로 소리쳤다. 병자가 있는데 고함을 지르며 샌더슨을 나무라는 것은 그와 똑같은 수준이 될 뿐이다.

일단 끝났다고 말하니 세이린은 밖에서 기다리는 병사를 불러 성으로 그녀를 옮겼고, 샌더슨은 약을 만드느라 정신없이 움직이기 시작했다.

영주는 여전히 집무실에 앉아 있었다. 병실로 황급히 개조한 손님방에 엘린을 눕힌 다음 돌아온 세이린은 지혈이 끝났음을 보고했다. 그룬터는 고개를 끄덕인 다음 세이린에게 명령했다.

"무녀를 데리고 돌아갈 마차를 준비하게. 나도 함께 갈 것이니 그 준비도 해주게."

"안 됩니다. 보시다시피 이들은 무슨 일을 저지를지 모르는 광신도인데……."

정신이상자라고 매도하긴 쉽지만 엘린의 눈동자가 떠오른 세이린은 잠깐 말을 주저했다. 그러나 반대해야 한다. 물론 방금 전 그녀는 엘린이 살아나길 기원했다. 하지만 그것과 부탁은 별개의 문제다.

"…그들이 말한 미끼라는 것도 좋게 들리지는 않습니다."

"그녀의 각오를 눈으로 확인하고도 체면을 고집하는 것이 상황을 악화시킬 거란 생각은 들지 않나?"

보통 사람은 영주의 체면보단 무녀의 목숨을 더 높게 칠 것이다. 이 영지에 살고 있는 대다수의 주민은 체면보단 목숨이 더 중요하다고 생각하는 평민이니까. 그러니 소문이 돌면 어떻게 될지는 눈에 뻔하다. 피도 눈물도 없는 냉혈한이 될 것이다.

세이린은 고민했다. 영주의 말도 일리가 있다. 영주 자신이 체면을 높게 치지 않는다면 청지기장은 다른 방법으로 실리를 취할 궁리를 해야 한다. 그녀는 안 된다고 말하기보다 영주의 말에 따르되 안전을 찾는 방향으로 생각을 전환했다.

"그럼 병사를 준비하겠습니다. 스무 명 정도의 병사를 호위로 하고 저와 경비대장이 함께 가겠습니다."

마을에 도착하기 전 자신이 먼저 들어가 마을의 상황을 눈으로 확인할 생각이었다. 또한 전투에 있어 바른 판단을 할 수 있는 경비대장을 데려가 만에 하나 있을 상황에 대비하기로 했다.

하지만 갑자기 마법사 샌더슨이 끼어들었다.

"청지기장님, 잠깐만요. 제가 가면 안 될까요?"

어느새 들어온 샌더슨이 가쁜 숨을 몰아쉬고 있었다. 집무실에 들어오려면 허락을 받아야 하나 그걸 깡그리 무시하고 들어선지라 눈치채지 못했다.

세이린은 어이가 없어 당장 나가라고 말하려는데 영주가 손을 들어 세이린을 제지했다. 스탠먼은 자신이 가야 하는 이유를 설명했다.

"저와 청지기장은 업무를 공유하고 있습니다. 그러니 청지기장이 떠나면 성의 업무는 모두 제가 봐야 하는데 그건 버거운 일입니다. 전 우수한 인재지만 아직 완전히 인계 받지 못했거든요. 또한 무녀의 상처를 돌보는 덴 청지기장보다 제가 더 낫지요. 그리고 저는 마법사로서 용의 보금자리에 흥미를 가지고 있습니다. 제가 그곳에 가 표본을 수집한다면 연구에 큰 도움이 될 것입니다."

기다렸다는 듯 줄줄 읊는 걸 보면 속으로 연습한 것이 분명했다. 세이린은 입 다물라고 말하고 싶었지만, 그가 하는 말은 모두 그럴싸해 여기서 소리쳤다간 못난 꼴만 보일 것 같았다.

그룬터 입장에선 샌더슨이나 세이린이나 상관없었다. 그는 샌더슨의 의견에 손을 들어주었다.

"좋아, 청지기장. 샌더슨이 갈 수 있게 준비하도록. 또한 경비대장에게 병사 십여 명만 준비하라 이르게. 우린 약탈하러 가는 것이 아니야."

"알겠습니다."

이미 마음속으로 할 일을 정했기 때문인지 그룬터는 거침없이 준비를 명했다. 세이린은 경비대장을 불러 그룬터가 말한 내용을 지시했다.

두 시간 뒤, 성 앞엔 마차 한 대와 열 명의 병사가 집합했다. 그룬터는 세이린에게 성을 부탁한 다음 마차에 올랐다. 사람들에게 불안감을 심어 주고 싶지 않아 그룬터는 잠깐 여행이라도 떠나는 것처럼 행동했다. 사람들을 모아 일장 연설을 하진 않았다는 말이다.

하지만 영주 대리를 맡게 된 세이린은 그 책임감을 느끼면서도 가슴속 한줄기 불안감 때문에 영주에게 달려가 작은 목소리로 말했다.

"영주님, 조심하세요."

마부석에 앉아 있던 라이든이나 헤스티아의 표정이 묘하게 변하는 가운데, 샌더슨이 웃으며 말했다.

"아이고, 청지기장님! 제가 있으니 걱정 말아요!"

자칫 이상한 분위기가 되었을지도 모르는 상황이었다. 샌더슨이 촐랑거리면서 끼어드는 바람에 그룬터도 웃으며 세이린에게 성을 부탁했다.

"걱정 말게. 경비대장과 헤스티아가 있으니 큰일은 일어나지 않을 거야. 또한 아무리 세상이 각박하다지만 저들은 프리든의 주민들이네. 영주인 나를 해코지하진 않겠지."

"…네."

그렇게까지 말하자 세이린은 물러설 수밖에 없었다. 청지기장과 소식을 듣고 나온 몇몇 하인들의 배웅을 받으며 그룬터는 용의 마을로 출발했다.

*   *   *

샌더슨의 치료가 나쁘지 않았던 모양이다. 출발한 지 얼마

지나지 않아 엘린이 눈을 떴다. 그녀는 어지러움을 호소했고, 맞은편에 앉은 샌더슨이 약초 끓인 물을 건넸다.

"마차?"

좁은 공간 안에 남정네 둘이 앉아 있고 흔들린다는 것 때문인지 그녀는 금방 자신의 위치를 깨달았다. 어지러워 일어나지 못한 그녀는 그룬터를 바라보았다.

관심없다는 듯 창밖을 보고 있지만 목적지는 굳이 물어볼 필요가 없었다. 자해까지 동원한 요구가 받아들여진 것이다. 엘린은 쓴 약초 물을 들이켜면서도 빙긋 웃었다.

"몸은 당연히 괜찮지요?"

하얀 로브를 입은 마법사 샌더슨이 얼굴을 불쑥 내밀었다. 엘린은 정황상 그가 자신을 치료한 자임을 알고 고개를 끄덕였다.

"그럼 몇 가지 묻고 싶은 게 있는데 괜찮죠? 어차피 도착할 때까진 몇 시간 남았으니 미리미리 이야기를 하는 게 좋지 않겠습니까? 그럼 첫째, 이건 제가 궁금한 게 아니라 아마 영주님이 궁금해하실 것 같은데, 미끼란 뭘 말하는 겁니까? 영주님이 그곳에 도착하면 뭘 하시게 되는 거죠?"

사실 샌더슨은 이 미끼 역할에 관심이 없었다. 하지만 곁에 영주가 앉아 있으니 제 욕심만 챙길 수도 없는 노릇이었다. 무녀는 답했다.

"영주님을 제단에 눕힌 다음 그 주변에 저와 사제가 앉아

기도를 올릴 것입니다. 그리하여 닿는다면 계시를 받을 테고
그 뒤는… 내용에 따라야지요."

"영주님의 몸엔 해가 없겠지요?"

"누워만 있는 것이 참을 수 없어 괴로우시다면 마음의 병
정도는 생기실 겁니다만……."

영주나 마법사에게 밉보이고픈 마음은 없어 꺼낸 농담이
다. 하지만 그룬터는 관심이 없는 것처럼 턱을 괴고 창밖을
보고 있었다.

엘린이 머쓱해지는 것을 막은 자는 스탠먼으로, 그는 자지
러지게 웃으며 '영주님은 무인이니 그럴지도 모르죠' 따위의
말을 했다. 묻지도 않았지만 '저라면 몇날 며칠이고 누워 있
을 수 있는데 말이죠' 라고 덧붙이기도 했다.

"그럼 두 번째로 물을 것은 용의 보금자리에 대한 것입니
다만, 용이 사라지면 사나운 짐승은 어떻게 되죠? 그리고 용
이 본체로 돌아가 쉬는 곳 말인데, 보금자리 말고 다른 곳은
없습니까? 그리고… 용연강과 용식연료가 많은 곳은요? 땅을
파야 하는 건 아니겠죠? 그리고 보금자리 입구는 구경도 못할
만큼 멀리 떨어져 있습니까?"

한 가지 질문이 아니잖아. 그룬터는 혀를 찼으나 정작 샌더
슨 본인은 깨닫지 못한 모양이다. 엘린이 생각을 정리하기도
전에 어서 답을 달라며 보챈다.

그들이 용의 마을로 가는 이유는 그녀의 요청 때문이다. 그

리고 지금 영주는 그 마을로 가고 있다. 가만히 침묵하고 있는 것은 보답하는 방법이 아니란 생각 때문에 엘린은 생각나는 대로 샌더슨의 질문에 답했다.

"아마 크라시우스님에 대한 잘못된 소문을 듣고 계신 것 같은데… 크라시우스님은 주변의 괴물들을 정신지배하고 계신 것이 아니에요. 그들이 스스로 따르고 있을 뿐. 그러니 크라시우스님이 자리를 비운다 해서 갑자기 그들이 야성으로 돌아가진 않을 거예요."

"오, 그렇군요. 전 용이 마법으로 부리고 있을 거라는 주장을 지지하고 있었는데……."

그렇게 샌더슨과 엘린이 대화하는 중에 갑자기 그룬터가 끼어들었다.

"그것은 너의 마을 사람들에게도 적용되는 이야기인가? 너는 용에게 지배를 받고 있지 않고, 너의 의지로 용을 모시고 있다는 말을 하고 싶은 건가?"

어찌 보면 대단한 모욕이었다. 마을 사람들을 보금자리 주변의 괴물들과 동일시하는 말이나 다름없으니까. 그룬터도 그 사실을 알고 있고, 조금은 놀리려는 생각으로 한 말인데 의외의 대답이 그룬터를 놀라게 했다.

"그렇게 믿고 싶어요. 정말로 저의 정신이 지배당했다면, 저는 그 사실을 깨닫지 못할 테니 결과는 같잖아요? 그렇다면 전 자신을 변호하는 쪽에 서고 싶어요."

"재미있군. 넌 정말로 용을 모시는 무녀인가?"

그룬터는 그녀가 자신이 용에게 정신지배를 당했을지도 모른다는 생각을 이미 했단 사실에 흥미를 가졌다.

그러자 엘린은 입을 다물었다. 자신과 자신이 믿는 존재를 의심하는 성직자라니.

그룬터는 좀 더 물어보려다 공격하는 모양새가 되는 듯하여 그만두었다. 옆에서 샌더슨이 근질근질한 입을 어떻게든 놀리고 싶어 눈치를 보고 있었기 때문이기도 하다.

"용연강과 용식연료는 어디에 많습니까?"

"네? 그게 무엇이죠?"

"어… 용의 비늘과 용의 먹이입니다. 저희 학파는 그리 불러요."

"글쎄요……. 그건 잘 모르겠네요. 그런데 그건 왜요?"

이런 대화는 마을에 도착할 때까지 계속 이어져 몇 시간 뒤엔 마부석에서 마차를 몰던 경비대장이 병자를 좀 쉬게 하라고 소리칠 지경에 이르렀으나, 그렇다고 샌더슨이 그만두는 일은 없었다.

Chapter 09
전언

CHAIN MAIL - ARMOR made from linked iron or steel
was the main type of armor worn from the Celtic p
in the 6th century B.C. (pp. 1C-11) until the 13th centur
then knights found mail armor not only uncomfortab
wear but also inadequate protection against weap
such as war hammers and two-handed swords. At
first plate armor, which was gradually introduced
in the 13th century, was simply added to mail
armor. But from the 1400s until the coming of
firearms in the 1600s, knights went to war entirely
encased in suits of plate armor.

INCENDIARY (FLAMING) ARROWS
Incendiary arrows and bolts were
used in warfare until the 1650s. A wad of
hemp or flax was soaked in a flammable
substance, fixed beneath the
arrowhead, and then
lit and launched. A
arrow was sho

Lord of Freedon
프라드의 영주

용의 마을은 용의 보금자리에서 한나절 떨어진 곳에 위치
한 마을이다. 하지만 그들이 도착한 것은 한나절이 훨씬 지나
초저녁 무렵으로, 병자 때문에 마차를 천천히 몰아야 했기 때
문이었다. 어쨌든 그들은 마을 입구가 보이는 곳에 도착했다.
  마을 입구엔 거대한 화톳불이 지펴져 있었는데, 그 주변엔
사람들이 무기를 하나씩 들고 있었다. 그들이 일을 저지를 생
각을 하고 있음은 누구라도 알 수 있었다.
  "영주님, 지금이라도 돌아가는 것이 좋지 않겠습니까?"
  일단 마차를 세운 뒤 라이든이 물었다. 그룬터도 창으로 고
갤 내밀어 그 광경을 보았으나, 계속 가라는 명령을 내렸다.

"아이고! 영주님, 정말 괜찮을까요?"

샌더슨이 옆자리에서 호들갑을 떨었지만 이쪽은 엘린을 데리고 있다. 저쪽도 수상쩍은 행동을 할 수는 없었다. 라이든도 최악의 경우 인질극이라도 벌일 생각으로 병사들이 마차를 에워싸도록 지시했다.

그러는 가운데 일행은 마을로 들어섰다.

"영주님 행차시다! 길을 비켜라!"

멀리서 마차가 오는 것을 보고 있던 주민들은 라이든의 목소리를 듣고 놀라 스스로 진영을 흐트러뜨렸다. 마차를 보고 예상은 했으나 정말 영주 본인일 거란 생각은 하지 않고 있었기 때문이다.

마차를 호위하는 병사와 마을의 청년이 대립하는 가운데 마차가 열리고 그룬터가 모습을 드러냈다. 그 뒤 샌더슨이 내리자 병사 둘이 들것을 가져와 엘린을 들고 나왔다. 그녀가 누워 미동도 못하는 것은 상처 때문이라기보단 샌더슨의 수다에 지쳤기 때문이지만, 십수 명의 마을 사내가 그것을 알 리는 없었다.

"무녀님! 이놈들, 무슨 짓을 한 것이냐?"

재래드 크라시우스가 불같이 화를 내며 경비병 사이에 끼어들었다. 놀란 경비병들이 제지하기도 전에 그는 엘린에게 달려가 그녀를 불렀고, 그녀가 대답하기도 전에 허리에 감긴 붕대를 발견했다.

"이 자식들!"

그는 목에 핏대를 세우며 외쳤다. 망설임없이 허리춤의 칼집에서 칼을 꺼냈다. 라이든이 그를 주시하고 있었기에 가로막혔지만.

"모두 대열을 갖춰!"

"전 괜찮아요. 그만하세요."

라이든과 재래드가 대치하는 동안 엘린이 그를 만류했다. 몇 시간 전에 생긴 상처가 아물 리가 없으나 샌더슨의 부축 덕분에 그녀는 일어날 수 있었다.

"이분들은 손님으로 오신 겁니다. 쉴 곳을 마련해 드리세요."

"무녀님, 상처는 어찌 된 겁니까?"

재래드는 황급히 샌더슨을 밀치고 그녀를 붙잡았다. 그러자 영주가 그의 어깨를 툭 치고 지나갔다.

"사고가 있었다. 이런 사소한 것에 신경 쓸 시간에 길 안내나 해줬으면 좋겠군. 우리가 묵을 곳은 어디지?"

"사고? 사소한 것?"

그룬터의 행동 때문에 재래드의 주의가 그리로 향했다. 하지만 상대는 그룬터. 프리든의 영주다. 그는 잠깐 그룬터를 노려보다가 아랫입술을 깨물더니 몸을 돌렸다. 그리곤 안내를 하겠다며 앞장섰다.

그룬터는 그의 뒤를 따라가려고 몸을 돌렸는데, 샌더슨이

다가왔다.

"영주님, 전 가 보겠습니다."

언제 챙겼는지 커다란 가방을 멘 그는 영주가 고개를 끄덕이자 어둠 속으로 사라졌다. 그가 이곳에 올 때 내건 말 중 하나가 무녀의 상처를 돌보는 일이었지만 그저 핑계였던 모양이다. 라이든이 놀라 그를 따라가려 했으나 그룬터는 내버려 두라 말했다.

"이 밤중에 이 숲에서 돌아다니다간 짐승의 밥이 될 것입니다."

라이든은 그룬터에게 다가와 작은 목소리로 말했다. 지금 마을 사람들에게 포위당해 긴장한 병사들이 동요할 만한 이야기는 하고 싶지 않았기 때문이다.

하지만 그룬터는 마차 안에서 용의 보금자리에 대해 집요하게 묻는 샌더슨을 보며 이런 상황을 예측하고 있었다. 저 호기심 왕성한 마법사는 용의 보금자리를 두 눈으로 보고 싶어 미칠 지경인 것이다.

'호기심에 이성을 빼앗긴 마법사는 막을 수 없지.'

그룬터는 내버려 두라고 대답한 후 걷기 시작했고, 라이든도 어쩔 수 없이 그를 따라 걸었다.

일행이 도착한 곳은 제법 큰 빈집이었다. 마차는 마을 입구에 놔두고 말만 데리고 왔는데, 골목길로 마차를 넣기 어려웠기 때문이었다. 혹시 마차가 도착했다 해도 마당이 좁아 병사들이 쉴 곳이 줄어들었을 것이다.

　마을 사람은 일행에게 식은 내일부터이니 편히 쉬라며 돌아갔지만 무기를 들고 서 있던 사람이 마중 나왔던 마을이다. 편히 잘 수는 없어 라이든은 훈련인 척 불침번을 세웠다. 그룬터도 그것을 말릴 생각은 들지 않아 말없이 방으로 들어갔다.

　'영주라……'

　영주가 된 뒤 처음으로 성 밖을 나왔다. 자신의 처지가 이전과 다름을 느끼는 것은 이상한 일이 아니다. 그는 투구를 벗지 않았음을 깨닫곤 벗어 침대 옆 탁자에 놓았다. 몸종인 헤스티아도 그를 따라 방에 들어와 그가 쉴 수 있도록 침대를 정돈했다.

　"영주님, 전 바닥에서 잘게요."

　영주의 침실이었다면 그룬터가 반대했겠지만 이 방의 침대는 너무 좁다. 그룬터는 그녀가 방에서 머무는 것을 허락하고 침대에 누워 잠을 청했다.

　다음날 그룬터는 일어나 헤스티아가 가져다주는 물로 세수하고 밖으로 나갔다. 야숙 때문인지 병사들이 피곤해 보인다. 그룬터는 혀를 차며 라이든과 함께 주변을 돌았다. 한밤에 도착하여 주변을 파악할 수 없었기에 지금이라도 해두자는 취지였다.

"간밤엔 별일 없었나?"

"네."

경비대장과 단둘이 이야기하는 것은 이번이 처음이었다. 플렉스의 편에 선 자였기에 멀리하고 있었지만, 슬슬 그것도 그만두어야 하지 않을까 싶어 그룬터가 먼저 그에게 함께 걷자고 말했다.

"경비대장은 어떻게 생각하나? 마을 사람 말이야."

"적의가 보입니다. 제 생각입니다만, 돌아가거나 지원을 요청하는 게 좋을 것 같습니다. 마을 주민은 단결이 잘 되어 있어서 병사를 보고 두려워하지도 않는데다, 우리 쪽 인원이 적어 혹 저들이 나쁜 마음을 먹으면 대적하기 어렵습니다. 대놓고 적이라 할 수가 없어 불침번만 세우니……."

"신중하군."

"겁이 많을 뿐입니다."

사태를 파악하는 눈이 생각보다 좋다. 정신적인 면과는 달리 경비대장으로서의 능력은 쓸 만할지도 모른다. 하긴, 나이 스물이 갓 넘은 애송이가 경비대의 대장 자리를 차지하고 있다. 어지간히 뛰어난 인재가 아니고서야 있을 수 없는 일이다.

그룬터는 라이든을 볼 때마다 플렉스를 떠올렸다.

그는 결국 붙잡히지 않았다. 때문에 그룬터는 하인장이 탈출하며 함께 도망친 거라 생각하고 있었다. 라이든이 플렉스를 놓아주었을 거란 생각은 하지 않고 있었는데, 라이든을 신뢰하기 때문이라기보다는 상식선에서 생각하고 있기 때문이었다.

"경비대장은 플렉스 오렐리에 대해 어떻게 생각하나?"

질문을 받은 라이든의 얼굴이 딱딱하게 굳었다. 자신이 플렉스를 놓아준 것을 알아챘으리라 생각한 것은 아니지만 켕기는 것이 있으니 어쩔 수가 없다.

"멋진 사람이었습니다. 전 영주님과 불화가 있어 많이 삐뚤어졌죠. 그 점은 안타깝습니다."

그에 대해 좋은 말을 하는 것은 점수가 깎이는 일일 터였다. 그러나 라이든은 평소 생각하고 있던 말을 하는 수밖에 없었다. 이미 자신은 더 이상 깎일 점수가 없다고 생각하고 있는데다 은근히 그룬터에게 반감을 가지고 있었기 때문이다.

'청지기장에게 힘을 실어 주었으니 어쩔 수 없지.'

그룬터는 라이든의 반항을 이해는 하고 있었다. 때문에 그의 태도에 대해 별말 하지 않았다.

"청지기장의 말과는 반대로군. 살인 외에 모든 범죄를 다 저질렀다고 하던데."

"그런 소문이 있기도 합니다만, 그 사람도 피해자입니다. 그리고 세이린, 아니, 청지기장은 꽤 오랫동안 수도에서 생활했기 때문에 그 사람의 진면목을 본 적은 없습니다. 타락한 이후의 그 사람만 본 셈이니까요."

말을 고르고는 있지만, 아직 라이든은 플렉스에게 호감이 있음이 드러난다.

'그래도 도련님이라고는 부르지 않는군.'

그룬터는 아직 시간이 많이 지난 것이 아님을 떠올려 이 정도면 합격선이라고 생각했다. 둘은 산책을 마치고 숙소로 돌아왔다.

식사 후 식이 시작되었다. 마을 중심 조그마한 언덕 위에 자리 잡은 제단에 그룬터는 몸을 뉘였다.

식에 방해된단 이유로 경비대는 신전 안에 들어가지 못했으나, 경비대장 라이든은 마을에서 준비한 복장으로 갈아입고 식을 참관할 수 있었다.

식이라 하지만 대단한 것은 없었다. 바닥에 그림을 그리고 향을 피우며, 사제 셋과 무녀 엘린이 그것을 들이켜고 주문을 왼다.

라이든은 '마법사 샌더슨 스탠먼'을 떠올렸다.

어제 있었던 일이다. 샌더슨은 남보다 훨씬 큰 가방을 준비해 마차에 올랐다. 먹을 것은 용의 마을에서 받을 생각을 하고 있어 최소한의 준비만 하고 있던 라이든은 용도를 물었다. 그러자 그는 '모험 도구'라고 대답했다. 연구를 위해 용의 보금자리에 들어갈 필요가 있단 설명이었다.

의아함을 느낀 라이든은 '마법사라면 영주가 미끼가 되어 벌어지는 일'에 더 관심을 가져야 하는 것 아니냐고 물었다.

"마법사는 그딴 일엔 관심없습니다."

돌아온 답은 매우 불쾌하니 다시는 그런 말 말라는 항의였다. 그러나 지금 여기서 식을 보고 있으니 그 '모험'을 용납한 것이 후회되는 것이다. 이 광경은 마법사에게 어울리는 것처럼 보이니까.

그가 이 자리에 있다면 어울리지도 않는 사제복을 입고 이렇게 앉아 있을 필요가 없었을 텐데, 다른 병사처럼 밖에서 기다릴 수 있었을 텐데, 하는 생각이 드는 것이다.

그는 소리 나지 않게 하품하며 위로 고개를 들었다. 제단 위 천장은 구멍이 뚫려 있어 하늘이 보였다.

'점심을 먹고 나면 아무 놈이나 데려다 교대해야겠다.'

그는 한숨을 내쉬며 고개를 숙였다.

해가 지자 식이 끝났다. 용의 마을에서 미끼로 던져진 그룬터는 제단에서 내려와 머물고 있는 가옥으로 향했다. 숙소엔 마을 사람이 미리 식사를 준비해 두었다.

그룬터는 식사를 마치고 침대에 누웠다. 해가 지자 할 게 아무것도 없었기 때문이다.

그때, 덧창문이 똑똑 소릴 냈다. 그룬터는 경계하지 않고 창문을 열었다.

"좋은 밤이네요, 영주님."

창밖의 여성. 달빛에 빛나는 흐릿한 몸의 굴곡은 상대가 무녀 엘린임을 말하고 있었다. 하루가 지났을 뿐인데 상처는 제법 호전된 모양이었다.

"영주님, 물러서세요."

그룬터는 생각없이 그녀를 맞이했지만 헤스티아는 그렇지 않았다. 영주의 집무실에서 자신의 배를 찌른 여자가 야밤에 홀로 찾아왔는데 어찌 가만히 있을 수 있겠는가. 물론 자신을 몸종이라기보다 호위병이라고 생각하고 있는 헤스티아에게만 해당되는 이야기였다.

"어머, 두 분 그런 사이셨나요?"

"헤스티아는 내 몸종이다."

"저분은 그렇게 생각하지 않는 것 같은데……."

그룬터는 엘린의 말을 잘못 해석하여 호위병으로서 경계하는 헤스티아에게 편히 쉬라고 말했다. 헤스티아는 마지못해 물러섰고, 그런 둘을 보던 엘린은 빙긋 웃으며 산책을 권했다.

"오늘 하루 종일 누워 계시느라 피곤하셨을 텐데 함께 걷는 것은 어떠신가요?"

단순히 잡담이나 하자고 그러는 것은 아니리라. 그룬터는 헤스티아에게 대기하라 이른 다음 밖으로 나왔다. 몇몇 경비병들이 그룬터를 보고 깜짝 놀라 무슨 일인지 물었지만, 그룬터는 산책한다고 대답한 다음 가옥 뒤로 돌아가 엘린과 만나 걷기 시작했다.

"상처는?"

"조심해서 걸으면 괜찮아요. 그 마법사님 실력이 대단하시네요."

그룬터는 용무가 있는 사람이 말하길 기다리며 한동안 입을 열지 않았다.

그렇게 달빛을 길잡이 삼아 걷기를 몇 분. 그룬터는 마을 외곽을 돌려는 엘린의 의도를 깨달았다. 사람이 없는 곳에서 어떤 일을 벌이려 그러는 걸까. 수십 가지 생각이 떠오르고 사라졌다. 그사이 엘린이 입을 열었다.

"영주님은 참 특이한 분이세요. 평민 출신이라 친근한 분일 거라 생각했는데 전 영주님보다 더 귀족 같거든요."

"내가 권위적인 행동을 했나?"

그룬터는 하인장을 떠올렸다. 하인장도 자신에 대해 그렇게 말했다. 남에게 뽐내기를 좋아한다며, 함께 잔 여자를 전리품으로 데리고 다닐 거라던가. 그러나 엘린의 말은 조금 다른 의미를 담고 있었다.

"그런 말이 아니에요. 전 왕의 자질을 볼 수 있어요."

왕의 자질 이야기는 전에도 들었다. 크라시우스라는 용은 그런 인물을 찾아다닌다고 했던가. 그룬터는 설명을 요구했고, 그녀는 설명했다.

"먼 옛날 크라시우스님은 어느 인간을 섬겼다고 해요. 그 인간은 세계의 왕이었고, 크라시우스님은 그의 후예를 섬기기로 약속하셨죠. 그래서 근처 영지의 주인이 바뀌면 보금자리에서 나오셔요."

"내가 잘못 생각했군. 왕의 자질이란 정말 왕이 될 자가 아니라 그 먼 옛날 용이 섬긴 왕의 후손을 말하는 것인가?"

"현재의 왕족이나 대귀족은 모두 그의 후손이니 왕이 될 가능성이 없는 것은 아니에요. 그런데 영주님은 평민 출신… 아! 어쩌면 영주님의 가까운 조상 중 한 분이 귀족이셨을 수도 있어요."

"칭찬인가? 고맙게 받아들이지. 그런데 무녀, 그렇다면 용은 길을 오가다 신분이 평민이라도 조건에 맞으면 따라간다는 말 아닌가?"

"조건에 맞으면? 네, 그렇겠지요."

이곳은 수도와 가장 멀리 떨어진 지역 중 하나. 여기에 귀족 출신의 평민이 있을 리가 없다. 그녀의 말에 따라 용이 움직인다면 어디서 듣도 보도 못한 행인을 따라 용이 움직였을 가능성은 줄어든다.

그룬터는 생각에 잠겼다. 그러다 이것은 내일 제단에 누워서 해도 상관없을 거라고 미루고 난 뒤 엘린에게 고개를 돌렸다.

"슬슬 불러낸 이유를 말해줄 때가 되지 않았나?"

"음, 이유라고 말하시니 쑥스러운데… 그날 가장 먼저 달려온 분이 영주님이시잖아요? 감사의 말을 못한 것 같아서……. 그리고 제가 자해했다고 말하지 않아도 되게끔 신경 써주셨고."

"넌 적으로 찾아왔다. 그러니 결정권자인 내가 잡을 수밖에 없지. 그리고 자해가 밝혀지면 내가 이 일을 거절했단 사실이 알려질 테니 좋을 것이 없어. 이곳에 오지 않았다면 모를까, 협력하기로 한 사이인데 굳이 그걸 밝힐 필요 없지."

고맙단 말을 단칼에 베듯 자른다. 엘린은 더 말을 잇지 못했다.

'기분이 나쁘신가?'

엘린의 감사로 화기애애하게 흘러갈 수 있었던 산책은 어색한 분위기가 되었다. 용을 모시는 무녀가 야밤에 남자를 부른 것인데 말이다. 그 행동이 얼마나 용기를 필요로 하는지 영주는 모르는 모양이었다. 그녀는 애꿎은 돌을 차며 그룬터의 걸음을 따랐다.

그러나 둘의 어색한 분위기는 오래가지 않았다. 골목길에 접어들 무렵, 재래드가 앞을 막듯 튀어나왔기 때문이다.

"무녀님!"

도착하던 날 과민반응을 보이며 달려들었던 그 마을 청년이었다. 그룬터는 살짝 인상을 찌푸리며 걸음을 멈췄다. 조금 더 기다리자 골목에서 청년 셋이 더 걸어 나왔다. 건장한 청년 넷이 골목 앞을 막으니 위협적이었다. 같은 마을의 무녀도 살짝 뒷걸음질칠 정도였다.

"이것이 목적이었나?"

그룬터는 엘린에게 물었다. 그러자 엘린은 고개를 저었다. 그녀도 예상하지 못한 일이었다.

하지만 과격파인 그들이 영주와 독대하려 한다는 것 정도는 충분히 있을 수 있는 일이었다. 엘린은 그룬터를 데리고 나온 것에 대해 후회했다.

그사이, 재래드가 앞으로 나섰다.

"영주님, 숙소에 계실 시간 아닙니까?"

영주를 대하는 평민의 자세가 아니다. 이 마을의 특이성을 생각해 보면 이해 못할 일은 아니나, 영주로서 불쾌한 것은 어쩔 수 없다.

그룬터는 엘린의 반응과 전날 있었던 일로 재래드가 프리든의 영주에게 불만을 가진 자임을 눈치챘다. 그는 일부러 그의 말을 무시했다.

"그렇군. 되돌아갈 수 있도록 안내해 주지 않겠나?"

"뭐라고요?"

상대의 얼굴이 일그러졌다. 딴청 피우는 그룬터의 모습이 어이없었다. 야밤에 다 큰 처녀인 무녀를 데리고 산책을 하는 것은 그렇다 쳐도, 무슨 일로 나와 있느냐 물었더니 철저히

깔보는 대답이 돌아왔다.

물론 영주인 그룬터는 자신의 지위를 생각하여 기선 제압을 했을 뿐이었다. 하지만 당사자인 재래드는 프리든에 대해 반감이 가득 찬 상태였다. 그저 상대가 시비를 거는 것으로 보였다.

마침내 재래드는 자신의 태도를 분명히 했다.

"영주님, 착각하고 계신 것 같아 한마디하겠습니다. 우리는 크라시우스님의 가호 아래 살아가고 있습니다."

"더 말해 보아라."

"당신의 보호를 받기에 의무를 가지는 농노들과 동일하게 생각하지 말란 겁니다. 당신은 그저 우리가 바친 세금만큼 협력하면 되는 겁니다."

엘린의 안색이 파랗게 질렸다. 이럴까 봐 그를 프리든으로 보내지 않았던 것인데, 왜 빨리 이 자리를 벗어나려 하지 않은 것일까.

엘린이 후회하는 동안, 그룬터도 마찬가지로 적지 않은 충격을 받았다. 아무리 평민들의 위상이 높아졌다지만 그냥 귀족도 아니고 영주에게 이런 말을 면전에서 하는 놈이 있을 거라곤 생각지 못했던 것이다.

귀족을 속이고 사기를 치고 다니던 그룬터조차 면전에선 존대하며 허리를 굽실거리지 않았던가.

"이 마을의 시조는 프리든의 처녀가 아니었나? 프리든은 그녀의 가족에게 후한 값을 지불하지 않았나? 그렇기에 그녀가 만든 업적은 프리든에서 취할 수 있다고 계약서를 작성한 걸로 아는데."

"프리든에 남겨진 가족에게 돈을 준들 그게 무슨 상관입니까? 그 뒤 당신이 무엇을 해주었단 말입니까? 우리는 스스로 여기까지 마을을 일궈냈습니다. 그런데 그저 먼 옛날, 시조가 당신 땅 출신이란 이유로 매달 고기와 곡식을 바치고 있단 말입니다. 우리를 보호해 주는 분은 크라시우스님인데도."

그룬터는 그가 왜 적의를 가지고 있는지 이해했다. 프리든에서 태어났다면 고민없이 받아들일 농노의 삶을 이들은 거부하는 것이다. 저들에겐 크라시우스라는, 눈에 보이는 존재가 있는데 프리든의 영주에게도 재산을 갖다 바치는 이 상황을 납득할 수가 없는 것이다.

하지만 그룬터는 영주다.

떠돌이 시절이라면 모를까, 지금은 재래드의 생각에 찬성할 수 없었다.

"이곳은 숲으로 둘러싸여 있으며 멀지 않은 곳은 용의 보금자리다. 바깥과 통하는 가장 가까운 통로는 프리든이며, 프리든을 거치지 않을 경우 바깥세상과는 단절될 것이다. 너는 이것을 알면서도 지금 프리든이 해주는 것이 아무것도 없다고 말할 텐가?"

"그것은 프리든이 그곳에 있기 때문에 얻는 이득일 뿐이지 프리든이 우리에게 해주는 것은 아니지 않습니까. 우연히 내 곁에 있던 바위가 비바람을 막아준다 해도 바위에게 고마워하진 않듯이."

재래드 뒤의 청년들도 고개를 끄덕였다.

엘린은 그룬터가 화를 낼까 안절부절못하다 둘 사이에 끼어들었다.

"재래드, 밤이 늦었어요. 그만하고 돌아가요. 이런 이야기는 하지 않기로 했잖아요. 지금 우리에게 급한 것은 크라시우스님의 행방이지……."

"크라시우스님이 돌아오시면 곧바로 해야 할 일입니다. 미리 준비해 둔다 해서 나쁠 게 없어요."

엘린이 끼어들면서 그룬터가 말할 타이밍을 놓쳐 대답을 않았을 뿐인데, 그 침묵을 자신의 승리라 생각한 재래드는 득의양양한 모습으로 엘린에게 대꾸했다. 떠돌이 시절이었다면 그룬터는 '그럼 우연히 이 마을에 태어난 네가 마을에 집착하는 이유는 무엇이냐?' 같은 물음으로 이야기를 계속했을 것이다.

하지만 그럴 필요가 없었다. 그런 말싸움은 대등한 관계에서 서로 합의점을 찾기 위해, 혹은 상대를 이기기 위해 하는 일이니까. 애초에 그룬터는 재래드와 동등한 관계가 아니었다.

"무녀가 찾아와 오라 가라 할 때부터 예상은 했다만, 네 말을 마을의 뜻이라 해석해도 되겠느냐? 네 눈앞에 선 남자를 거역하고 반란을 일으키겠느냔 말이다."

조용하고 낮은 목소리다. 그러나 속에 담긴 뜻은 당장 널 죽이겠다는 말보다 매섭다.

"여, 영주님? 재래드의 뜻은 그런 게 아닐 거예요! 재래드? 뭐하고 있는 거예요?"

당황한 엘린이 사태를 진정시켜 보려 하지만 그룬터가 물러설 이유는 없었다.

한편 재래드도 쉽사리 말을 취소하지 않았다.

'내 뜻을 곡해하지 마십시오, 무녀님.'

말이 목구멍까지 차올랐지만 불행히도 그는 멍청한 바보는 아니었다.

'그렇다고 대답하면 이자는 바로 영지로 돌아가 군사를 이끌고 올 테지.'

지금의 분위기는 반란 선포 일보 직전이다. 그렇다고 지금 거짓으로라도 '제가 실언했습니다. 죄송합니다'라고 할 수는 없었다.

철이 들었을 때부터 왜 이렇게 살아야 하는지를 고민한 그가 지금 이 자리에서 자신이 잘못했다 말하는 것은 쉬운 일이 아니다. 자신의 알량한 자존심이, 어리석음이 마을을 위험하게 만든다는 것을 알고 있으면서도 말이다. 하지만 그는 지금 이 자리에서 대답을 해야 한다.

고민하던 그는 힘겹게 입을 열었다.

"…아닙니다."

마을을 생각하는 청년인 재래드가 내놓은 답은 하나다. 안타깝지만 당연한 결과.

그룬터는 더 깊게 생각 않으리라 결심하며 담담히 '앞장서라'라는 말을 하려 했으나, 아직 재래드의 말은 끝나지 않았다.

"그러나 영주님, 자신의 의지와 상관없이 선대의 삶을 그대로 따르는 것이 옳다고 생각하십니까?"

그룬터는 웃었다. 싸움은 싫지만 설득은 해야겠다는 재래드의 어린 생각이 보이기 때문이다.

"나는 그 토대 위에서만 성립하는 지위를 가졌다. 대체 무슨 대답을 기대하는 거지?"

"아, 역시. 역시 그렇군요."

청년은 어깨를 들썩이며 웃더니 갑자기 고함을 지르며 달려들었다.

"오냐! 잘 알았다! 평민 출신이라기에 조금이나마 기대했더니 썩어빠진 건 똑같구나!"

그는 놀랄 만한 속도로 달려와 영주의 투구를 향해 주먹을 내밀었다. 투구란 얼굴을 보호하기 위한 것인데도, 그런데도 굳이 그곳이 아니면 안 된다는 듯 그는 머리를 노렸다.

깨닫고 있는지도 모른다. 이 자리에서 영주에게 몇 대 때릴 수는 있어도 결국 아무것도 바꿀 수 없다는 것을. 그래서 상징적으로 그의 머리를 때리려는 것인지도 모른다.

그러나 그는 그 일을 달성하지 못했다.

땅을 박차던 힘찬 다리는 갑자기 힘을 잃어 비틀거리고, 성난 폭풍과도 같은 숨을 내쉬던 입은 짤막한 비명을 질렀다. 놀란 그의 친구들이 달려와 쓰러진 그를 뒤집자 가슴 한복판에 단검이 꽂혀 있었다.

엘린은 비명을 지르며 재래드의 상태를 살폈다. 아직 숨은 붙어 있었다.

그녀는 그룬터의 눈치를 살폈다. 그는 자신은 아무것도 저지르지 않았다는 것처럼 전과 똑같은 자세로 가만히 서 있었다. 엘린은 생각했다.

'내가 재래드를 치료해도 영주님이 화를 내진 않으실까?'

그룬터는 재래드를 측은한 눈으로 바라볼 뿐 자신을 공격한 것에 대한 대가를 치러서 고소하단 표정은 아니었다. 엘린은 자신의 해석을 믿고 청년들에게 명령했다.

"어서 신전으로 옮겨요!"

"네, 네!"

엘린은 사내들에게 재래드를 맡긴 다음 그룬터 앞에 마주 섰다. 눈동자엔 두려움이 자리 잡고 있었다. 겁먹은 개나 짖는다고 했던가? 고함을 지르며 달려들었던 재래드와 그는 다른 사람이었다.

그녀 앞에 있는 사내는 정말로 분노하면 욕설 한마디 없이 사람에게 칼을 꽂는 자인 것이다. 적어도 엘린의 눈엔 그리 비쳤다. 하지만 그녀는 벌벌 떨면서도 자신이 해야 할 일을 했다.

"죄송합니다. 방금 전 일은 뭐라 말해도 용서를 구할 수 없으나 부디 선처를……."

"한 번 더 묻지. 그의 뜻은 마을의 뜻인가?"

"그럴 리가……. 아니에요! 절대로 그런 것이 아니에요!"

엘린은 양손을 모은 채로 빌 듯이 영주를 올려다보았다.

그룬터는 생각했다. 이대로 불쾌함을 표현해 의식에 불참한다든지 프리든으로 돌아가 군대를 이끌고 올 수도 있다.

그러나 그녀의 반응이나 그의 동료가 하는 짓을 봐선 우발적인, 그 남자의 독단임을 알 수 있다. 그룬터는 그와 마을을 떼어놓고 생각하는 것에 대해 고민했으나 그 시간은 길지 않았다.

"내일 보자."

"네?"

"의식에는 참가해야 할 것 아닌가."

"의식요? 참가하신다구요? 그대로? 오늘처럼? 돌아가시는 게 아니라?"

그녀는 믿을 수가 없다는 듯 몇 번이나 확인했다. 그룬터는 그렇다고 고개를 끄덕인 다음 등을 돌렸다. 뒤에서 고맙다며 엘린은 연신 고개를 숙였다. 재래드는 돌아보지 않고 걸어 멀어졌고, 그녀는 마지막으로 예를 표한 다음 자신도 뛰어 신전으로 향했다. 그때 그룬터는 걸음을 멈추었다.

그가 이곳에 남으려 한 이유는 간단하다면 간단하다. 여기에 오지 않았으면 모를까, 왔다면 용이라는 것과 만나보고 싶었기 때문이다.

과연 그 용은 그룬터를 왕이라 인정할 것인가?

하지만 이런 속마음을 엘린에게 드러낼 수는 없는 일이다. 그러니 이제 한번 결정한 것을 다시 생각하는 짓은 그만하고 그의 위기를 구해준 사람을 불러야 할 것이다. 그는 주변에 사람이 없는 것을 확인했다.

"헤스티아, 나오거라."

그가 말을 마치자 어둠 속에서 헤스티아가 모습을 드러냈다. 그녀의 얼굴은 파란색으로 질려 있었는데, 그것만 봐도 방금 전 그녀가 얼마나 긴장했었는지 알 수 있었다.

비록 영주가 침실을 지키고 있으라고 말했지만 헤스티아는 따를 수 없었다. 엘린이라는 위험 분자는 무슨 일을 저지를지 모른다. 적어도 헤스티아의 눈엔 그렇게 보였다.

"저인 걸 아셨어요?"

"네가 올 때가 되었다고 생각하던 참이다."

"네?"

산보의 동행자가 헤스티아로 바뀌었다. 그룬터는 마을의

입구로 향했다. 헤스티아는 그의 곁에서 따르며 이상함을 느끼면서도 말없이 걸었는데, 그룬터가 어귀에 도착하여 자리에 서자 결국 의도를 물었다.

"영주님, 여긴 왜……?"

"너도 알고 있겠지만 나는 이곳에 싸우러 온 것이 아니다. 그 마을 청년이 다친 모양을 보니 치명상은 아니라 죽진 않겠지만, 그래도 마을 사람들은 분노할 것이다. 그자는 마을 사람들의 신뢰를 받고 있는 듯하니 말이다."

"그런 신뢰를 받는 사람치곤 영주님께 너무 무례했어요. 경비대장님이 계셨더라면 분명 체포하셨을 거라고요."

"차라리 그랬으면 괜찮았을 게다. 넌 가슴에 칼을 꽂았잖니."

그제야 헤스티아는 그룬터가 자신을 꾸짖기 위해 이곳까지 왔다는 사실을 깨달았다. 울상이 된 얼굴로 그룬터를 올려다보지만, 아직 그룬터의 말은 끝나지 않았다.

"사람의 목숨을 가볍게 여겨서는 안 된다. 넌 이제 암살자가 아니라 내 몸종이니까."

"저, 저… 영주님, 전……."

아무리 암살자였다 해도 지나가는 사람들에게 함부로 칼을 휘두르지는 않는다는 말을 하려 했다. 그 사람이 영주님에게 손을 대려 했기 때문에 그랬던 거라고 헤스티아는 말하려 했다. 왜 그것을 몰라주는 걸까? 헤스티아는 고개를 숙였고,

그룬터는 속으로 한숨을 쉬며 그녀를 다독였다.

"그러니 이렇게 하자. 자숙하는 의미로, 넌 프리든으로 돌아가 있거라."

"네? 여, 영주님, 절 쫓아버리겠다는 말씀이세요?"

이쯤 되자 그녀는 손을 벌벌 떨기 시작했다. 하인장에게 버림받았을 때와 겹쳐지는 것이다. 그룬터도 그녀의 말에서 심정을 읽고는 오해하지 않도록 차분히 말했다.

"혹시 마을 사람들이 널 해코지할 수도 있지 않겠느냐. 그러니 먼저 돌아가 있으라는 이야기다. 돌아가서 몸종답게 내 방과 집무실 먼지나 좀 털어주렴."

설혹 그 청년이 죽는다 해도 마을 사람들이 헤스티아에게 원한을 가질 일은 없을 것이다. 그녀가 그랬다는 사실을 알지 못하는데다, 그녀는 결국 몸종, 그룬터가 시켜서 그랬다고 다들 생각할 테니까. 조금만 생각해 봐도 알 수 있는 일이지만 헤스티아의 복잡한 머리는 그것을 깨닫지 못했다.

"네… 알겠어요, 영주님."

돌아가고 싶진 않다. 하지만 그룬터의 명령이 일종의 징계임을 아는 헤스티아는 그의 명령에 따를 수밖에 없었다. 그녀는 인사하고 발걸음을 옮겼다.

그룬터는 그녀가 제대로 돌아가는지 확인하기 위해 그 자리에 가만히 서 있다가 그녀의 모습이 더 이상 보이지 않게 되자 몸을 돌렸다.

"후우."

정신적으로 굉장히 불안정한 아이다. 물론 평범한 소녀라도 저럴 수는 있다. 하지만 그녀는 암살자로 교육을 받고 자기 손으로 가족이나 다름없는 사람을 찌른 아이가 아닌가. 앞으로 이런 일이 더 많이 벌어지리란 것은 충분히 짐작 가능한 일이다.

'저 아이를 곁에 두는 것은 진지하게 고민해 봐야 할 문제일지도 몰라.'

그룬터는 고민하며 방으로 돌아와 잠을 청했다.

다음날 아침 그룬터는 식사를 마치고 식을 위해 신전으로 향했다. 전날처럼 사제들과 엘린이 신전 앞에서 기다리고 있었는데, 엘린은 믿을 수 없다는 표정으로 서 있었다.

"정말로 오셨군요!"

"내가 허튼소리할 사람으로 보였나?"

"아뇨. 아니에요. 감사합니다, 영주님."

그녀 입장에선 감동할 만한 일이다. 전날 누가 먼저 시비를 걸었고, 누가 먼저 주먹을 휘둘렀는지 그녀는 똑똑히 보았으니까.

하지만 사제들은 그렇지 않았다. 그들은 그저 마을 청년 하나가 폭군에게 찔렸다고 생각할 뿐이었다.

"그렇겠지요. 영주님은 허튼소리를 하실 필요가 없지요.

말하기 전에 칼로 찔러버리면 그만이니까요."

젊은 사제가 비꼬듯 말했다.

그룬터는 그의 태도에서 빈정거림을 읽고 미간을 찌푸렸다. 투구 속에 가려진 그룬터의 표정을 읽은 것은 아니지만 엘린은 사제에게 주의를 주었다.

"사제님! 그러지 마세요! 말씀 드렸잖아요! 영주님이 아무 이유 없이 그런 것이 아니라고!"

사실 전날 밤, 응급치료를 끝낸 엘린이 그냥 두 발 뻗고 잔 것은 아니었다. 그녀는 상처를 치료하며 재래드를 찾아온 사람들에게 사실을 말하려 애썼다. 영주는 최대한 신사적이었으며, 재래드가 먼저 시비를 걸고 주먹질을 하려 했다는 것을.

하지만 마을 사람들의 눈에 보이는 것은 고통에 신음하는 재래드의 모습이었다. 어찌 되었든 간에 사람을 찌른 것은 영주요, 찔린 것은 가족 같은 재래드인 것이다. 더군다나 곁에 있던 청년들이 흥분하여 영주 욕을 하기 시작하니 엘린의 말이 먹힐 리가 없었다.

"무녀님이 그리 말하시니 어쩔 수 없지요. 일단 이 일은 크라시우스님이 돌아오신 뒤 다시 말해 봅시다."

"그 뒤에 이야기할 게 아니라 정말로 영주님에겐 잘못이······."

무녀는 어떻게든 그룬터의 심기가 상하지 않도록 하려 했지만, 사람이 칼에 찔려 누워 있는데 영주가 무죄라고 말할 수만은 없어 말끝을 흐렸다.

한편, 라이든은 무녀와 사제의 분위기가 이상해 부하를 시켜 사정을 알아보도록 했다. 신전 근처에 마을 사람 몇이 서서 일행을 구경하고 있었으므로 그 사실을 알아내는 것은 어렵지 않았다.

"뭐라고? 영주님이 어젯밤에 마을 청년을 칼로 찔렀다고?"

보고를 받은 라이든은 깜짝 놀라 그룬터에게 달려갔다. 아직 식 준비로 어수선한지라 그룬터는 신전 기둥에 몸을 기대고 서 있다가 라이든의 얼굴을 보자 올 것이 왔음을 깨달았다.

"영주님, 묘한 소문이 돌고 있는데 알고 계십니까? 전날 밤 영주님이 마을 청년을 칼로 찔렀다고……."

"사실이네."

귀찮다는 듯 단칼에 자르는 그룬터의 말은 박력이 있었지만, 그렇다고 라이든이 물러설 수는 없었다.

"영주님, 프리든으로 돌아가는 것이 좋지 않겠습니까?"

"어째서 그래야 하나?"

"그야… 전부터 마을 사람들은 적의를 가지고 있었는데 그 일 때문에 폭발할 수도 있으니……."

"걱정할 필요 없네. 무녀가 사실을 알고 있으니 그렇게 되진 않을 거야."

영주가 그렇다고 말하니 어떻게 하겠는가. 애초에 이 마을에 올 때부터 반대를 무릅쓰고 온 것이 아닌가. 측근인 청지기장의 반대를 말이다.

"저… 그럼 영주님, 어찌 된 일인지 말씀해 주실 수 있으십니까?"

경비대장의 입장에서 묻기는 어려운 말이다. 죄인을 심문하는 것처럼 보일 수가 있기 때문이다. 하지만 반드시 물어야 하는 말이기도 하다.

그룬터는 잠깐 고민하다 헤스티아가 단검을 던졌다는 이야기는 빼고 사실대로 말했다.

영주가 잘못한 것은 아닐까 하는 염려를 가지고 이야기를 듣던 라이든은 재래드가 먼저 주먹을 휘둘렀고 영주가 반격했다는 말을 듣자 얼굴이 시뻘겋게 변하며 숨을 거칠게 몰아쉬었다.

"영주님, 영주님이 이곳에 계실 이유가 없지 않으십니까!"

라이든의 입장에서 볼 때 그 청년은 엄벌에 처할 만큼 큰 잘못을 저질렀다.

반역죄, 영주 모독죄로 당장 잡아다 처벌해야 하며, 이 마을에서도 떠나는 것이 자연스러웠다. 재래드의 의견을 마을의 의견이라 단정할 수 없다 해도, 라이든의 입장에선 이런 마을을 위해 영주가 몸소 나서서 미끼가 되는 것이 정상으로 보이지 않았다.

"내가 하고 싶네. 그것으로는 부족한가?"

부족하다 뿐인가? 하지만 라이든은 고개를 숙이고 물러나는 수밖에 없었다. 경비대장인 그가 영주의 의견에 맞서면서까지 고집을 피울 수는 없으니까.

그렇게 둘이 이야기를 하는 동안 식 준비가 완료되었다.

"식이 시작될 것 같으니 나중에 이야기하도록 하지."

"…네, 알겠습니다."

그룬터는 전날처럼 제단 위로 올라가 누워 눈을 감았다. 향냄새와 규칙적인 사제들의 주문이 그를 명상에 빠지게 만들었다.

누워 있는 상태에서 무엇을 하라고 엘린이 요구한 적은 없었다. 때문에 그룬터는 평소 머리를 복잡하게 만든 생각들을 정리했는데, 오늘 할 일도 크게 다르지는 않았다. 그는 왕의 재질을 알아본다는 용에 대해 생각하기로 했다.

갑자기 사라진 용.

'한 번도 본 적 없는 용인데… 신전 때문인가.'

신전에서 피우고 있는 향과 암각룡이라는 별명 때문인지 검은 용이 그의 머릿속에 그려졌다. 용은 그가 전에 본 적이 있는 녀석과 크게 다르지 않아 보였다.

'저 용은 새 영주를 보기 위해 떠났다고 했다. 나를 보기 위해서 떠났다는 것인데… 그동안 나를 찾아온 자는 없었다. 설마 샌더슨이 용일 리는 없고.'

그렇게 생각하며 지금 용이 있을 곳을 생각해 보던 그룬터의 귓가로 목소리가 들렸다.

―당신은 굉장히 특이한 혈통을 가지고 있군요?

목소리는 저음이었으나 여성의 것임은 쉽게 알 수 있었다. 그룬터는 처음엔 여자 목소리라는 점 때문에 신전 내의 유일한 여자인 엘린의 것이라 생각했다. 하지만 지나치게 낮아 엘린의 활기찬 목소리는 아님을 깨달았다. 놀란 그룬터는 눈을 떴다. 아니, 뜨려 했다.

'가위인가?'

몸이 움직이질 않았다.

그룬터는 자신의 몸이 통제권을 벗어난 것에 놀랐으나 곧 적응하여 목소리가 난 방향으로 귀를 기울였다.

눈은 떠지지 않지만 여전히 머릿속에선 용의 그림이 그려졌다. 그룬터는 목소리가 들린 방향으로 눈을 돌린다고 상상했다. 그러자 그의 시야에 젊은 여자가 들어왔다.

'크라시우스인가?'

초탈한 인상의 여성이다. 그룬터는 가만히 그녀를 노려보았다. 그녀는 말없이 대답하듯 고개를 끄덕였다.

'당신과 사제들이 교신할 거라 생각했는데, 나와 하는 것이었나?'

그룬터는 질문했다. 하지만 그녀는 그의 질문에 답하지 않았다. 보통 용이 그러하듯 자신의 말을 할 뿐.

─고귀한 피와 천한 피가 반반씩 섞여 있군요. 당신은 아마도…….

그룬터는 눈을 부릅떴다. 속박되었던 그의 몸이 단번에 풀려날 정도로 그는 분노했다.

혼혈, 잡종, 튀기.

그룬터의 역린을 자극하는 말이었다. 그는 눈을 뜨자마자 외쳤다.

"닥쳐라, 도마뱀!"

"…네?"

제를 진행 중이던 사제들과 엘린이 깜짝 놀라 그에게 다가왔다. 그룬터는 상체를 일으킨 다음 벌게진 얼굴로 라이든을 불렀다.

"경비대장!"

"옙!"

그룬터는 당장이라도 떠나자고 말할 생각이었다. 하지만 그가 명령을 내리기도 전에 폭음과 함께 지축이 흔들렸다. 놀란 그룬터는 재빨리 엎드렸고, 다른 이들도 바닥에 납작 엎드렸다.

─침입자가 나타났다! 내 보금자리를 지켜라!

그때 그룬터의 꿈속에서 들렸던 목소리가 모두의 귀에 들렸다. 목소리는 제단 한가운데에 박힌 용 모양의 조각에서 흘러나오고 있었다. 사제들은 그곳에 절을 하며 크라시우스의 이름을 불러댔고, 엘린도 그 이름을 부르며 되물었다.

"크라시우스님, 대체 어디 계신 겁니까!"

그룬터가 이곳에 오게 된 이유가 아닌가. 사실 꿈속에서 만난 자가 크라시우스라는 것을 알게 되었을 때 그룬터가 가장 먼저 물었어야 할 말이었다.

─나는 갈림길 앞에 서 있다.

"네? 갈림길?"

엘린이 재빨리 말했지만 대답은 없었다. 마침 폭음도 멎어 일행은 신전을 나와 보금자리 쪽으로 시선을 향했다. 눈에 보일 만큼 큰 연기가 올라오고 있었다.

"이럴 수가! 크라시우스님의 보금자리가……!"

사제 한 명이 주저앉으며 넋이 나간 목소리로 중얼거렸다.

엘린은 재빨리 그룬터에게 다가가 제가 중단되었음을 알렸다.

"크라시우스님이 말씀을 주셨으니 제는 중단해야 할 것 같습니다. 그분의 명령에 따라 보금자리를 지키는 것이 먼저이니 영주님은 숙소로 돌아가 계시는 것이 좋겠습니다."

그룬터를 불쾌하게 만든 크라시우스와의 연결도 끊겼다. 그는 엘린의 말에 따르기로 하고 병사들과 함께 숙소로 돌아갔다.

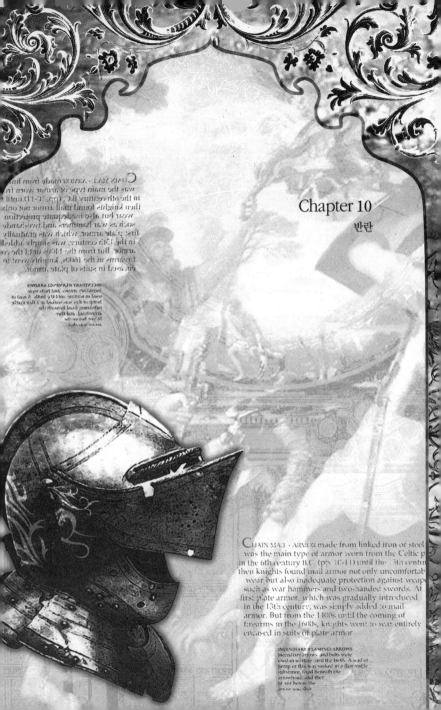

Chapter 10
반란

CHAIN MAIL - ARMOR made from linked iron or steel
was the main type of armor worn from the Celtic p
in the 6th century B.C. (pp. 3C-1 D) until the 13th centu
then knights found mail armor not only uncomfortab
wear but also inadequate protection against weapo
such as war hammers and two-handed swords. At
first, plate armor, which was gradually introduced
in the 13th century, was simply added to mail
armor. But from the 1400s until the coming of
firearms in the 1600s, knights went to war entirely
encased in suits of plate armor.

INCENDIARY (FLAMING) ARROWS
Incendiary arrows and bolts were
used in warfare until the 16th. A wad of
hemp or flax was soaked in a flammable
substance, fixed beneath the
arrowhead, and then
lit just before the
arrow was shot

Lord of Freedom
프라든의 영주

숙소로 돌아온 그룬터는 라이든을 불렀다. 신전에서 숙소로 내려오는 동안 생각한 것이 있었는지 라이든은 영주가 말하기 전에 먼저 입을 열었다.

　"영주님, 프리든으로 돌아가는 것이 좋지 않겠습니까? 마을 놈들이 요청한 일은 이미 해주었는데, 더 이상 남아 있을 필요가 없지 않습니까?"

　"아니. 그전에 처리할 일이 있네."

　"네? 혹시 마을 놈들을 쓸어버릴 생각이십니까? 저도 그러고는 싶지만 지금 병력만으로는 할 수 있는 일이 적습니다."

"아니, 아니야. 경비대장, 방금 전 폭발, 무엇 때문이라고 생각하는가?"

"글쎄요……. 괴물들이 날뛴 것이 아닐지……."

"샌더슨 때문이야."

"아!"

라이튼은 깨달았다. 우연을 배제한다면 보금자리로 향한 마법사가 그 일을 저질렀음이 당연한 것 아니겠는가?

"그럼 어떻게 하는 것이 좋겠습니까?"

"우리가 여기서 물러나면 샌더슨이 붙잡힐 것이다. 마법사가 딸려온 것을 무녀도 알고 있을 테니 우리가 부정한다 한들 소용없겠지."

"그렇군요. 이런 젠장! 이 마법사 놈! 역시 예외가 아니었어!"

샌더슨이 붙잡히기라도 한다면 마을 사람들이 날뛸 것은 눈에 훤했다. 라이튼은 걱정하는 표정이 되었으나, 그룬터는 그저 담담히 말할 뿐이었다.

"곧 마을 사람들이 보금자리로 향할 것이다. 그전에 가서 병사들을 빌려 주겠다고 제안해야 할 것이다. 병력이 늘어나는데 그들이 반대할 이유는 없겠지."

"네? 왜 저희가 그들에게 병력을 빌려줘야 합니까?"

"당연히 샌더슨을 빼돌릴 수 있도록 가 있으란 거지."

"아……."

라이든은 알겠다는 듯 고개를 끄덕였다. 그리고 병사들에게 작전을 말하기 위해 밖으로 나갔다.

비록 마을 사람은 아니지만 병사들도 용의 보금자리가 폭발한 사실에 동요하고 있었다.

때문에 마당에 서로 모여 수군거리고 있었는데, 경비대장이 나오자 잡담을 그만두고 그에게 다가왔다.

"대장님, 언제 돌아갑니까?"

"이거 너무 불길한데, 영주님께 지금 돌아가자고 하면 안 됩니까?"

영주의 방에 들어가기 전에 라이든이 했던 생각과 똑같았다. 라이든은 괜히 우쭐해져선 호통을 치며 말했다.

"이런 멍청한 놈들! 불길하긴 뭐가 불길해! 생각이라는 걸 좀 해라, 생각을!"

"네?"

"방금 전 그 일이 왜 일어났을 것 같으냐?"

"그, 글쎄요? 거기 있었던 것도 아닌데 어떻게 저희가 압니까?"

"저기 보금자리로 간 놈이 하나 있지 않나?"

이렇게 말하자 잠시 후 병사 중 누군가가 샌더슨을 떠올렸다.

"마법사!"

"그래, 그놈이다. 잘 들어라. 그놈이 이 마을 사람들에게 붙잡히면 어떤 일이 일어날 것 같나?"

"그놈은 죽겠군요. 이런, 젊은 놈이었는데……."

"이 멍청아! 그게 중요한 게 아니야! 그놈이 우리랑 같이 왔다는 것이 중요한 거다! 우리가 시켰다고 생각할 거라고!"

그제야 병사들은 사태의 심각성을 깨달았다. 그렇지 않아도 자신들을 대하는 마을 사람들의 분위기가 흉흉한데 라이든의 말처럼 일이 벌어진다면 큰 문제가 생길 것이 분명하기 때문이다.

"대장님, 그럼 어떻게 합니까?"

"어떻게 하긴 뭘 어떻게 해? 내가 마을 사람들에게 말을 해서 네놈들을 같이 보낼 테니 너희들이 먼저 마법사를 발견해야 하는 거지."

"발견해서 어떻게 합니까?"

"뭘 어떻게 해? 그놈과 우리가 같은 패거리가 아니라는 걸 보여줘야 할 것 아니냐!"

라이든은 여기까지 말한 다음 혹시 그룬터가 안에서 들을까 봐 목소리를 낮추었다.

"놈을 발견하면 입을 열기 전에 죽여라. 마을 놈들을 상대하는 것보단 그놈 하나만 상대하는 게 더 낫지 않겠느냐."

경비대원들은 모두 그 말에 동의했다. 그 뒤 라이든은 그룬터의 호위를 위해 자신은 남겠다고 하며 사소한 것들을 말하기 시작했고, 병사들도 목표가 정해지자 나태해진 모습을 버리고 무기를 손질하기 시작했다.

그렇게 분주히 움직이는 병사들과 조금 떨어진 영주의 숙소 건물 뒤편엔 마을 청년 한 명이 주먹을 쥔 채로 부들부들 떨고 있었다. 그는 신전에서 심부름차 온 청년이었다.

엘린은 크라시우스와 연락이 되었으니 그룬터를 돌려보내는 게 좋겠다고 말했고, 사제들이나 마을 사람들도 이방인을 두고 보금자리를 향해 떠나는 것이 마음에 걸려 동의했다.

그래서 이 청년은 그 말을 전하기 위해 지름길로 왔다가 라이든의 목소리를 들은 것이다.

'네놈들이 데려온 마법사가 크라시우스님의 보금자리를 폭파시켰단 말이지?'

그는 이를 뿌득뿌득 갈며 소란스러운 병사들의 눈을 피해 다시 신전으로 돌아갔다.

잠시 후, 그룬터는 병사들을 이끌고 신전을 찾았다. 사제들과 마을 사람들이 모두 모여 의논을 하고 있었는데, 그룬터는 사제 한 명을 불러 말했다.

"비록 적이라 불러야 할 만한 존재이지만, 이 마을이 모시는 용을 부정할 생각은 없다. 그를 위해서가 아닌 마을을 위해 내 병사를 이번 일에 빌려줄 테니 함께 일을 해결하도록."

사제는 잠깐 그룬터를 보다가 고개를 숙이며 감사했다.

"감사합니다. 이 무시무시한 일을 저희들끼리 어떻게 해결해야 할지 고민 중이었는데… 병사들이 함께라면 정말 든든할 것입니다."

그룬터는 고개를 끄덕인 다음 라이든에게 자리를 맡겼다. 라이든은 병사들을 잘 부탁한다고 말한 뒤 자신은 영주와 함께 남을 것이라는 말도 덧붙였다. 사제들은 연신 굽실거리며 고맙다고 인사하는 것을 잊지 않았다.

"자, 그럼 여러분! 크라시우스님의 보금자리를 공격한 처죽일 놈을 찾으러 나갑시다!"

백여 명의 마을 사람들이 남녀노소를 가리지 않고 모두 무기를 들고 진군하기 시작했다. 그룬터는 축사라도 해야 했나 잠깐 생각했지만, 이 마을 사람들이 자신을 달가워하지 않는다는 것을 떠올려 가만히 있기로 했다.

많다면 많은 수지만 백여 명이 마을을 나가 숲 속으로 사라질 때까지 걸린 시간은 그리 길지 않았다. 그룬터와 라이든, 그리고 사제들은 그들의 뒷모습을 보다가 각자의 자리로 돌아갔다.

"생각보다 간단히 받아들여 다행입니다. 자기네들 일은 알아서 하겠다고 할 줄 알았는데요."

신전에서 내려오는 동안 라이든이 말했다. 그룬터도 그리 생각했으나 대수롭지 않게 여겼다.

"사이가 좋지 않았던 만큼 화해의 표시로 받아들였겠지."

그렇게 둘이 대화를 나누며 숙소에 도착하자, 청년 두 명이 음식을 싸들고 와 기다리고 있었다. 그룬터는 꽤 젊은 청년이 보금자리로 가지 않고 마을에 있다는 것이 놀라워 이유를 물었다.

"재래드의 친구거든요. 그를 내버려 두고 갈 수가 없었습니다."

그룬터는 그의 얼굴이 지난밤 보았던 그 얼굴임을 깨달았다. 그의 눈동자에 적의가 서려 있는 것도 어쩔 수 없는 일일 터. 그룬터는 변명 아닌 변명을 말했다.

"어제 그 일은 유감이네. 그의 쾌유를 빌지."

"뭐라구요? 당신 때문에 재래드는 밤새 사경을 헤맸단 말입니다! 고작 말 몇 마디로 없던 일로 만들 생각입니까?"

한 청년이 분노하여 소리쳤다. 그 모습을 그냥 볼 수는 없기에 라이든이 그룬터 앞으로 나서며 외쳤다.

"이놈! 감히 어느 안전이라고 언성을 드높이는 게냐!"

한창 피 끓는 나이의 청년이 말 한마디에 깨갱 하고 꼬리를 내릴 리는 없다. 하지만 다른 청년이 그를 말렸다.

"그만둬. 너도 어제 봤잖아. 재래드 녀석이 먼저 덤벼들었다고."

"그래도……."

"그만하고 돌아가자. 재래드 녀석, 붕대 갈아줄 때가 됐어."

간병하자는 말이 나오자 화를 내던 청년은 결국 음식 바구니를 내려놓고 뒤로 돌았다. 냉정한 청년은 고개를 꾸벅 숙이며 실례했다고 말한 뒤 그 청년의 어깰 두드리며 멀어져 갔다. 라이든은 그 광경을 보며 찝찝한 기분으로 바구니를 들었다.

"저놈들이 잘못한 것인데 말입니다……."

"어쨌든 찔린 건 그놈이니… 저녁 먹고 그놈 얼굴이나 보러 가야겠군."

"네? 설마 사과라도 하실 셈이십니까?"

그룬터는 대답하지 않고 자기 몫의 음식 바구니를 들고 방 안으로 들어갔다. 라이든은 그런 그룬터를 보면서 속으로 혀를 찼다.

'영주라는 사람이 저리 정이 많아서야…….평민 출신이라 그런가?'

플렉스 오렐리와 비교하던 그는 머리를 벅벅 긁다 자기 몫의 바구니를 들었다. 어느 쪽이 더 나은 군주인지는 알 수 없었다. 다만 위계질서가 철저한 것을 선호하는 경비대장으로서는 영주의 기행이 마음에 들지 않았다.

"에라, 모르겠다! 나가서 고생하고 있는 놈들 대신에 밥이나 맛있게 먹어줘야지!"

그는 큰 소리로 외친 다음 바구니 속의 음식을 베어 물었다.

*　　　*　　　*

그룬터는 눈을 떴다. 방은 어둡고 몸은 갑갑하다. 어찌 된 영문인지 알 수 없어 몸을 몇 번 뒤척인 뒤에야 그는 자신이 묶여 있다는 것을 깨달았다.

'당했군. 그나마 투구는 벗기지 않은 것을 감사히 생각해야 하나?'

졸음이 쏟아진 것은 음식을 먹은 직후였다. 다크문과의 대결에선 독 따위 통하지 않는다고 거짓말을 한 그였지만, 지금은 한 방 먹은 것이다. 그는 마을 사람들이 수면제 같은 것을 사용하리라고는 생각지도 못하고 있었다.

'어째서 마을 사람들과 병사들이 함께 밖으로 빠져나간 이때에? 나와 경비대장 단둘이 남아 있으니까? 소수 대 소수라면 오히려 이쪽이 더 유리하지 않나?'

마을 청년이 라이든의 말을 엿들었다는 것을 모르는 그룬터는 자신이 이런 꼴이 된 것을 이해할 수가 없었다. 영주의 음식에 수작을 부렸다는 것은 본격적으로 반란을 꾀하고 있다는 말이나 다름없었다. 하지만 갑자기 왜?

'샌더슨이 보금자리를 폭파시켰다는 것을 알아차렸나?'

마을 사람들이 범인의 정체를 깨닫는 것을 생각해 보지 않은 것은 아니다. 하지만 그룬터는 그렇다 한들 저들이 어떤 수를 부릴 거란 생각은 하지 않았다. 확실하지 않은 정보에 반란이라는 목숨을 거는 행위를 할 수 있을 거라 생각하지 않았기 때문이다.

그렇게 그룬터가 생각하는 동안 문이 열리더니 동료의 부축을 받으며 재래드가 안으로 들어왔다. 그의 가슴은 피가 살짝 번진 붕대로 감겨 있었고 이마엔 식은땀이 흐르고 있었다. 그렇게 몸이 성치 않음에도 불구하고 그가 이 방을 찾은 이유를 깨닫는 것은 어렵지 않았다.

'그저 개인적인 복수인가?'

그룬터는 뒤통수를 얻어맞는 기분이었다. 마을 사람들이 저지른 행동이라 생각했지만 시야를 좁게 해보면 개인적인 원한만으로도 충분히 이런 일은 일어날 수 있었다. 물론 그렇게 생각하기엔 너무 무리가 커 배제했던 것이지만.

"이제야 서로 눈높이를 맞춰 대화를 할 수 있겠군요."

재래드는 숨을 가쁘게 내쉬며 동료의 도움을 받아 자리에 앉았다. 그 동료는 저녁 식사를 가져다 준, 말싸움 중에도 냉정한 모습을 보였던 그 청년이다.

'그 싸움은 연기였군.'

그의 연기력을 칭찬하기보단 그 상황을 만든 각본가를 칭찬해야 할 것이다. 충분히 일어날 법한 일이었으니 말이다.

"이것저것 이야기를 많이 하기에 큰 뜻을 품고 있으리라 생각했거늘, 결국 이렇게 나오는군."

"설마 제가 가슴을 찔렀다는 것 때문에 당신을 이렇게 만들었다 생각하는 겁니까? 보복할 생각이었다면 우린 이렇게 이야기를 나누고 있지도 못했을 겁니다."

그의 말대로다. 원한 때문에 그룬터를 죽일 생각이었다면 복잡하게 수면제를 타고, 몸을 묶고 깨어날 때까지 기다리는 짓은 하지 않았을 것이다. 무엇보다 투구를 그대로 내버려 두는 일도 없었을 것이다.

그룬터가 이것을 깨닫지 못할 리가 없다. 그저 떠보기 위한 수작이었을 뿐이다.

"그렇다면 이 장소는 어제 그 자리의 연장인가? 이번에도 내 얼굴을 칠 생각인가 보군?"

"그 도발엔 넘어가지 않을 겁니다. 호된 수업료를 지불했으니까요."

별것 아닌 듯 말하는 그의 모습에 그룬터는 속으로 쓴웃음을 지었다. 사경을 헤매면서 많은 것을 느낀 것이겠지. 고작 하루가 지났을 뿐이지만 그룬터는 상대가 전날의 그 애송이가 아님을 인정해야 했다.

'이런 시골이 아니라 수도에서 태어나 어느 귀족의 눈에만 띄었어도 전혀 다른 삶을 살고 있겠지.'

울분을 참지 못해 솔직하게 주먹을 휘두른 그 모습은 그룬터에겐 없는 순수함이었다. 그룬터는 태어난 장소를 잘못 고른 청년에게 안타까움을 느꼈다.

한편 재래드도 그룬터를 보면서 놀라고 있었다.

'이자는 이 상황을 두려워하고 있지도, 분노하고 있지도 않구나. 그가 전장을 휘젓고 다닌 기사 출신이라 그런 것일까?'

하지만 그렇게 서로 놀라는 일이 있어도 그룬터가 풀려나 자리에 앉아 이야기할 일은 없었다. 재래드에게 있어 그룬터는 놓칠 수 없는 패였으니까.

"당신은 똑똑한 사람이니 제가 많은 걸 알려줘 대비하도록 할 필요는 없겠지요. 그러나 도망칠 생각은 하지 말라고 말하긴 해야겠습니다. 우리는 당신의 병사 십여 명을 모두 인질로 잡고 있으니까요. 괜히 당신 혼자 이렇게 떨어져 감시를 받고 있는 게 아닙니다."

"거짓말을 할 셈인가? 병사들을 인질로 붙잡는 행동은 계획적으로 이루어져야 한다. 하지만 그럴 계획이었다면 오늘 낮에 했겠지. 식이 끝나고 내가 이 마을을 떠나기 직전에 이런 일을 저지를 리가 없지 않나?"

"당신 말대로입니다. 크라시우스님의 보금자리가 폭파되지 않았다면 이런 일은 없었을 것입니다. 하지만 우리는 그 폭파범이 당신의 마법사 샌더슨 스탠먼이라는 것을 알고 있습니다. 당신이 병사를 빌려주겠다고 하지 않았다면, 그래서 우두머리와 병사들이 떨어지지 않았다면 큰 싸움이 일어났을 겁니다. 병사들을 빌려주겠다고 먼저 말해 준 당신에겐 감사하다 해야겠군요."

그룬터는 혼란스러웠다. 그 계시가 있은 후 샌더슨이 범인이라는 것을 말해 주는 또 다른 계시가 내려왔단 말인가?

그룬터는 그에게 더 물어볼 생각이었지만 상대는 상처의 고통 때문인지 숨을 헐떡이고 있었다. 이 자리에 앉아 이야기를 더 나누고 싶어하는 것은 그도 마찬가지였지만 체력이 그것을 허락하지 않는 것이다.

재래드는 동료 청년의 부축을 받아 방에서 퇴장했다.

'믿을 수가 없군. 대체 어찌 된 일인가?'

결국 그룬터는 이를 갈며 가만히 누워 있는 수밖에 없었다. 그런데 갑자기 덧창문이 열리더니 조그마한 체구의 인영이 방안으로 들어왔다.

"영주님!"

"헤스티아?"

생각지도 못한 사람이 등장했다. 그룬터는 깜짝 놀라 그녀가 품에 안기는 것을 막을 생각도 하지 못했다. 하긴 생각을 했어도 팔도, 발도 묶여 있으니 당할 수밖에 없었지만.

"어찌 된 거냐?"

"성으로 돌아가다가… 아무리 생각해도 영주님을 그냥 내버려 두고 갈 수가 없어서 돌아왔어요."

방엔 불씨 하나 없어 표정을 확인할 수는 없지만, 꾸중을 들을까 살짝 겁먹은 목소리다.

그러나 그룬터는 웃음을 터뜨렸다. 전날 밤 그녀가 불안정하다는 이유로 고민하지 않았던가. 그 불안 요소가 불안 요소답게 예상치 못한 방식으로 등장한 것이다. 웃을 수밖에 없었다.

"영주님?"

"아니다. 아무것도 아니야. 하룻밤 사이에 많은 일이 일어났구나."

그룬터는 혼잣말을 한 다음 더 이상 시간을 지체하고 싶지 않아 빠르게 말을 이었다.

"밖은 어떠냐?"

"어두워서 잘 모르겠어요. 보초 몇이 서 있는 것 같은데 마을 사람은 하나도 없었어요. 어떻게 된 일인지 여쭈어도 되나요?"

그룬터는 생각했다.

'날 이렇게 묶어 놓고 마을 사람들은 용의 보금자리로 향했다고? 나에 대한 처리보단 크라시우스의 명령이 더 중요하단 말인데…….'

그렇게 그룬터가 생각하는 동안 헤스티아는 품에서 칼을 꺼내 밧줄을 자르려 했다. 그룬터는 잠시 그녀를 저지시키고 잠깐 고민한 후 결정을 내렸다.

"헤스티아, 돌아가거라."

"네? 그럴 수는 없어요! 제가 명령을 어겼기 때문에 그러시는 건가요? 아무리 그래도 그건……."

"그게 아니다. 영지로 돌아가서 병사들을 데리고 오너라."

그룬터가 지금 빠져나가는 것은 문제가 아니다. 하지만 마을 사람들과 함께 나간 병사들과 라이든은? 그 뒤처리는? 그리고 혼자 도망칠 경우 병사들이 느낄 상실감은?

개인이 아니라 영주인 만큼 여러 가지 문제를 생각할 수밖에 없었다. 그렇기에 그가 내린 결론은 현상 유지였다.

하지만 헤스티아는 찬성할 수 없었다.

"저 혼자 가면 영주님은 누가 보호하구요?"

"네가 칼을 주고 가면 되지 않느냐."

"하지만 영주님은 묶여 계시잖아요!"

"날 믿지 못하느냐?"

이 물음의 답은 듣지 않아도 알 수 있지만, 그룬터는 구태여 입 밖으로 내어 물었다. 헤스티아는 우물쭈물하다 고개를 젓더니 결국 칼을 그룬터의 손에 쥐어 주었다.

"영주님, 조심하셔야 해요. 눈 깜빡할 사이에 돌아올 테니까."

"걱정 마라. 날 죽일 셈이라면 이렇게 편한 곳에 감금시키지 않았을 것이다. 제대로 된 놈이라면 협상 카드로 쓰려 하겠지. 그때까진 내 몸에 손 하나 대지 못할 것이다. 그러니 혼자 해결할 생각 말고 병사들을 데려오너라."

지금 헤스티아가 뛰어가면 정오 무렵엔 병사들이 도착할 것이다. 그 정도면 충분하다. 영주 자신이 인질로 잡혀 있는 것은 큰 변수가 될 수 있지만, 그룬터는 자기 한 몸 정도 보호하는 것은 어렵지 않다고 생각했다.

그렇게 말을 하며 안심시켰지만 헤스티아는 못내 불안해 머뭇거렸다. 하지만 그룬터의 명령이었다. 그녀는 그룬터의 말에 따르기로 했다.

그녀는 반드시 오전 안에 도착하겠다고 말한 뒤 창을 통해 방을 빠져나갔다.

"불확실한 것도 나쁘진 않군."

그녀가 문을 닫고 나가는 것을 본 뒤 그룬터는 중얼거렸다.

그는 숫자를 세기 시작했다. 시계처럼 정확히 시간을 재어 헤스티아가 멀리 갔으리란 확신이 들자, 그는 칼로 밧줄에 흠집을 내기 시작했다. 보이지 않는 곳을 잘라 힘을 주면 풀 수 있도록 하는 것이다.

그렇게 그룬터가 조치를 끝낸 직후였다. 밖에서 말소리가 들리더니 문이 열렸다.

본래 그룬터는 밧줄 처리를 끝낸 후 사람을 불러 바깥 상황을 알아내려 했다. 그리고 혼자 처리할 수 있는 상황이라면 들어온 사람을 인질로 삼아 일을 해결해 나갈 계획이었다.

그런데 그런 그의 방에 들어온 사람은 다름이 아니라 무녀 엘린이었다.

'엘린을 인질로 잡는다면 장기판의 왕을 잡은 형세지.'

영주를 인질로 잡은 저들도 그렇게 생각하고 있겠지만. 그룬터는 그 생각을 드러내지 않고 조용히 엘린을 바라보았다. 호위 없이 등불 하나만 들고 들어온 그녀는 따라 들어오려는 사람을 저지하고 문을 닫았다. 그리고 그룬터의 침대 곁에 의자를 가져와 앉았다.

"영주님, 일어나세요."

"깨어 있어."

"다행이네요. 입맞춤이라도 해야 깨어날까 걱정했거든요."

"그거 농담인가?"

"재미없었나요?"

무녀가 자신을 앞에 두고 이리 여유있는 것은 주도권이 그녀에게 있기 때문이다.

그룬터는 이해했다. 양팔뿐 아니라 다리도 묶여 있다. 아무리 상대가 힘쓰는 것과는 거리가 먼 여성이지만, 그룬터가 그녀를 제압하긴 쉽지 않다. 밧줄이 반쯤 풀린 것을 모르는 엘린과 보초는 그리 생각하고 이렇게 혼자 방안에 들어온 것이다.

그룬터는 당장이라도 밧줄을 풀고 그녀를 인질로 잡으려다 생각을 바꾸고 그녀가 이 방에 온 목적을 말하길 기다렸다.

"먼저 이번 일은 마을 사람 전체의 뜻이 아니라는 걸 알려 드려야겠어요. 하지만 어제 영주님이 한 행동은 조금 지나쳤어요."

"그렇겠지."

"그리고 마법사를 시켜 크라시우스님의 둥지를 파괴한 건 말도 안 되는 일을 저지른 거예요!"

그룬터는 잠깐 말을 골랐다. 앞서 나타난 재래드도 그 사실을 알고 있었다. 그런데 엘린이 곧바로 찾아와 같은 말을 하고 있다면 조심해야 할 필요가 있었다.

일단 일을 저지른 재래드 일당이 마을 사람들을 설득하기 위해 유도심문을 하고 있는 건지도 모르니까.

그래서 그룬터는 애매하게 묻는 것으로 답했다.

"마법사가 용의 둥지를 파괴했다? 왜 그리 생각하지?"

"경비대장이 병사들에게 말하는 것을 마을 사람이 들었어요."

그룬터는 속으로 혀를 찼다. 거기서 들통이 난 거군. 그러니 알 수 있을 리가 있나.

그룬터는 라이든에게 주의를 줘서 조심스럽게 행동하라고 말하는 것을 잊은 자신을 탓했다. 경비대장 정도 되면 어지간히 알아서 할 거라 생각한 것이 실수였다.

"그래서 어떻게 할 생각이지?"

"사람들은 독립하기로 했어요."

"대놓고 반란을 일으키겠다고 말하는군. 강제로 인장이라도 찍게 만들 셈인가?"

"거의 정확해요. 이 마을에 간섭하지 말라는 서류에 찍게 될 거예요. 하지만 그전에 한 가지 물어보고 싶은 말이 있어요. 전날 재래드에게 했던 말, 취소할 생각 없으신가요?"

"나를 부정하는 말은 하지 않겠다."

시험일 것이다. 그러나 그룬터는 거침없이 말했다. 이것이 프리든 영주의 가치관이기 때문이다.

엘린은 말을 듣고 차가운 눈빛으로 그룬터를 노려보았다. 그러다 품에서 단검을 꺼냈다. 등불의 따뜻함을 차갑게 반사하는 칼을 든 그녀는 다시 물었다.

"지금이라도 철회할 수 있어요. 영주님은 평민 출신이잖아요? 그런 방식에 얽매일 필요는 없지 않아요?"

"너는 나에게 주먹을 날리던 청년이 어리석다 생각하나?"

그것은 누가 옳고 누가 그르고의 문제가 아니었다. 그저 삶의 방식이 다른 가치관이 부딪친 일이었을 뿐. 운 좋게 그룬터가 힘을 가지고 있었을 뿐이다. 그룬터도 알고 있기에 그의 행동을 바보 취급하진 않았다.

엘린은 그의 대답에 만족스런 웃음을 지었다.

"영주님은 재래드가 잘못된 생각을 가지고 있다고 생각하진 않으시는 거군요?"

"그놈 입장에선 그게 정의겠지. 나는 그것이 틀린 거라곤 생각하지 않는다. 운이 나쁘다곤 생각하지만."

"그럼 저는 어떤가요?"

무엇을 묻는지, 그녀는 구체적으로 말하지 않았다. 이것 또한 시험일 것이다. 하지만 그룬터의 대답은 거침이 없었다.

"자신이 믿는 바를 의심하는 것은 틀리지 않다. 하필 무녀로 태어난 것은 운이 나쁘다 생각하지만."

마을로 오는 길, 마차 안에서 했던 이야기다. 그녀는 눈을 깜빡이며 그룬터를 바라보았다. 그러다 씩, 웃더니 칼을 들었다.

하지만 금방 그 밧줄에 칼집이 나 있는 것을 발견하곤 놀란 눈으로 영주를 바라보았다.

"못 당하겠네요. 언제 이렇게 하신 거예요? 투구 빼고 모든 쇠붙이를 다 몸에서 떼어냈다고 들었는데."

"글쎄……."

그룬터는 딴청을 피우며 대답을 회피했다. 어차피 상대가 알아챘고, 직접 밧줄을 풀어줄 생각은 없어 보여 그룬터는 매듭을 풀기 시작했다. 엘린은 그 광경을 보며 말했다.

"저는 또 한 가지 생각을 했어요. 그분이 우리를 지배하지 않고 군림하고 계시다면 우릴 존중하는 마음에서 그러시는 걸까, 아니면……."

"아무런 감정이 없기 때문일까, 겠군. 답은 어느 쪽이지?"

"제가 이렇게 영주님을 풀어드리는 걸 보면 아시잖아요?"

어둠 속에서 엘린의 눈이 차갑게 빛났다. 그룬터는 그 눈동자가 암살자인 헤스티아보다 훨씬 더 깊고 어두운 마음을 보여주고 있음을 깨달았다.

"마을 사람들은 잘못 생각하고 있어요. 적들이 쳐들어와 마을을 짓밟더라도 크라시우스님이 나서는 일은 없을 거예요."

"그 사실을 아는 이는 또 누가 있나?"

"무녀만 알고 있어요. 그렇지 않고서야 마을이 유지될 리가 없잖아요?"

그녀는 어색하게 웃었다. 허무한 그녀의 표정에서 짙은 외로움을 느낀 그룬터는 그녀의 행동을 이해했다. 마을 사람들이 환상에 기대어 반란이라는 짓을 저지르는 동안, 그녀는 진실을 말할 수가 없었다. 그러니 이렇게 직접 그룬터에게 찾아와 담판을 지으려는 것이다.

"그러니 부탁드려요. 이 일에 대한 처벌을 최소한으로 해주세요."

"용이 이 마을에 집착하지 않는다는 사실을 알게 되었는데, 내가 네 말을 들을 필요가 어디 있나? 협상을 들어주고 독립시켜 주는 척한 다음 병력을 이끌고 와서 짓밟으면 그만인데."

"그렇게 하진 않으실 거예요. 영주님은 좋은 사람이니까요."

그룬터는 그만 웃어버렸다. 영주 행세를 하고 있는 사기꾼을 좋은 사람이라고 말하다니, 어디 호인이라는 놈들이 다 죽어버렸단 말인가?

"제가 잘못 말했나요? 뭐가 웃긴 거죠? 아까 제 농담에도 웃지 않았잖아요."

"아까 그거 정말 웃으라고 한 농담이었나?"

"네."

잠시, 그룬터는 할 말을 잃었다. 오래가진 않았지만.

"경비대는 어떻게 되었나?"

"크라시우스님의 보금자리에 가 있을 거예요. 하지만 마을 사람들과 함께 있으니 돌아올 때쯤엔 밧줄에 묶여 돌아오겠죠."

"그렇군. 이렇게 당할 줄은 몰랐는데. 경비대장은?"

"혹시나 둘 중 한 명이 풀려날까 봐 떨어뜨려 놓았어요. 그는 신전에서 감시 중이에요."

"그럼 지금 이 마을에 남아 있는 사람은 몇이지?"

"마을 사람 대부분이 경비대와 함께 갔어요. 영주님과 경비대장을 감시하는 인원이 열 명 정도… 저까지 포함해서 말이에요."

그 정도면 혼자라도 해볼 만하다. 그룬터는 괜히 헤스티아를 돌려보냈다고 후회했다. 물론 앞으로의 일은 알 수 없으니 병력이 오면 좋겠지만, 훈련받지 못한 시골 사람들 상대라면 혼자서도 문제없다.

"영주님, 선처를 베푸세요."

그룬터가 생각을 하는 것을 보던 엘린은 의자에서 내려와 무릎을 꿇었다.

그는 인상을 찌푸리며 왜 자신이 그래야 하는지를 물었다. 엘린의 답은 한결같았다.

"영주님은 좋은 사람이시잖아요."

그럴 리가 있나. 그룬터는 쓰게 웃으며 화제를 돌렸다.

"이 건물 문 앞엔 몇 명이 지키고 있지?"

"두 명이 서 있어요. 마당에도 두 명이 있구요."

"뒤쪽은?"

"멀리 돌아오며 본 거라 확실치 않아요. 아마 한 명일 거예요."

한 명이 맞을 것이다. 헤스티아가 창으로 들어왔단 것은 그쪽의 경계가 가장 허술하단 말이니까.

"천을 세고 창문으로 나가겠다. 뒤쪽 보초가 한눈팔도록 조치해라."

"네? 절 인질로 잡는 것 아니었어요?"

홀로 방에 들어온 거나 칼을 품에 가지고 있는 걸로 봐선 처음부터 인질이 될 모양이었나 보다. 그룬터는 고개를 저었다. 물론 그도 처음엔 그리 생각했다. 하지만 경비대장이 신전에 붙잡혀 있다는 것을 듣게 되자 그는 생각을 바꾸기로 했다.

"난 단독 행동이 편하다."

"…역시!"

엘린은 웃었다.

"영주님은 부끄러움이 너무 많아요."

그룬터는 대답하지 않았다. 엘린이 좋아하는 이유는 알 수 없으나 말장난이나 하며 시간을 지체하고 싶진 않다. 그룬터는 떠나라 명령했고, 엘린은 일어나 밖으로 나갔다. 그룬터는 천을 세기 시작했다.

수 분 후, 그룬터는 창문을 열었다. 그는 소리없이 창문을 타넘고 방을 빠져나왔다. 벽 끝으로 두 명의 그림자가 보였다. 한 명은 가냘팠다. 그룬터는 그림자에게 손 인사를 남기고 뛰었다.

헤스티아의 말대로 마을엔 사람이 남아 있질 않아 그가 발각되는 일은 없었다.

그는 전날 산책해 두길 잘했다 생각하며 헤매지 않고 마을 입구에 도착했다.

입구엔 마차가 서 있었다. 말은 서리를 맞을까 숙소 근처에 두었지만 마차는 처음 장소에 그대로 있었다. 그룬터는 마부 석으로 가 의자 밑 서랍을 뒤졌다.

마부의 개인 물품을 뒤진 그는 썩은 땀 냄새가 나는 웃옷을 발견했다. 그는 그 옷으로 갈아입고 투구를 벗어 마차 서랍 안에 넣었다.

'좋아, 프리든의 영주는 졌다고 해주지.'

"하지만 마설의 그룬터가 진 것은 아냐."

그는 신전을 향해 거침없이 나아가기 시작했다.

『프리든의 영주』 2권에서 계속…

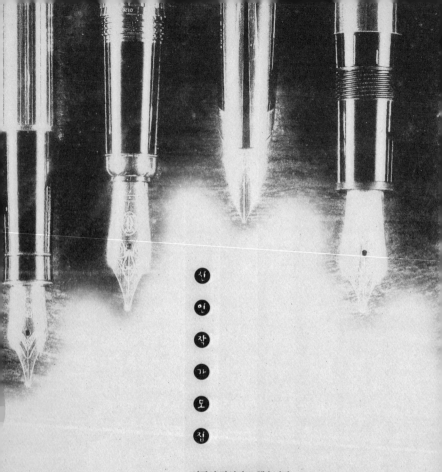

신 언 작 가 도 집

시작이 반이라고 했습니다.
작가의 길에 대한 보이지 않는 벽을 과감히 깨뜨리십시오!
청어람은 작가 지망생 여러분들의
멋진 방향타가 되어드리겠습니다.

저희 도서출판 청어람에서는
소설 신인 작가분들을 모집합니다.
판타지와 무협을 사랑하시는 분들의 많은 참여를 바랍니다.
소정의 원고(A4용지 150매)를 메일이나 우편으로 보내주시면
검토 후 출판 여부를 알려드리겠습니다.

주소:경기도 부천시 원미구 심곡2동 163-2 서경B/D 2F 우편번호 420-822
TEL:032-656-4452 · **FAX**:032-656-4453
http://www.chungeoram.com
e-mail:chungeoram@chungeoram.com

용호객잔

龍虎客棧

설경구 新무협 판타지 소설

낙양 변두리에 위치한 허름한 용호객잔.
폐업 직전까지 몰렸던 용호객잔에 특덩이,
천유강이 저절로 굴러 들어왔다.
그런데… 이 객잔 좀 수상하다?

독문병기는 낡은 주판, 중원상왕을 꿈꾸는 객잔주인, 용사등.
독문병기는 마른 걸레, 끔찍이 못생긴 점소이, 용팔.
독문병기는 식칼, 긴 독수공방 끝에 요리와 혼인한 숙수, 장유걸.
독문병기는 이 빠진 도끼, 사연 많은 남장여인, 문우령.
독문병기는 얼굴, 기억을 잃어버린 절세미남 신입 점소이, 천유강.

"중원의 상왕이 되리라!"

현실감각이라고는 찾아보기 힘든
용사등의 허황된 선언이 천하를 혼란에 빠뜨린다.
바람 잘 날 없는 용호객잔의 평범한(?) 일상에
중원의 이목이 집중된다.

Book Publishing CHUNGEORAM

유행이 아닌 자유추구 -
WWW.chungeoram.com

GOD BREAKER

Unterbaum

이상혁 판타지 장편 소설

운터바움

신들의 파괴자

나를 세기할 자, 그를 다스리는 한 편의 책
찾아 갔으리, 그리하지 않으면 나는 불타리

세계의 근거, 그 자체인 거대한 나무, 바움.
그 아래에서 살아가는 생명들의 세상, 운터바움.
윈델은 신탁에 따라 바움을 파괴할 책을 찾아 떠나고
맨 처음 그의 손이 책에 닿는 순간 운명이 격변한다.

십 년을 모신 주인이자 친구, 세베리아를 비롯
세상 모든 것이 자신의 존재를 잊어버린 상황에서
윈델은 존재의 증명을 위하여 운명과 싸우기 시작한다!

나무의 파괴자 '엠베르크' 란 무엇인가?
모두가 잊어버린 '나' 는 대체 누구인가?

「데로드 앤드 데블랑」, 「카르마 마스터」의 뒤를 잇는
이상혁 작가의 정통 판타지 대작!

「운터바움-신들의 파괴자」!

Book Publishing CHUNGEORAM

유행이 아닌 자유추구 -
WWW.chungeoram.com

各社 新무협 판타지 소설

소년은 오직 소녀를 위하여 검을 들었다
가슴에 담긴 지키고자 하는 뜨거운 열망.

"이제는 지킬 것이다."

단 하나 남은 소중한 인연, 무유화를 지키려
악의에 휩싸인 무림을 수호하기 위하여
윤, 세상에 서다!

그의 용혈검이 떨치는 무상류와 구천류가
모든 악을 쓸어내리리!

지키는 자!
수호무사 윤, 그를 기억하라.

Book Publishing CHUNGEORAM

유행이야밌 자유추구~
WWW.chungeoram.com